# TÁTICAS
# DO AMOR

# TÁTICAS DO AMOR

## SARAH ADAMS

Tradução de Sofia Soter

intrínseca

Copyright © 2021 by Sarah Adams
Aviso de conteúdo sensível: ataques de pânico são retratados nas páginas deste livro. Como alguém que sofre de ataques de ansiedade e pânico, a autora espera ter expressado o cuidado e a sensibilidade que o tema merece.

TÍTULO ORIGINAL
The Cheat Sheet

COPIDESQUE
Stéphanie Roque

PREPARAÇÃO
Thais Entriel

REVISÃO
Bruna Neves
Iuri Pavan

DIAGRAMAÇÃO
Inês Coimbra

DESIGN DE CAPA
Ash Vidal

ILUSTRAÇÃO DE CAPA
Sarah Adams

CIP-BRASIL. CATALOGAÇÃO NA PUBLICAÇÃO
SINDICATO NACIONAL DOS EDITORES DE LIVROS, RJ

A176t

    Adams, Sarah
    Táticas do amor / Sarah Adams ; tradução Sofia Soter. - 1. ed. - Rio de Janeiro : Intrínseca, 2023.

    Tradução de: The cheat sheet
    ISBN 978-65-5560-849-6

    1. Romance americano. I. Soter, Sofia. II. Título.

22-81125                      CDD: 813
                               CDU: 82-31(73)

Gabriela Faray Ferreira Lopes - Bibliotecária - CRB-7/6643

[2023]

*Todos os direitos desta edição reservados à*
EDITORA INTRÍNSECA LTDA.
Av. das Américas, 500, bloco 12, sala 303
22640-904 – Barra da Tijuca
Rio de Janeiro — RJ
Tel./Fax: (21) 3206- 7400
www.intrinseca.com.br

*Para meu melhor amigo, Chris. Obrigada por sempre exagerar nas piadas comigo e me dar tanto material para meus livros. Além do mais, você é gatíssimo. E isso também é show.*

# 1
# BREE

Equilibrar dois copos de café fervendo e uma caixa de donuts e ainda tentar destrancar a porta não é fácil. Mas, como sou a melhor amiga do mundo — coisa que farei questão de enfatizar assim que conseguir entrar no apartamento do Nathan —, dou um jeito.

Reclamo quando, ao girar a chave, um pouco de café quente cai no meu braço pelo buraquinho na tampa do copo. Minha pele é bem clara, então a probabilidade de deixar uma marca bem vermelha é de um milhão por cento.

No momento em que entro no apartamento dele (que não deveria nem ser chamado de apartamento, porque tem o tamanho de cinco apartamentos enormes juntos), o perfume do Nathan me atinge que nem um ônibus desgovernado. Conheço o cheiro dele tão bem que acho que seria capaz de encontrá-lo só pelo olfato se ele desaparecesse.

Com o calcanhar do tênis, bato a porta com bastante força para avisar que cheguei.

QUARTERBACKS *SARADOS, ATENÇÃO! CUBRAM-SE! UMA MULHER DE OLHOS ÁVIDOS ADENTROU O RECINTO!*

Um grito agudo vem da cozinha, e eu franzo a testa na hora. Espiando do canto da parede, vejo uma mulher de pijaminha rosa-claro encolhida na ponta oposta da bancada comprida de mármore branco. Ela está agarrada a um cutelo. Tem uma bancada inteira entre nós, mas, pelos olhos arregalados, parece que encostei uma faca na jugular dela.

— NÃO SE APROXIME! — grita ela, esganiçada.

Reviro os olhos. *Por que* ela precisa ser assim, tão estridente? Parece até que prendeu o nariz com um pregador e inalou um balão inteiro de hélio.

Eu levantaria a mão para não ser esfaqueada, mas estou carregando o café da manhã — para mim e para Nathan, *não* para a Senhorita Esganiçada. Mas não é minha primeira vez enfrentando uma namorada do Nathan, então ajo como de costume e sorrio para Kelsey. É, eu sei o nome dela, porque, mesmo que ela finja não se lembrar de mim sempre que a gente se encontra, ela já está saindo com Nathan há uns meses, e nos vimos várias vezes. Não faço ideia de como ele aguenta essa mulher. Ela parece o oposto do tipo de pessoa que eu escolheria para ele — assim como todas as outras.

— Kelsey! Sou eu, Bree. Lembra?

*Melhor amiga do Nathan desde a época da escola. A mulher que estava aqui antes de você e que vai continuar aqui muito depois. LEMBRA DE MIM?!*

Ela suspira profundamente e relaxa os ombros, aliviada.

— Ai, nossa, Bree! Você quase me matou de susto. Achei que fosse uma *stalker* invadindo a casa.

Ela abaixa a faca, ergue uma das sobrancelhas perfeitas e murmura, não tão baixo assim:

— Mas, no fim das contas... não estava tão errada assim.

Estreito os olhos, meu sorriso tenso.

— Nathan já acordou?

São seis e meia da manhã de terça-feira, então tenho certeza de que ele já está acordado. Toda namorada dele sabe que, para conseguir ver o Nathan, tem que acordar tão cedo quanto ele. É por isso que Kelsey está na cozinha de pijaminha de cetim com cara de raiva. Ninguém gosta da manhã tanto quanto Nathan. Bom, e eu, que também adoro. Mas a gente é meio esquisito.

Ela vira a cabeça devagar para mim, o ódio ardendo nos olhos azuis delicados.

— Já. Está tomando banho.

*Antes de a gente sair para correr?*
Kelsey olha para mim como se doesse ter que se explicar.
— Esbarrei nele sem querer quando entrei na cozinha agora há pouco. Ele estava com o shake de proteína na mão e...
Ela faz um gesto irritado, que conclui a história: *o shake caiu todo nele.* Acho que admitir que cometeu um simples erro é fatal para ela, então me sensibilizo e deixo a caixa de donuts na bancada ridiculamente grande.

A cozinha do Nathan é fantástica. É projetada em tons monocromáticos de creme, preto e bronze e tem uma parede toda de vidro com vista para o mar. É meu lugar preferido para cozinhar, o completo oposto da pequena espelunca que eu alugo a cinco quadras daqui. Mas é barato e fica perto do estúdio de balé, então nem posso reclamar.

— Não foi grave. Nathan nunca fica chateado com esse tipo de coisa — consolo Kelsey, balançando a bandeira branca uma última vez.

Ela pega uma espada samurai e retalha minha bandeira.
— Eu sei.
*Então tá bom.*
Tomo o primeiro gole de café para me aquecer do olhar gélido de Kelsey. Não tenho nada para fazer além de ficar esperando Nathan aparecer para a gente cumprir a nossa tradição matinal de terça. Começou no penúltimo ano da escola. Eu me isolava muito naquela época, não porque não gostava de gente e de socializar, mas porque vivia e respirava balé. Minha mãe me incentivava a matar aula de dança às vezes para ir a uma festa e sair com meus amigos. "Você não vai ser jovem e desimpedida para sempre. Balé não é tudo. Tem que aproveitar, viver a vida", ela me disse mais de uma vez. É claro que, como a maioria das adolescentes, eu... não escutei.

Com todas as aulas de dança e o trabalho no restaurante depois da escola, eu não tinha amigos. Até que *ele* apareceu. Eu queria melhorar meu condicionamento físico, então comecei a correr na pista da escola antes da aula, e só tinha tempo para isso na terça-feira. Um dia, quando cheguei, fiquei chocada ao ver que já tinha outro aluno correndo. E não era um aluno qualquer, mas o capitão do time de futebol americano. Sr. Gato Gostoso. (Nathan não passou pela fase desengonçada da adolescência. Aos dezesseis anos já parecia ter 25. Injusto demais.)

Diziam que atletas eram antipáticos. Machistas. Egocêntricos. *Nathan, não*. Ele me viu, de tênis surrado e com o cabelo cacheado preso no coque mais horroroso que já existiu, e parou de correr. Veio até mim, se apresentou com aquele sorriso enorme e perguntou se eu queria correr com ele. Passamos o tempo todo conversando, e viramos melhores amigos na hora, com tanta coisa em comum, apesar de termos tido criações tão diferentes.

É, deu para adivinhar: ele vem de uma família rica. O pai dele é CEO de uma empresa de tecnologia e nunca mostrou muito interesse em Nathan além de ficar exibindo o filho para os amigos do trabalho no campo de golfe, e a mãe basicamente só enchia o saco, pedindo para ele ficar famoso e dividir a popularidade com ela. Eles sempre tiveram dinheiro, mas o que não tinham, até Nathan fazer sucesso, era status. Caso não dê para notar, não sou muito fã dos pais dele.

Enfim, assim começou nossa tradição das terças. E o momento em que me apaixonei por Nathan? Sei identificar até o segundo exato.

A gente estava dando a última volta daquela nossa primeira corrida quando ele pegou minha mão, me puxou até pararmos e se ajoelhou na minha frente para amarrar meu tênis. Ele poderia ter apenas me avisado que estava desamarrado, mas não, Nathan não é assim. Não importa quem você seja, ou quão famoso ele tenha se tornado; se seu sapato estiver desamarrado, ele vai amarrar para você. Nunca conheci ninguém assim. Fiquei caidinha na mesma hora.

Nós dois estávamos muito determinados a alcançar o sucesso, mesmo ainda sendo tão jovens. Ele sempre soube que acabaria na

NFL, e eu sabia que meu destino era estudar na Juilliard e depois entrar numa companhia de dança. Um desses sonhos se tornou realidade, o outro, não. Infelizmente, a gente perdeu contato na faculdade (*tá*, fui eu que me afastei), mas por acaso me mudei para Los Angeles depois de me formar, porque a amiga de uma amiga estava procurando uma professora assistente no estúdio de balé dela, e foi bem na época em que Nathan foi contratado pelo LA Sharks e se mudou para cá também.

A gente se esbarrou num café, ele me convidou para correr na terça-feira, pelos velhos tempos, e pronto. Retomamos a amizade como se não tivesse se passado um dia sequer e, para minha tristeza, meu coração ainda doía por ele, como antigamente.

O engraçado é que ninguém esperava que Nathan chegasse ao nível que alcançou na carreira. Nathan Donelson começou sendo convocado na sétima rodada e basicamente esquentou o banco de reservas por dois anos, mas nunca desanimou. Ele se empenhou mais, treinou mais e garantiu estar pronto para quando tivesse uma chance em campo, porque é assim que ele se dedica a tudo: sempre se esforçando cem por cento.

Até que, um dia, todo o esforço deu resultado.

O *quarterback* titular, Daren, quebrou o fêmur durante uma partida e tiveram que chamar Nathan para substituí-lo. Se eu fechar os olhos, ainda vejo o momento. Uma maca carregando Daren para fora de campo. O técnico correndo até Nathan pela lateral. Nathan se levantando num pulo do banco de reservas, ouvindo as instruções do cara. E aí... logo antes de colocar o capacete e entrar em campo para o jogo que ficaria marcado na história como o início de sua carreira, ele me procurou na arquibancada (na época não tinha a opção do camarote). Eu me levantei, fizemos contato visual, e ele parecia prestes a vomitar. Fiz a única coisa que sabia que ajudaria ele a relaxar: uma careta engraçada, com a língua para fora.

Ele abriu aquele sorriso enorme e liderou o time no que foi a melhor partida da temporada. Nathan passou o resto do ano como *quarterback* titular, levando os Sharks ao Super Bowl, que eles venceram. Esses meses foram uma loucura para ele. Na verdade, para nós dois, porque foi o ano em que passei de professora de dança a *dona* do estúdio.

Hoje vim correr com ele e, como o jogo de ontem não foi tão bom, já sei que vamos acabar correndo com mais afinco. O time chegou a ganhar (e se classificou oficialmente para as eliminatórias, viva!), mas Nathan errou duas interceptações e, sendo perfeccionista do jeito que é, tenho certeza de que vai aparecer aqui batendo os pés que nem um urso com o pote de mel vazio.

A voz estridente de Kelsey me arranca da nostalgia.

— Então, não me leva a mal… mas o que você está fazendo aqui?

Por "Não me leva a mal" ela quer dizer "Pode me levar a mal, sim, porque minha intenção é falar do jeito mais babaca possível". Eu queria que ela agisse assim na frente do Nathan. Quando ele está por perto, ela é um docinho de coco.

Eu me recuso a deixar essa menina roubar minha alegria tão cedo, então abro um baita sorriso.

— O que parece que estou fazendo aqui?

— Parece que é uma fã obsessiva doida, secretamente apaixonada pelo meu namorado, invadindo o apartamento dele para trazer café da manhã.

Veja bem, o problema é o seguinte: ela fala "meu namorado" como se as palavras fossem um trunfo secreto. Como se, ao jogar essa carta na mesa, eu fosse ficar chocada. *Minha nossa! Ela ganhou!*

Mal sabe ela que esse trunfo é tipo um cinco de paus solto. Namoradas vêm e vão na vida de Nathan, que nem as dietas da moda. Eu, por outro lado, estou aqui há *muito* mais tempo que essa cínica da Kelsey, e vou continuar por muito mais, porque sou a melhor amiga dele. Sou eu que passo por tudo com ele, e é ele quem passa por tudo comigo: a fase desengonçada da adolescência (minha, não dele), a contratação no time da faculdade, o acidente de carro que mudou minha vida, todas as dores de barriga dos últimos seis anos, o dia em que virei dona do estúdio e a chuva de confetes na vitória do Super Bowl.

Ainda MAIS importante, sou a única pessoa no mundo que sabe de onde veio a cicatriz de cinco centímetros que ele tem logo abaixo do umbigo. Vou dar uma dica: é constrangedor e tem a ver com um kit de depilação caseira. Mais uma dica: foi um desafio meu.

— Isso! — Falo, com um sorriso exagerado. — É isso mesmo. Fã obsessiva secretamente apaixonada pelo Nathan. Sou eu.

Ela arregala os olhos, porque achou que ia mesmo conseguir me irritar falando uma coisa dessas. *A verdade não dói, Kels!* Quer dizer, tirando a parte do "obsessiva".

Dou as costas para Kelsey e espero Nathan. Houve um tempo em que eu tentava fazer amizade com as namoradas dele. Hoje, não. Nenhuma delas gosta de mim. Por mais que eu tente conquistá-las, elas são predispostas a me odiar. E eu entendo, juro. Elas me veem como uma ameaça tremenda. E é aí que a coisa fica triste.

Eu não sou ameaça nenhuma.

Elas todas têm Nathan de um jeito que nunca vou ter.

— Olha — comenta ela, tentando chamar minha atenção de novo —, é melhor você se poupar da vergonha e ir embora logo. Porque, quando o Nathan aparecer, eu vou pedir para ele mandar você embora. Até agora fui paciente, mas você é esquisita demais. Fica grudada nele que nem um pedaço de papel higiênico preso no sapato.

Tento não parecer condescendente demais quando faço um beicinho exagerado de pena e concordo com a cabeça. Porque faltou complementar uma coisinha: eu não sou uma ameaça para essas mulheres... até elas forçarem Nathan a escolher. Aí, sou mais ameaçadora que uma bomba de glitter. Posso até não dormir na mesma cama que Nathan, mas tenho a lealdade dele — e, para ele, não tem nada mais importante que isso.

Kelsey bufa e cruza os braços. Estamos envolvidas numa batalha intensa de caras feias quando a voz de Nathan ecoa do cômodo atrás de mim.

— Hmmmmm, isso é cheiro de café e donuts? A Queijo Bree deve ter chegado...

Abro um sorriso nada sutil para Kelsey. O sorriso da *vitória*.

## 2
## BREE

Nathan entra na sala sem camisa, só com uma bermuda preta de academia. O peito esculpido e bronzeado, que só poderia ser de um atleta profissional, está todo à mostra, e aquela entradinha em V do abdômen parece estar me provocando, querendo me fazer corar. O cabelo dele está todo molhado e reluzente, e os ombros ficaram um pouco avermelhados por causa da água quente do chuveiro. É o *look pós-banho* dele e, por mais que eu já o tenha visto assim inúmeras vezes, ainda perco o fôlego.

Ele está com uma toalhinha na mão, que esfrega pelo cabelo castanho-chocolate. Essa toalha sortuda deve estar gargalhando de prazer. O cabelo dele é tão ondulado e macio que ele até conseguiu um patrocínio de cinco milhões de dólares de uma marca de produtos de luxo para cabelo masculino. Quando o primeiro anúncio foi ao ar — Nathan saindo do chuveiro do vestiário com a toalha enrolada na cintura, gotículas de água salpicadas nos músculos e aquele frasco de xampu na mão —, mulheres de todo o país correram para o mercado para comprar, na esperança de magicamente transformar seus namorados em Nathan. No mínimo, queriam que eles tivessem o *cheiro* dele. Mas eis outro segredo que só eu sei: o cheiro do cabelo de Nathan não é desse xampu, porque ele prefere uma marca genérica barata que vem num frasco verde e que ele usa desde os dezoito anos.

— Achei que você estivesse precisando — digo, entregando a ele o copo quente com café da nossa lojinha preferida, que fica a poucas quadras daqui. Em seguida, abro a caixa com os donuts como se fosse um baú do tesouro. Eles brilham na luz. *Bling!*

Nathan suspira e inclina a cabeça de lado, com um sorriso fofo de canto de boca depois de jogar a toalhinha na bancada.

— Achei que fosse minha vez de comprar.

Ele pega um donut coberto de calda de caramelo e se abaixa para me dar um beijinho rápido na bochecha, como sempre faz. Completamente platônico. Um beijo de *irmão*.

— É, mas acabei acordando supercedo com câimbra na panturrilha e não consegui voltar a dormir, então achei melhor comprar de uma vez.

Espero que ele acredite na mentira.

Na verdade, não consegui dormir porque ontem terminei com meu namorado, e estou morta de medo de contar para o Nathan. Por quê? Porque ele vai me encher de perguntas até descobrir a razão. E ele não pode saber que terminei com o Martin porque o Martin não é o Nathan.

Talvez, se eu apertasse os olhos, tampasse os ouvidos e chacoalhasse a cabeça de um lado para o outro, eu conseguisse me enganar e acreditar que era ele. Mas quem quer viver assim? Não seria justo comigo nem com o Martin. Então, agora, o objetivo é encontrar um homem que me atraia mais do que o Nathan. Vou precisar de uma verdadeira armadilha em forma de homem. E dessa vez não aceitarei nada além do *arrebatamento* total e completo.

Nathan levanta uma sobrancelha.

— Devia ter comido uma banana ontem antes de dormir.

Reviro os olhos.

— É, eu sei, mas a resposta continua a mesma: eu odeio banana. É molenga e tem gosto de... banana.

— E daí? Obviamente seu nível de potássio...

Kelsey pigarreia, e só então notamos sua cara feia.

— Licença. Não é estranho ela vir assim, às seis e meia da manhã, com café e tal, sendo que sua *namorada* está aqui?

De novo essa palavra... E, tá, ok, talvez eu devesse ter imaginado que Kelsey estaria aqui hoje e esperado Nathan ir me buscar em casa com o café e os donuts. Foi engano meu. Às vezes esqueço que ele e eu não temos uma amizade tão normal.

Nathan pigarreia de leve.

— Desculpa, Kelsey, achei que você lembrasse que terça é o dia em que eu corro com a Bree.

— Claaaaro — diz ela, revirando os olhos. — Como eu ia esquecer, se acontece TODA TERÇA-FEIRA? Literalmente sua única manhã de folga durante o campeonato.

Parece uma conversa particular, da qual eu não deveria fazer parte. Na verdade, eu até concordo com ela. É estranho Nathan e eu sermos tão íntimos. Já tentei me afastar várias vezes para ele passar mais tempo com a namorada, mas ele nunca permite. E, se eu fosse a namorada dele, teria bastante ciúme do seu tempo livre.

Terça é o dia de folga de quase todos os times da NFL. Mas o segredo, que nem todos os jogadores sabem, é o seguinte: os melhores treinam também nas folgas. Eles usam o tempo para se concentrar nas fraquezas, fazer fisioterapia, rever jogos antigos — qualquer coisa que os ajude a se destacar. Nathan nunca descansa na terça, *mas* começa a treinar um pouco mais tarde para a gente correr de manhã.

— Você não pode, tipo, tirar *um* dia de folga?

Kelsey pronuncia cada a palavra com um tom exagerado, e não sei como ele aguenta a voz dela.

Nathan franze a testa e cruza os braços. Quero sair da sala de fininho, porque já sei o que vai acontecer.

— Na real, não posso, não. Preciso correr para esquecer que joguei mal ontem.

Kelsey fica boquiaberta.

— Como assim jogou mal? Amor, você ganhou! Do que está falando?

— Das duas interceptações — respondemos eu e Nathan, juntos.

17

Eita. Kelsey não gostou nada disso. Ela estreita os olhos até virarem risquinhos apavorantes.

— Que gracinha! Viu só? Isso não é uma amizade normal. E quer saber? Cansei de competir com essa história aí. É hora de você...

*Não fale, Kelsey!*

— ... escolher. Sou eu ou ela.

Ela pisca várias vezes, e eu me viro para dar a privacidade de que Kelsey precisa neste momento de luto. *Caros amigos e familiares, nos reunimos aqui hoje para homenagear o relacionamento minúsculo e insignificante de Nathan e Kelsey.*

— Kelsey... eu avisei desde o início que não queria nada mais sério agora, e você disse que tudo bem...

Nathan para.

Ai, odeio que ele tenha que fazer isso, de verdade. Nathan detesta ter que terminar, ele é um urso de pelúcia gigantesco e fortão. Queria poder fazer isso por ele, mas tenho a sensação de que levaria uma panelada na cara.

Kelsey solta um gritinho.

— Você está me zoando?! Vai escolher *ela* em vez de *mim*?

Tá, não gostei muito desse tom.

— Vou — responde ele, simplesmente.

A cabeça dela parece explodir em chamas.

— Então não venha me dizer que não está transando com ela!

— Não está, pode acreditar — digo. — Juro — acrescento, com medo de ter soado um pouco amarga. — A gente é só amigo. Seríamos horríveis juntos. Nosso amor é mais de irmão.

Eca, que gosto horrível na boca.

Ele abaixa a cabeça para me olhar e, depois de um segundo, sorri.

— É. A gente nunca... — ele deixa a frase no ar, e o vejo engolir em seco, porque acha difícil até imaginar a gente desse jeito — teve nada.

*Nunca. Nenhuma vez. Nada. Nadica. Zero.* Um beijo na bochecha é o máximo que já ganhei dele, e é por isso que sei que

Nathan não tem nenhum interesse em mim. Um homem apaixonado por uma mulher não passaria seis anos tão comportado quando vê um filme com ela. E nós dois sempre fomos bem-comportados.

Por isso, agora me esforço o máximo possível para provar para ele que estou MEGA DE BOA com esse negócio de amizade. Porque, na real, estou mesmo. Eu adoraria me casar com ele e ter filhos grandes e sarados? Sim. Imediatamente. Mas não vai rolar, e me recuso a estragar nossa amizade criando um climão por ser a fim dele, sendo que ele já abriu no celular o número da próxima modelo com quem planeja ficar.

O maior problema é que sei que, se eu dissesse o que sinto, ele me daria uma chance, porque me ama mesmo como amiga. Talvez até me namorasse por umas poucas semanas, e aí me trocaria por alguém com quem realmente tenha química, e eu ficaria sem meu posto de melhor amiga. Não vale a pena.

É... já tá bom desse jeito.

Um dia vou encontrar alguém tão incrível quanto Nathan.

(*Provavelmente não.*)

—Tá. Beleza, então... divirtam-se nessa amizade bizarra de vocês. Porque estou indo embora.

Kelsey para um segundo, não ouço mais passos. Acho que ela está esperando que ele a impeça. É uma vergonha para todo mundo.

— Estou mesmo — continua. — Vou sair por aquela porta e não volto mais, Nathan.

*Nãããão, não vá!*, penso, sem sinceridade nenhuma.

Finalmente Kelsey sai, batendo os pés. Nathan vai com ela até a porta, lembrando que ela ainda está de pijama e perguntando se não quer trocar de roupa antes. Ela manda ele entregar as coisas dela em casa, porque não aguenta olhá-lo por mais um segundo sequer. Que drama.

Ouço a porta bater e dou um chute no ar. *Já vai tarde!*

Também pego o celular e mando mensagem para minha irmã mais velha.

**Eu:** Mais uma se foi. Kelsey vazou!
**Lily:** Ela durou mais do que eu esperava.
**Eu:** Ou seja, tempo demais.
**Lily:** Que maléfica! Talvez ele esteja triste.
**Eu:** Eu?! Mas sou sempre um amorzinho!
**Lily:** Aposto que você tá com um sorriso bizarro na cara.

Quando Nathan finalmente volta à cozinha, mudo minha expressão para uma tristeza solidária, provando a Lily que ela está errada.

— Sinto muito, amigo.

— Até parece! — diz ele, rindo, e encosta o quadril na bancada.

Eu queria mesmo que ele andasse com mais roupa. Olhar para uma coisa tão linda sem poder tocar chega a doer. A pele de Nathan é que nem a areia quente e dourada de uma ilha paradisíaca, cobrindo uma silhueta musculosa que me deixa sedenta na hora. O corpo escultural foi o motivo de ele ter sido declarado o Homem Mais Sexy do Mundo e ter aparecido na capa da edição especial de Boa Forma da *Pro Sports*, em que destacam e comemoram os diferentes corpos de atletas profissionais e falam do que eles precisam fazer para se manter em forma. As fotos são elegantes, ele com mãos e coxas posicionadas estrategicamente para esconder as partes mais importantes. Mas, é, Nathan ficou completamente pelado para as tirar as fotos. E, apesar de eu ter comprado cinco exemplares da revista, nunca tive coragem de abrir (a capa só mostra da cintura para cima). Há alguns limites que não podemos ultrapassar na amizade. Um deles é a nudez.

Pego um donut e enfio na boca para conter o sorriso.

— Não! Estou sendo sincera. Kelsey parecia... legal.

— Você mostrou a língua para ela ontem no camarote.

— Nossa! Os Vingadores sabem dessa sua visão superpoderosa, por acaso?

Ele sorri e puxa meu rabo de cavalo bagunçado.

— A Kelsey era escrota com você quando eu não estava por perto? Fala a verdade.

Nathan tem olhos pretos. Não é marrom, nem cor de chocolate. É preto puro. E, quando os concentra em mim assim, parece que vou sufocar. Que não conseguiria escapar dele nem se tentasse.

Dou de ombros e tomo um gole de café.

— Ela não era ótima, mas nada grave.

— O que ela fazia?

— Não importa.

Ele se aproxima um pouco.

— *Bree.*

— *Nathan.* Viu, também sei usar esse tom.

Ele fica quieto... pensativo, a pouco mais de dez centímetros de mim.

— Desculpa por ela ter feito você se sentir mal. Não sabia como a Kelsey era com você... Se soubesse, teria terminado muito antes.

Um canto do meu peito dói. Se ele dá tanta importância para mim, por que não fica comigo? *Não. Na-na-ni-na-não. Nada disso.* Eu me recuso a ser assim. Somos amigos, e fico feliz. Sou grata por isso. Talvez um dia a vida me dê um homem que me ama tanto quanto eu amo o Nathan. Por enquanto, estou tranquila.

— Bom, eu também não ajudei muito. Provavelmente não deveria ter chegado tão cedo e entrado sem avisar — falo, mordendo um pedação do donut de chocolate. — Preciso estabelecer limites.

— Provavelmente — diz ele, com a voz séria.

Quando olho para ele, no entanto, Nathan está sorrindo — um sorriso enorme, com covinha e tudo.

Empurro o braço dele de brincadeira.

— Ei! Se é assim, talvez eu deva pegar de volta a chave do meu apartamento. Estabelecer esse limite também — digo.

Ele come o último pedaço da rosquinha, ainda sorrindo.

— Boa sorte. Não vou devolver nunca.

Ele passa por mim, o braço roçando no meu, e me pergunto se eu ultrapassaria os limites se grudasse no corpo dele que nem um carrapato.

Acho que preciso mais dessa corrida do que ele, por motivos completamente diferentes.

# 3
# NATHAN

Suados e exaustos, eu e Bree nos jogamos no chão na frente do meu sofá branco. À minha esquerda estão as janelas do chão ao teto com a vista para o mar que me custaram três milhões de dólares, mas à minha direita está a vista que eu pagaria com a alma para admirar todos os dias pelo resto da vida. Mas Bree não sabe que é isso que eu sinto por ela.

Esbarro o dorso da mão no joelho dela, bem ao lado da cicatriz irregular que mudou a sua vida por completo.

— Vai fazer o que mais tarde? Quer almoçar comigo no CalFi?

O CalFi é o nosso estádio. Lá tem um centro de treinamento novinho em folha onde a gente malha durante a semana, e o refeitório é comandado por alguns dos melhores chefs do mundo. E eu, caso você esteja se perguntando, sou tipo um cachorrinho carente, implorando para Bree brincar comigo — e brincar comigo sempre.

Ela vira a cabeça de lado, me encarando com seus olhos castanhos e gentis. Bree tem um cabelão comprido, volumoso, cheio de cachos castanho-mel, e uma boca linda, com covinhas dos dois lados, do tamanho dos meus polegares. O sorriso dela é digno de Julia Roberts, tão único e estonteante que não dá para comparar com nenhum outro. Com a cabeça recostada no sofá, nossa testa quase se encosta. Quero chegar mais perto, só mais um centímetro. *Ou dois.* Quero sentir os lábios dela.

— Não vai dar. Tenho aula de movimento criativo para bebês às onze.

Franzo a testa.

— Você nunca dá aula terça de manhã.

Ela dá de ombros.

— Pois é, tive que incluir mais uma turma, duas vezes por semana, para conseguir pagar o aluguel do estúdio. No mês passado o proprietário me avisou que aumentaram umas taxas, aí o aluguel vai subir uns duzentos dólares.

Bree tenta se levantar, mas puxo ela de volta pela alça da regata. Foi um movimento quase sedutor, e noto na hora que foi má ideia, porque ela arregala os olhos. Para disfarçar, continuo a conversa.

— Você já está dando aulas demais.

Só tem uma professora trabalhando no estúdio com a Bree, dando aulas de sapateado e jazz, ela precisa contratar mais gente para ajudar. O estúdio é praticamente uma ONG, mas só se não contar as despesas, porque o aluguel de um espaço desses em Los Angeles é um absurdo de caro. Não é justo, porque tem muita gente sem grana aqui, que fica totalmente negligenciada por falta de recurso. A vontade de Bree sempre foi oferecer um lugar para crianças que não têm outra oportunidade de fazer aulas de dança, então ela faz tudo por um preço camarada.

O problema é que a mensalidade é baixa demais para esse modelo de negócio. Bree sabe disso, mas fica sem saída, e eu odeio o fato de que a solução dela para esse problema seja pegar mais aulas e se doar ainda mais para cobrir o déficit, em vez de aceitar meu dinheiro.

— Dou a quantidade normal de aulas para uma professora de dança — responde ela, num tom seco de advertência.

Só que esse tom dela é tão ameaçador quanto o de um coelhinho de desenho animado. Os olhos dela são grandes e brilhantes, o que só me faz amá-la ainda mais.

Falo de um jeito mais suave, me preparando para um assunto que sei ser sensível.

— Sei que você dá conta e que você é boa em tudo o que faz, mas, como seu amigo, odeio que você tenha que trabalhar tanto,

ainda mais sentindo dor no joelho. E, sim, eu tô ligado que você está com dor, porque vi você forçar mais a perna direita hoje para correr — digo e, por reflexo, levanto as mãos. — Não me belisca, por favor. Só quero que você se cuide enquanto cuida de todo mundo.
 Ela desvia o olhar.
 — Eu estou ótima.
 — Está mesmo? E você me diria se não estivesse?
 Ela estreita os olhos.
 — Você está exagerando, *Nathan*.
 Ela pronuncia meu nome como se quisesse me machucar, mas só me faz sorrir. Bree é uma das pessoas mais fortes que conheço, mas, ao mesmo tempo, de algum modo também é a mais delicada. Ela nunca se irrita de verdade comigo, nem com ninguém.
 — Meu joelho não vai cair, e eu consigo aguentar um pouquinho de dor. Você sabe que não controlo o aluguel, então, se eu quiser manter a mensalidade acessível para as crianças, tenho que abrir mais uma turma até arranjar outra solução. Ponto final. E... AH! — Exclama, esticando um dedo até minha boca para me calar quando vê que estou prestes a retrucar. — Não vou aceitar seu dinheiro. Já falamos disso mil vezes, preciso cuidar dessa situação sozinha.
 Fico totalmente frustrado. O único consolo para perder essa discussão é o fato de que a pele dela está pressionada à minha boca agora. Vou ficar em silêncio para sempre se ela prometer nunca mais se mexer. Com o dedo dela apertando meus lábios assim, não tenho que me sentir culpado por secretamente pagar parte do aluguel do estúdio dela há anos. (Não é verdade — ainda me sinto culpado por fazer isso escondido.)
 O proprietário já tinha aumentado o aluguel uma vez, logo que Bree assumiu o estúdio, substituindo a dona anterior. Ela chorou no meu sofá naquela noite porque não ia mais conseguir pagar (tipo o que está rolando agora) e achava que ia precisar encontrar um lugar mais barato no subúrbio, o que iria totalmente contra o propósito dela de oferecer aulas para as crianças do centro.

Digamos que o proprietário num passe de mágica mudou de ideia e, no dia seguinte, ligou para ela explicando que tinha dado um jeito na situação e que não ia mais aumentar o aluguel. Digamos também que, se Bree um dia descobrir que todo mês pago algumas centenas de dólares desse aluguel, ela com certeza vai me capar. Eu provavelmente não deveria ter feito isso, mas não ia aguentar ver o sonho dela escoar pelo ralo assim. De novo, não.

Bree foi aceita na faculdade de dança logo antes de a gente se formar na escola, e até hoje nunca vi uma pessoa mais empolgada do que ela naquele momento. Fui o primeiro a saber da notícia. Eu peguei ela no colo e girei, nós dois gargalhando, mesmo que, por dentro, eu estivesse com medo do que fosse acontecer com nossa amizade, já que nossos caminhos seriam diferentes. Ela iria para Nova York, e eu tinha uma bolsa de estudos para jogar futebol americano na Universidade do Texas. Mas eu não planejava ir embora sem contar para Bree o que sentia por ela e pedi-la em namoro. Até então, a gente era só amigo, mas eu estava pronto para dar um passo adiante.

Até que aconteceu.

Um dia, um cara avançou o sinal vermelho e bateu com tudo no carro dela depois da aula. O acidente não matou Bree, mas matou o futuro dela como bailarina profissional. O joelho dela ficou destruído. Nunca vou me esquecer do que ela falou no telefone quando me ligou do hospital, aos prantos: "Acabou tudo para mim, Nathan. Não vou conseguir superar essa."

A cirurgia reconstrutiva foi complicada, mas as sessões de fisioterapia que ela teve que fazer foram a pior parte. A energia dela tinha ido embora, e eu não podia fazer nada. Não queria deixar ela para trás quando as aulas começassem — não fazia sentido seguir com meus sonhos enquanto ela tinha perdido os dela e ficaria presa em casa. Mais do que isso, eu queria estar com ela. Jogar não era tão importante para mim quanto ela.

Então Bree se afastou. Ou, para ser mais exato, me deu um gelo. Ela não me deu opção além de ir para o Texas, como o planejado — e, quando cheguei lá, ela parou de me atender e responder às minhas mensagens. Foi como o pior dos términos, mesmo que a gente nunca tivesse namorado. Foram quatro anos sem nenhum contato e, até hoje, não consigo entender por que ela fez isso. Agora ela está ótima, e por isso mesmo não falamos do passado. Tenho muito medo de ouvir a explicação do que a levou a sumir daquele jeito.

Quando me formei, assinei contrato com o Sharks e vim para Los Angeles, e Bree já estava aqui. Acho que foi o destino — cafona, antiquado e inquestionável — que reaproximou a gente. Entrei num café, o sino tilintou na porta, e ela, que estava lendo um livro, levantou o rosto e encontrou meu olhar do outro lado do salão. Foi um desfibrilador no meu peito. *Bum*. Meu coração desde então não bate do mesmo jeito.

Naquele dia, reencontrei minha amiga. A amiga que eu conheci antes do acidente, cheia de vida e energia, e ainda melhor. Ela estava mais saudável, com curvas incríveis, macias e femininas que não existiam antes, e o joelho tinha melhorado o suficiente para ela trabalhar no estúdio de dança. Infelizmente, ela tinha um namorado na época. Nem lembro o nome dele, mas foi o motivo para eu não chamá-la para sair na mesma hora.

Retomamos a tradição de terça-feira, e desde então ando rolando no vasto buraco infernal da amizade-nada-colorida. Tenho medo de morrer aqui, porque ela me lembra o tempo todo de que não está interessada em romance. Quase todo dia ela diz alguma coisa horrível, tipo:

"Só amigos."

"Praticamente meu irmão."

"Incompatível."

"Meu *brother*."

Enfim, foi isso. Não aguentei ficar quieto enquanto ela estava perdendo algo tão importante, já que, dessa vez, eu tinha como consertar a situação com facilidade. Por isso pago o aluguel dela escondido, e ela vai ficar furiosa se descobrir.

Tenho que me lembrar de entrar em contato com o Senhor Proprietário mais tarde. Bree afasta o dedo da minha boca.

— Sério, não se preocupa! Vou dar um jeito, como sempre. Por enquanto é só tomar ibuprofeno e botar gelo no joelho entre as aulas. Está tudo bem. Juro.

Como sou só amigo dela, não tenho escolha a não ser aceitar.

— Tá, vou deixar pra lá. Não vou mais oferecer dinheiro.

Ela levanta o queixo bonitinho num gesto de orgulho.

— Obrigada.

— Ei, Bree?

— Hum? — pergunta, desconfiada.

— Quer vir morar comigo?

Ela bufa e joga a cabeça para trás na almofada do sofá.

— Nathaaaaannnn. Esquece isso!

— Sério, pensa só. A gente odeia seu apartamento...

— *Você* odeia meu apartamento.

— Porque não é adequado para um ser humano viver ali! Tenho mil por cento de certeza de que está cheio de mofo, as escadas vivem grudentas, e ninguém sabe o motivo, e ainda tem aquele CHEIRO! Que porcaria é aquela?

Ela fecha a cara, sabendo exatamente do que estou falando.

— Desconfiam de que um gambá se enfiou entre as paredes e morreu lá, mas não dá para ter certeza. Ou... — hesita, desviando o olhar. — ... talvezsejaumapessoamorta.

Ela murmura a última parte, e considero seriamente fazer dela minha refém e obrigá-la a morar no meu apartamento limpo e sem mofo.

— Melhor ainda, se você morasse aqui, não precisaria pagar aluguel, e aí não teria que trabalhar tanto no estúdio.

É uma lacuna na regra, um jeito que ela teria de cortar despesas sem aceitar um centavo meu.

Bree sustenta meu olhar por tanto tempo que acho que está cogitando a ideia.

— Não.

Ela é uma agulha, e eu sou um balão cheio.

— Mas por quê? Você praticamente já mora aqui. Tem até um quarto.

Ela levanta um dedo para me corrigir.

— De hóspedes! É o *quarto de hóspedes*.

É o quarto dela. Ela me obriga a chamar de quarto de hóspedes, mas deixa roupas lá, colocou umas almofadinhas coloridas na decoração, guarda um monte de maquiagem nas gavetas. Ela dorme aqui pelo menos uma vez por semana, depois de a gente ver um filme que acaba tarde e ela ficar sem vontade de voltar andando para casa. É, ainda tem isso: o apartamento dela é só a umas cinco quadras daqui, na mesma rua (é, cinco quadras fazem uma diferença enorme numa cidade como Los Angeles), então praticamente já somos colegas de apartamento, só que estamos separados por centenas de outros colegas. *Questão de lógica.*

— Não, eu estou falando sério... para com isso — diz, em um tom que indica que estou perto de ser o melhor-amigo-babaca-insistente e preciso me controlar.

Há quem pense que meu emprego é ser atleta profissional. Nada disso. É me forçar a me comportar nessa área cinzenta com Bree, por dentro louco por ela e por fora um mero amigo platônico. É uma forma cruel de tortura. É tipo olhar para o sol sem piscar, mesmo que arda horrores.

Ah, por acaso já comentei que, sem querer, vi a Bree pelada umas semanas atrás? É, não ajudou em nada. Ela não sabe, e não tenho a menor intenção de contar, porque ela ficaria toda envergonhada e passaria uma semana inteira me evitando. Nós temos as chaves do apartamento um do outro, então sempre entro sem tocar a campainha, mas naquele dia eu esqueci de avisar que estava indo. Ela saiu do banheiro totalmente nua e voltou sem nem notar que eu estava no corredor, com o queixo no chão. Dei meia-volta e fui embora na hora, mas aquela imagem ficou marcada a ferro... não, alguma coisa mais poética que isso... está gravada, registrada, imortalizada na minha memória para sempre.

— Me dá um motivo razoável para não querer morar aqui, e eu deixo o assunto pra lá de vez. Palavra de escoteiro — digo, levantando a mão direita.

Bree olha para minha mão, tenta não sorrir e abaixa meu polegar e meu mindinho.

— Você não é escoteiro, então sua palavra não vale nada, mas não posso morar aqui porque seria esquisito demais. Pronto, é essa a resposta. Agora você tem que esquecer esse assunto.

Bree se levanta num pulo, e dessa vez eu a deixo ir. O rabo de cavalo cacheado vai balançando, fios soltos grudados no suor do pescoço, enquanto ela vai para a cozinha.

Vou atrás. Não estou pronto para mudar de assunto, porque acho que finalmente encontrei o real motivo.

— Mas seria esquisito para quem? Para você, ou para o *Martin*? Ele sabe que não tem com o que se preocupar.

Não gosto nem um pouco do namorado dela. Ele não merece a Bree. Tá legal, eu também não a mereço, mas a questão não é essa. Que tipo de babaca fica tranquilo com a namorada morando num prédio todo cagado e não oferece a própria casa para ela?

Bree desvia o olhar, torcendo a boca para o lado. Está dividida, e levanto as sobrancelhas para encorajá-la a falar.

— Bree?

Ela me dá as costas, enfiando a mão cheia de pulseiras coloridas na bolsa gigante dela.

— Falei que trouxe um presente para você? Vai te animar depois do término com a Estridentsey... quer dizer, a Kelsey.

Ela ri baixinho da própria piada, mas eu nem sequer sorrio. Não dou a mínima para a Kelsey. Estou mais preocupado com essa tentativa dela de mudar de assunto.

Ela mexe sem parar na bolsa, e já sei o que vem. Bree é obcecada por cacarecos. Se ela encontra alguma coisa que lembra um amigo ou parente, sempre compra e enfia naquela bolsa gigante de Mary Poppins dela para dar de presente depois. Tenho duas prateleiras cheias de trecos que ela me deu ao longo dos anos. Lily, a irmã dela, tem três prateleiras. Uma vez, a gente apostou para ver quem tem mais "Breebelôs", como chamamos os presentes, e eu perdi. Lily ganhou por sete pontos.

Por fim, ela encontra o que estava procurando e tira da bolsa uma bola oito mágica em miniatura. As unhas em arco-íris soltam a bola delicadamente na minha mão, e ela fala, em voz baixa:

— Número oito. Sabe, porque é o seu número no time. Vou guardar com minha carta de baralho de número oito, meu copinho de shot de número oito e minha vela de aniversário de oito anos.

— E eu e o Martin terminamos — acrescenta.

*Peraí, como é que é?*

O mundo para de girar. Até os grilos se calam. Cada ser em todo canto do planeta se vira para nos olhar. Já eu tenho que me esforçar muito para ficar neutro. Sei que minha reação agora é crucial se quiser manter o status quo da nossa amizade. *Não estraga as coisas, Nathan.*

— Quando?

— Ontem. A gente terminou depois do jogo — ela responde, rápida. — Bom, na real, eu terminei com ele depois do jogo. Mas ele levou na boa. Foi quase mútuo.

Não acredito.

— Por que não me contou antes?

Ela dá de ombros, concentrada em subir e descer as pulseiras pelo braço, uma a uma.

— Só não pensei nisso.

— Mentira. Ninguém esquece que terminou com alguém que namorava fazia seis meses.

Ela range os dentes e revira os olhos.

— Tá! Eu não queria falar, tá bom? Não é nada de mais. Martin e eu mal nos víamos, e... ele era chato. A gente era chato juntos. Sem química. Eu não aguentava mais.

Bree fala tudo isso com total tranquilidade, e eu tenho que me lembrar de continuar respirando — devagar, inspirando e expirando, tipo um ser humano normal, e não como se estivesse em curto-circuito.

Porque é a primeira vez que estamos os dois solteiros ao mesmo tempo em seis anos. De algum jeito, nossos namoros se encaixaram num ciclo quase engraçado.

E agora... estamos solteiros.

Ao mesmo tempo.

E eu a vi pelada. (Isso não tem nada a ver com o assunto, só me volta à cabeça de vez em quando.)

Se eu me aproximasse e a beijasse, será que ela deixaria? Será que recuaria? Ou será que derreteria grudada em mim, e seria o fim da nossa amizade? São essas as perguntas que me fazem passar a noite em claro.

Mas não descubro as respostas, porque Bree de repente pega a bolsa do balcão e a pendura no ombro.

— Bom, ok, agora você sabe. Então, a gente se vê... uma hora dessas — diz, se afastando com o rosto curiosamente corado.

Eu a acompanho até a porta.

— Amanhã — digo, segurando a bola oito. — Vou te buscar para o jantar de aniversário do Jamal, lembra?

Os caras do meu time amam a Bree, chamam ela de irmãzinha dos Sharks. Eu me recuso a chamá-la assim.

Ela tropeça num sapato e se equilibra com a mão na parede, o rabo de cavalo comprido e castanho-mel batendo no rosto.

— Amanhã? Ah, é, tinha esquecido. Fechou!

Ela está muito esquisita. Ou... mais esquisita do que de costume, devo dizer.

— Beleza... Até amanhã, então — diz.

Eu sorrio quando a bolsa dela fica presa na maçaneta e a puxa para trás. Ela solta um gritinho, se desvencilha da porta e vai embora correndo.

Suspirando, olho para meu novo Breebelô.

— E aí, bola oito mágica, o que acha? Devo contar para minha melhor amiga que estou apaixonado por ela?

Viro a bola, e a mensagem diz: *Resposta imprecisa, pergunte outra vez.*

No dia seguinte, no treino, fica óbvio que o término de Bree ocupou todo o espaço disponível no meu cérebro. Não consigo me concentrar no que tenho que fazer. Erro vários passes. Jamal — o principal *running back* do time — não para de me chamar de mão furada, e o apelido está começando a pegar. Todo mundo acha hilário, porque nunca sou assim. O técnico fica preocupado, acha que estou gripado. Ele até chama um médico para conferir minha temperatura, e na frente de todo mundo. Eu me sinto idiota.

— Só estou preocupado — digo para Jamal depois do treino, porque ele não para de me encher perguntando por que eu estava jogando tão mal.

Ele solta uma gargalhada enquanto abotoa a camisa. Eu já estou vestido, sentado no banco no meio do vestiário, esperando para ir à sala de mídia para uma coletiva de imprensa sobre o próximo jogo.

— Tem alguma coisa a ver com você ter terminado o namoro?

Levanto a cabeça abruptamente.

— Como você sabe? Terminei com ela ontem de manhã.

O sorriso condescendente dele diz: "Você é um idiota."

— Ela postou no Instagram ontem à noite, com o link para uma matéria num site de fofocas.

— Droga.

Eu devia ter percebido que não era uma boa ideia namorar a Kelsey. Ela até parecia legal no começo, modelo e tal, mas acabou se revelando uma mulher totalmente obcecada pela fama. E, na moral, nem me importo muito quando mulheres só querem ficar comigo por causa da atenção. Eu só namoro outras mulheres porque Bree sempre namora outros homens. Mas agora ela está solteira... e, já que não consigo encontrar uma mulher nem vagamente tão incrível quanto ela, acho que é hora de parar de procurar.

Além do mais, estou cansado de ver minhas ex serem grossas com a Bree. É como ver alguém tentar matar uma borboleta — cruel e deprimente. De repente, penso no lance da matéria e fico preocupado. Kelsey pode me xingar o dia todo, mas, se tiver mencionado o nome de Bree uma vez sequer, meus advogados vão se meter na história.

— Você leu? — Pergunto para Jamal, que está se arrumando no espelho.

Ele solta uma gargalhada rouca que me diz que não vou gostar da resposta.

— Ah, li, sim. Você vai odiar.

Endireito as costas.

— Menciona a Bree?

Jamal olha de relance para mim, repara na minha postura de quem está pronto para a briga e balança a cabeça.

— Não, mas você é um idiota, sabia? Olha só, está aí pronto para acabar com alguém por uma mulher que nunca sequer beijou. Sério, você precisa se ligar. Vai atrás da Bree logo ou deixa ela pra lá. Esse lance está começando a atrapalhar seu trabalho, e não é o momento para isso, porque... tem as eliminatórias, cara. ELIMINATÓRIAS.

Ele sacode os punhos numa tentativa desesperada de me fazer entender. Como se eu já não soubesse da importância das eliminatórias.

Ignoro Jamal.

— Mas só para deixar claro mesmo, a matéria nem menciona a Bree?

Ele olha para mim, inexpressivo.

— Não. Seu amorzinho está a salvo. Já você...

Ele ri tipo um amigo que vê uma meleca no seu nariz e não avisa que está lá.

Eu o ignoro de novo.

— Então não dou a mínima para a matéria.

Minha *imagem* nunca foi importante para mim. Só me importo com jogar bem.

— Além do mais — continuo —, a gente namorou por poucos meses. Duvido que ela consiga arranjar tanta roupa suja para lavar em público.

Ainda mais porque sou um tédio. Não curto noitada. Não bebo durante o campeonato. Durmo cedo e acordo cedo.

Jamal parece prestes a explodir de satisfação. Está com um sorriso enviesado e com as sobrancelhas erguidas, e agora talvez eu esteja um pouquinho nervoso por causa do que Kelsey disse. Ele me dá um tapinha nas costas ao sair do vestiário.

— Me procura quando estiver pronto para ler, tá? Não quero deixar de ver sua cara na hora.

Assim que ele vai embora, outro cara do time atravessa o vestiário, indo para o chuveiro, e ri do que vê no celular.

— E aí, Price, o que tá pegando? — pergunto, acenando com a cabeça, mesmo que ele nem esteja me olhando.

Ele gargalha alto ao passar por mim.

— Você é que não tá, pelo visto!

Não faço ideia do que ele quer dizer, mas algo me diz que não vou gostar de descobrir.

# 4
# BREE

— AI, MEU DEUS, tô babando. Imani, pega um esfregão pra eu secar essa poça.

— *Shhh*, ela vai escutar. Fala baixo!

— Não estou nem aí se ela vai escutar, ela precisa saber que é inacreditável não agarrar esse pedaço de...

Bufo e cruzo os braços, batendo o pé no chão que nem minha mãe fazia — mas me recuso a pensar em mim como mãe dessas meninas, nem tenho idade suficiente para isso. Estou mais para uma irmã mais velha. Isso, uma irmã mais velha gente boa, com quem elas teriam sorte de sair!

— Passa para cá — digo, esticando a mão para o grupo de alunas de balé de dezesseis anos aglomeradas ao redor do celular.

É, agora pareço a mãe delas.

— Viu, Hannah, quem mandou não calar a boca?

Imani se levanta do grupinho no canto do estúdio, onde esperam o começo da aula, e vem caminhando graciosamente pelo piso de madeira.

O celular de capinha cor-de-rosa e azul brilhante cai na minha mão e, quando olho, vejo uma foto de Nathan num tipo de propaganda sexy, usando só a calça do uniforme e um par de chuteiras pretas lindas. O abdômen está todo definido e a pele brilha de tanto óleo que passaram nele. Nem sei o que a propaganda quer vender, mas estou disposta a gastar todas as minhas economias.

Fecho a foto, querendo mesmo copiar e colar o link numa mensagem para mim.

— Primeiro, vocês nem deviam estar vendo uma coisa dessas. Ele tem quase o dobro da idade de vocês!
— E daí? Não tem idade para ser sexy.
Sierra, de dezesseis anos também, é quem exclama tal preciosidade.
— Pode acreditar que tem, sim. É só olhar as leis.
Elas todas reviram os olhos. Adolescentes de dezesseis anos são apavorantes.
— E, segundo — continuo —, essa foto foi toda editada. Ele não é assim ao vivo.
*É ainda melhor.*
Hannah aponta para mim com agressividade.
— Não diz isso! Ele é o cara mais gostoso do planeta, todo mundo sabe. E a gente quer saber como você aguenta ser amiga desse deus grego e não dar para ele.
Franzo o nariz.
— Credo, não use essa palavra. Quem te ensinou isso?
— Você está evitando a pergunta — diz Hannah.
Ela é a líder do atrevimento dessa turma.
Atravesso o estúdio comprido e estreito, indo até o aparelho de som no fundo da sala. Com o controle remoto na mão, subo na meia-ponta e me viro para o jovem júri enfileirado diante do espelho, de braços cruzados. Essas bebezinhas estão falando sério.
— Não estou evitando pergunta nenhuma. Só não vou me rebaixar a responder! Sem contar que essa conversa não é adequada para nossa aula. O amigo é meu, não de vocês.
Quero dar tapinhas no topo da cabeça delas para deixar isso mais claro.
— Mas você é apaixonada por ele, né? — pergunta Imani.
Boto as mãos na cintura. *Ai*, outra pose de mãe.
— Se eu responder, podemos começar a aula?
— Sim — respondem as Spice Girls do balé em uníssono.
— Então não, lindinhas. Nem a pau que estou apaixonada por ele, na-na-ni-na-não — digo, adorável, girando e transmitindo sorridente essa mentira, esperando que elas entendam.

Elas franzem a testa. Me acham uma velha.

De jeito nenhum que eu vou dar a essas meninas o que elas querem: a verdade. Contar o que sinto por Nathan seria que nem jogar mil jujubas numa sala cheia de criancinhas. Elas iam ficar doidas, e eu nunca mais teria paz. Além do mais, existe a possibilidade real de elas darem um jeito de entrar em contato com ele e contar tudo. É melhor mentir e fingir que não sinto nada por ele.

— Que saco! — resmunga uma das meninas. — De que adianta ter um amigo gostoso assim se nem planeja trepar com ele?

— JÁ DEU! HORA DE IR PARA A BARRA! — grito, batendo palmas que nem uma professora francesa cujo único objetivo é levar as alunas à morte.

É mais ou menos meu plano para hoje.

Não é porque a aula de balé é acessível que a educação aqui é barata. Eu ensino essas meninas com o mesmo nível de precisão e exigência que tinha o estúdio caro e chique onde estudei na adolescência. Me dá arrepios só de pensar em como meus pais e eu tivemos que suar para pagar aquelas aulas. É, você entendeu certo, tanto meus pais quanto EU tivemos que trabalhar. Meus pais não ganhavam bem o suficiente e, por causa da minha avó, que passou a maior parte da minha infância enfrentando um câncer agressivo, meu pai precisava trabalhar em dois empregos para arcar com todas as contas. O dinheiro era curto.

Minha irmã e eu trabalhamos durante todo o ensino médio para pagar nossos gastos com o carro, o seguro, os rolês e, claro, o balé. Eu queria que um estúdio como o que tenho hoje existisse perto de mim quando era mais nova, por vários motivos.

1) Funcionamos com mensalidades proporcionais à renda familiar das alunas. Ou seja, se os pais ganham menos, o aluno paga menos. Dançar não deveria ser exclusividade dos ricos. Deveria estar disponível para todo mundo, e não ser um fardo.

2) Meu estúdio não trabalha só com técnica e treino, mas com cuidado completo. Eu me preocupo com essas meninas. Me preo-

cupo com a alimentação delas. Com as roupas que têm para ir à escola. Me importo quando estão brigadas com uma amiga e precisam de um abraço ou de carona para a aula. Dou mais importância ao que os olhos delas dizem do que ao ângulo dos pés. Porque, como eu mesma aprendi, o balé pode desaparecer da nossa vida de uma hora para outra, mas a alma fica com a gente para sempre. Enfim segui o conselho da minha mãe e tenho conseguido passar isso para minhas turmas.

Mas não me entenda mal: também dou importância para os ângulos dos pés e, agora no ensaio, dou a elas uma educação da qual podem se orgulhar. Quando elas terminarem o ensino médio, quero que sintam que receberam toda a instrução necessária para dançar numa companhia ou se inscrever na Juilliard. Nessa aula de uma hora, me dedico plenamente a essas meninas, e espero o mesmo em troca.

Mas são necessários muitos sacrifícios para poder oferecer uma mensalidade mais barata. Para um estúdio de balé, este daqui é minúsculo. É uma toca de camundongo, que vem prosperando no andar de cima de uma pizzaria há dez anos. Eu assumi o estúdio da antiga dona, sra. Katie, há quatro anos, e desde então foi um grande sucesso. É meu pedacinho de céu. Cheira a trigo e pepperoni, e tem o som de música clássica e gargalhada.

Depois da aula, vou para minha posição na saída, que fica no meio do corredor estreito, de menos de um metro e meio de largura e que se estende pelo comprimento do estúdio. É um espacinho repleto de mochilas, garrafas de água e sapatos, onde, numa ponta, fica o banheiro e, na outra, meu miniescritório.

As meninas fazem fila, penduram suas mochilas no ombro e saem pela porta uma a uma, parando para ouvir a mensagem inspiradora que digo em toda despedida. Elas querem arrancar as orelhas de tanto que escutam, mas prefiro depilar todo o meu corpo a cera a parar de dizer aquilo, porque sei que elas precisam ouvir. Ofereço a cesta de biscoitos de proteína e aveia que faço em casa toda semana para as aulas.

— Imani, estou muito orgulhosa de você. Você é linda e maravilhosa do seu jeitinho. Pega aqui um biscoito.

Ela aceita o biscoito e revira os olhos, sorrindo.

— Sierra, estou muito orgulhosa de você. Você é linda e maravilhosa do seu jeitinho. Pega aqui um biscoito.

Ela mostra a língua e franze o nariz. Eu mostro a língua de volta.

E assim sigo pela fila de oito bailarinas, olhando nos olhos de cada uma delas para checar se tem alguma coisa estranha, se não estão magras demais, se andam dormindo bem, se não estão perdendo a alma em nome da dança, exatamente como eu queria que minhas professoras tivessem feito por mim. Porque essa é a verdade sobre bailarinas desse nível: elas fariam qualquer coisa para alcançar o sucesso, o que normalmente envolve treinar até os pés sangrarem, passar fome para afinar o corpo, tentar chegar à perfeição a todo custo e passar mais tempo dançando do que vivendo. Eu já fui assim e fico muito feliz por não ser mais. Agora eu como quando sinto fome e tenho vida além do balé.

O acidente salvou minha vida, porque, se eu tivesse entrado na Juilliard com a mentalidade nociva que eu tinha na época, não sei o que teria acontecido comigo. Agora garanto que minhas alunas sejam vistas, amadas e, *caramba*, ALIMENTADAS!

Hannah é a última da fila e, quando está prestas a pegar o biscoito, meu radar começa a apitar. Normalmente ela faz uma careta na despedida, que nem as outras meninas, mas dessa vez está olhando para o chão. Afasto a cesta no último segundo, antes de a mão dela alcançar o biscoito.

— Na-na-ni-na-não — digo, como se estivesse repreendendo um cachorrinho fofo demais para levar bronca de verdade, e mantenho a cesta afastada. — Nada de biscoito até você me contar o que está rolando nessa cabecinha.

Aaaai, esqueci que estava falando com o pior tipo de adolescente — a de quarto grau, ou seja, uma adolescente que tirou a carteira de motorista e agora acha que é adulta.

Ela cruza os braços.

— De boa. Não estou com fome mesmo.

Ela desvia o olhar de novo, de propósito, mas ainda vejo *alguma coisa* ali no fundo.

Bom, para o azar dela, eu mesma ainda continuo sendo meio que uma adolescente.

Como ela não está olhando, é fácil pegar da mão dela o celular com aquela foto maravilhosa de Nathan. Eu seguro o smartphone atrás das costas e, com o olhar, aviso que ela não vai recuperá-lo se não obedecer. Ela solta um suspiro indignada, e eu imito a expressão que nem um papagaio irritante, arregalando os olhos em provocação.

— Quer o celular de volta? Me conta o que está acontecendo.

— Você não pode pegar meu celular! A gente não está na escola.

— Hum... parece que já peguei.

Sou implacável: não ligo para a irritação dela porque agora estou convencida de que ela está escondendo alguma coisa — e me preocupo demais para ignorar.

— Srta. B! — resmunga ela. — Eu tenho que ir. Entro no trabalho daqui a quarenta e cinco minutos, e preciso trocar de roupa em casa antes. Por favor, devolve meu celular?

Faço cara de quem está pensando.

— Hummm... não. Você está com algum problema?

Ela curva os ombros esguios no máximo que é possível para o corpo de uma bailarina perfeitamente refinada.

— Você não vai mesmo devolver?

Abro um sorriso simpático e sacudo a cabeça. Ela revira os olhos.

— Tá. É que meu pai foi demitido de novo. Parece que por corte de gastos. Eu... eu sei que já pago pouco, mas talvez tenha que parar com as aulas. Não tenho como trabalhar mais sem ir mal na escola.

Devolvo o celular com a capinha cor-de-rosa e azul brilhante.

— Obrigada. Não foi tão difícil, né?

Ela olha para mim, furiosa.

— Isso é invasão de privacidade.

— Tá, pode ser, entendo o argumento, mas... não tô nem aí.

Sorrio e entrego um biscoito. Ela dá um sorrisinho, e sei que fui perdoada.

— Esquece a mensalidade até seu pai arranjar outro emprego — digo.

Ela fica chocada.

— Jura? Srta. B., não posso...

— Claro que pode! Agora chega de se preocupar, senão vai ficar com uma úlcera — digo, me virando para apagar a luz do estúdio e pegar minha bolsa. — Quero te ver na aula quinta-feira, hein?

Quando saímos, tranco a porta, e nós duas descemos a escada superestreita e íngreme que leva ao estacionamento. O cheiro de pizza faz meu estômago roncar, e fico com vontade de jogar esses biscoitos saudáveis lá longe e devorar uma pizza caprichada, com borda recheada e tudo. Era de se imaginar que, depois de seis anos sendo assombrada por esse cheiro, eu teria me acostumado, talvez até enjoado. Nada disso.

Hannah se vira para mim quando chegamos lá embaixo. Ela abre a boca, mas não sai nenhuma palavra. Só vejo as lágrimas grudadas nos cílios compridos. Ela suspira devagar e acena com a cabeça.

— Obrigada, srta. B. A gente se vê na quinta.

É só isso que quero. Bom, e também que dinheiro chova do céu que nem maná. Não sei como vou pagar as contas com o orçamento tão apertado e agora sem a mensalidade de Hannah, mas me recuso a dar as costas a uma menina que precisa de ajuda.

De repente, me lembro de um post que vi no Instagram no começo da semana. Era da The Good Factory, avisando que vão vagar um espaço incrível no mês que vem e que já estão aceitando inscrições. Sonho em alugar uma sala lá desde que conheci o projeto, há alguns anos. É uma fábrica antiga mas reformada, que foi deixada em testamento por um benfeitor ricaço com o objetivo de oferecer salas de graça para organizações sem fins lucrativos. As únicas despesas ali são relativas aos ajustes necessários no espaço (no meu caso, a parede de espelhos e a barra de balé). São só quinze salas disponíveis, e estão SEMPRE ocupadas, porque, óbvio, quem não quer aproveitar?

Cada uma das salas gigantescas tem janelas lindas, piso de madeira e paredes enormes de tijolo exposto. Quero me inscrever, porque, sem precisar pagar aluguel, eu poderia oficialmente converter o estúdio numa organização sem fins lucrativos e reduzir a mensalidade até ser só um valor simbólico. Mas só de pensar reviro os olhos. Impossível eu ser selecionada entre centenas de inscritos. Já aprendi a não contar demais com uma coisa que não está nas minhas mãos. É melhor dar um jeito com o que já tenho.

Vejo Hannah ir até o carro e espero ela estar em segurança antes de ir para o meu. Jogo a bolsa no banco do carona, cheio de casacos e garrafas de água, e pego o celular. Não fico surpresa ao ver que Nathan deixou um recado na minha caixa postal. A gente tem o hábito de se ligar e deixar recados à toa, sem motivo.

"Ei, é verdade que algumas lagartas são venenosas? Uma entrou aqui na minha caminhonete e sumiu quando virei o rosto. Agora estou me perguntando se é melhor comprar um carro novo e deixar esse para ela. O que você acha?"

Imediatamente ligo de volta e, como ele não atende, deixo recado.

— Ainda não tive tempo de pesquisar, mas é melhor prevenir do que remediar. Será que agora dá para você comprar um carro esportivo daqueles bem estilosos? E eu estou morta de vontade de tomar uma raspadinha de cereja. Será que é deficiência vitamínica? É só isso. Valeu, tchau.

Quando desligo, abro a internet e tento encontrar aquela foto que as meninas estavam admirando antes da aula.

# 5
# BREE

Ouço uma batida alta na porta do apartamento, acompanhada da voz de Nathan.

— Bree! Tá aí?

— Só um segundo! Já vou! — grito do banheiro.

Ainda são cinco e meia da tarde. Ele chegou meio cedo demais para me buscar para a festa do Jamal. Ainda estou de collant preto e legging, e, mais importante, com a gosma verde de uma máscara facial endurecendo na minha cara. Eu provavelmente deveria me preocupar com o que Nathan pensaria ao me ver assim, mas ele já me viu em pior estado. Essa é uma das vantagens de nunca esperar namorar seu melhor amigo: dá para encontrar com ele mesmo estando horrível!

*Bem-vindos ao lado bom, meus amigos!*

Saio do banheiro e vou até a cozinha, para encontrar Nathan mexendo na geladeira. Ele está debruçado na porta quando chego, e minha barriga dá uma cambalhota ao vê-lo naquela posição.

— Tem maçã na gaveta de baixo — digo, me forçando a desviar o olhar do seu *derrière*, porque, *humm, fala sério*, não é coisa de amiga admirar a bunda dele.

Mesmo que a bunda em questão fique uma delícia naquela calça social cinza justa.

— Ah... valeu.

Ele se levanta e fecha a geladeira, com o tesouro em mãos. Quando se vira para mim, já está com a maçã entre os dentes e congela no meio da mordida. Ele arregala os olhos, abrindo um sorriso ao redor da fruta proibida.

— Que foi? — pergunto, me recostando na bancada como se estivesse tudo perfeitamente normal. — Tem alguma coisa na minha cara?

Ele solta uma gargalhada gutural, e o som é tão *dele* que me afeta de um jeito que mulher nenhuma — ainda mais com a cara pintada que nem um sapo — deveria sentir. Eu não deveria ficar pensando obscenidades sobre Nathan, mas... é DIFÍCIL, tá bom? Sou uma mulher com ovários cheios de opiniões e, sendo sincera, eles são bem danadinhos. Enquanto Nathan dá uma mordida na maçã e inclina a cabeça com um sorriso bem-humorado, meus ovários declamam versos sobre aquela camiseta branca e macia que o envolve tão perfeitamente que parece que uma divindade o pegou pelos pés e o mergulhou no lago da sensualidade. Em resumo, eu morro só de vê-lo.

— É para eu me preocupar com o que está rolando aí? — pergunta ele, balançando aqueles dedos enormes na frente da cara.

— É, porque quando eu tirar isso da cara minha beleza vai ficar tão devastadora que você vai morrer na hora.

É uma piada, cem por cento brincadeira, mas Nathan engole o pedaço de maçã, e seus olhos fazem uma coisa muito estranha: descem pelo meu corpo.

Acontece só uma vez, e o olhar não volta pelo mesmo caminho, mas parte de mim começa a imaginar... *não! Não imagina nada! Tratem de sossegar aí embaixo, seus safadinhos.*

Uma pontada de desejo percorre meu corpo e como resposta faço o que tem me ajudado há seis anos, uma técnica aperfeiçoada por toda dinâmica de melhores amigos de gêneros diferentes. Ando pela cozinha como se tivesse uma tarefa muito importante a fazer, fingindo que nada aconteceu. Custe o que custar, eu NUNCA reconheço o desejo.

Eu me viro para o balcão e encontro uma raspadinha de cereja num copo de isopor. Solto um suspiro chocado, como se fosse uma taça repleta de joias roubadas.

— VOCÊ TROUXE RASPADINHA!?

Tenho que perguntar de modo a projetar minha voz e transmitir emoção o suficiente sem rachar a máscara na minha cara. É um talento importante de se dominar.

Eu o ouço rir e morder a maçã de novo.

— Você disse que estava com vontade, né?

— É, mas você não precisava comprar — digo, antes de enfiar o canudinho na boca e tomar um gole demorado, até meu cérebro congelar daquele jeitinho delicioso.

Nathan me encara e depois olha para o celular, emburrado.

— Não foi nada — diz, mexendo na tela antes de largar o celular no balcão com um baque. — Não aguento mais esse troço — fala, passando a mão pelo cabelo num gesto ansioso. — Parece que toca sem parar. Nunca tenho descanso.

Ele sai da cozinha estreita, vai até a sala e se joga no sofá. Não consigo conter o riso ao vê-lo assim, todo espalhado, os braços e as pernas sobrando nos meus móveis minúsculos. Nathan parece ter acabado de descer pelo pé de feijão para um cochilo no sofá do bebê urso. Ele fecha os olhos escuros, e noto como está cansado. Só de olhar para ele e saber o quanto tem trabalhado já fico exausta. Quero enrolá-lo na minha mantinha amarela, fazer uma sopa para ele e obrigá-lo a passar o dia vendo desenho animado.

— A gente pode ficar aqui e ver um filme, você sabe, né? Tenho certeza de que Jamal vai entender se a gente não for.

Nathan nem abre os olhos.

— Não, eu quero ir. Minha presença é importante para ele.

Suspiro, sabendo que Nathan é tão teimoso quanto eu, e assim como não aceito o dinheiro dele, ele não abre mão das coisas para descansar. Imagino que uma namorada provavelmente subiria no colo dele e o seguraria ali, sem dar a ele opção.

Mas não sou namorada dele.

Sacudo a cabeça de um lado para o outro para me desvencilhar dessa fantasia.

— Tá, beleza, só preciso tirar isso da cara, e aí a gente pode...

Sou interrompida pelo barulho do celular de Nathan vibrando no balcão da cozinha. Olho para trás, mas ele levanta a mão, fazendo sinal para eu deixar quieto.

— *Shhh*, se ninguém se mexer, vão pensar que não estou em casa.

— Posso atender e fingir que foi engano.

— Ninguém acreditou no seu sotaque francês da última vez.

É verdade. Tim, o empresário de Nathan, me fez passar o celular para ele na mesma hora.

Nathan pega a almofada verde-limão em que estava apoiado e cobre o rosto. Uma estranha satisfação me percorre por poder vê-lo assim, pois ele só baixa a guarda comigo.

— Deve ser Nicole ou Tim querendo mais um pedaço da minha alma.

O celular para.

— Alguém tirou a noite para fazer drama.

Nathan abaixa um pouco a almofada e levanta uma sobrancelha.

— Eu faço drama o tempo todo.

Ele fecha os olhos de novo, e me deixo observá-lo por um tempo. Ele está largado em cima de uma pilha de roupas que tirei da máquina de lavar e deixei ali faz uma semana. Tem vidros de esmalte espalhados pela mesinha de canto e contas abertas jogadas no chão. O engraçado é que Nathan é a própria encarnação da ordem e da limpeza, mas nunca tentou arrumar minha casa. (Ainda bem, porque sei que debaixo da pilha de leggings no meu quarto tem uma revista aberta cobrindo uma caneta vermelha e, se ele mudasse a pilha de lugar, eu nunca mais encontraria a caneta!) Ele nunca fez um comentário negativo sequer sobre minha preferência por bagunça, nem sugeriu que eu organizasse minha vida. Ele só se senta em cima das minhas roupas.

Internamente, me puxo pelo rabo de cavalo, deixando Nathan no sofá e indo lavar a máscara seca no rosto. Troco de roupa, coloco uma calça jeans e uma camiseta bonitinha, casual mas descolada, e, assim que saio do quarto, ouço o celular de Nathan vibrando de novo na cozinha. É o aviso de um recado na cai-

xa postal. Estou passando pelo corredor curto, chegando à sala, quando Nathan grita:
— Ei, Siri, toque a caixa postal.
Adoro a tecnologia.
A voz que escuto a seguir, porém, me faz parar abruptamente. É o proprietário do meu estúdio.

"Olá, sr. Donelson, aqui é Vance Herbert..."
Eu me viro e olho para Nathan, que se empertigou no sofá, tenso. Nós nos encaramos por exatamente um segundo antes de corrermos para a cozinha ao mesmo tempo. Como eu estava mais perto, chego primeiro ao celular.
Pego o aparelho e saio correndo para o quarto. Nathan vem logo atrás, tentando pegar meus braços, mas eu escapo, zigue-zagueando. É melhor me contratarem para a NFL. A gente faz o barulho de uma manada de elefantes em debandada pelo apartamento, e a voz de Vance continua em sua cadência suave e monótona. "Só queria avisar que a documentação foi toda acertada..."
— BREE! ME DÁ MEU CELULAR!
— Nem pensar!
Chego ao quarto e tento fechar a porta na cara dele, mas ele segura o batente com as mãos enormes e a abre com força. Tomo impulso para pular a cama, torcendo para conseguir chegar ao banheiro e trancar a porta, mas Nathan agarra meu quadril no meio do salto e me joga na cama. Só que, como tenho uma irmã mais velha, cresci desenvolvendo métodos dignos da CIA para proteger minhas coisas.
Enfio o celular no sutiã, o único lugar que sei que é à prova de Nathan.
Assim que ele me vira, me fazendo bater de costas na cama, e para em cima de mim, com um braço de cada lado do meu corpo, ouvimos as últimas palavras de Vance: "... e o senhor é oficialmente o novo proprietário do prédio. Pedi para minha corretora

lhe enviar as chaves, e ligarei para a sra. Camden para informar que vendi o prédio e ela tratará com outro proprietário — mas, como discutimos, não mencionarei seu nome. Se o senhor ou sua corretora puderem me passar que nome e contato gostariam que eu fornecesse à sra. Camden, agradeceria muito. Tenha uma boa noite."

O quarto fica assustadoramente quieto, exceto pelo martelar alto do meu coração. Olho para o celular dele, escondido no meu sutiã, e quando levanto o rosto encontro os olhos pretos e intensos de Nathan. Parece que ele acabou de perder tudo numa partida pôquer.

— Você...?

Ele nem precisa que eu complete a frase.

— Isso.

Nenhum de nós tenta se mexer e, por um momento, o choque me paralisa. Meu olhar desce do ombro de Nathan para seu bíceps, seu cotovelo, seu antebraço bronzeado, com uma camada fina de pelos, até a mão apoiada no meu edredom.

— Você comprou o prédio todo?

Ele suspira.

— Comprei.

— Por... por quê?

A expressão dele me diz que não quer responder.

— Porque ando a fim de investir no mercado imobiliário?

— *Nathan*.

Ele engole em seco, e vejo seu pomo de adão subir e descer. Sinto o calor do corpo dele ao meu redor.

— Porque ele não parava de mudar os termos do aluguel, e era mais fácil comprar o prédio todo do que negociar de novo. Esse cara é muito safado.

Pisco cem vezes.

— Espera aí... por que você falou "*do* aluguel", e não "do *seu* aluguel"?

Ele leva vários segundos para responder, o que já me diz tudo que eu precisava saber, antes mesmo de ele se manifestar.

— Porque, tecnicamente, nos últimos quatro anos... foi *nosso* aluguel.

A realidade desmorona sobre mim, e escapo de debaixo dele para andar de um lado para o outro no quarto.

— NATHAN! Você passou todos esses anos pagando parte do meu aluguel?!

Ele vira as pernas, sentando-se na beira da cama, com as mãos cruzadas nos joelhos, e me vê andar para cá e para lá.

— Pois é.

Solto uma mistura de choro e gemido quando cifrões começam a rodar pela minha cabeça que nem uma máquina caça-níquel. Nathan me ajuda há QUATRO ANOS, sendo que deixei bem claro que não queria nenhum dinheiro dele! É uma das minhas regras para nossa amizade: *nada de aceitar dinheiro como presente.* E regras são importantes para mim, porque ajudam a manter a amizade na categoria certa. Se eu deixasse ele me ajudar com dinheiro, se eu fosse morar com ele, se eu fosse a eventos chiques e aproveitasse todas as vantagens de uma namorada, seria uma confusão!

Para ele isso pode não ser nada de mais, já que não é a fim de mim, mas vou ficar cem por cento atrapalhada da cabeça, além de arrasada por ser só uma amizade. Talvez seja besteira, mas prefiro não enfiar meu coração num triturador de lixo, se possível.

— Então daquela vez... quando Vance me avisou, anos atrás, que ia aumentar o aluguel, mas aí mudou de ideia de repente... foi você? Você combinou de pagar a parte que eu não ia conseguir?

Nathan pisca a resposta em código Morse com seus cílios compridos.

— Bree...

Eu me viro tão bruscamente que tenho certeza de que vou acordar com torcicolo amanhã.

— *Que foi?* Quer pedir desculpas agora que foi descoberto? Agora que a coisa ficou feia?

— Não.

— Não?!

A resposta dele é ainda mais irritante.

— Não vou pedir desculpas, porque não me arrependo.

Ele está totalmente calmo e sereno. Sr. Elegância, pronto para pôr os óculos escuros e mostrar sua superioridade. Em comparação, eu me sinto a própria sra. Neurótica Que Enfiou O Dedo Na Tomada.

— Como assim não se arrepende? Você me enganou! Passou anos mentindo para mim. Ai, nossa, estou te devendo milhares de dólares!

Aperto o rosto com as mãos.

— Você não me deve nada. Nem um centavo. Não me deve, porque não preciso de nada seu.

— Claro que devo! — grito, esganiçada. — Como você não vê que isso me deixa desconfortável, Nathan? Falei mil vezes que não ia aceitar seu dinheiro, e era verdade.

Parte da pose tranquila dele está desmoronando. Ele se levanta rápido.

— E por quê, hein? Nunca entendi isso! Não faz sentido. Você é minha melhor amiga, por que não posso te ajudar se você precisa da grana? Tenho mais do que sou capaz de gastar!

— Porque você não vai poder me ajudar para sempre, Nathan!

Uau, ok, falei alto demais. Minha exclamação rasga o ar que nem uma buzina no meio de uma briga de bar. Tem gente por todos os lados, levantando cadeiras para quebrá-las na cabeça dos colegas bandidos, e parando para piscar para mim.

— Por que você pensaria uma coisa dessas?

— Porque é verdade — digo, sem conseguir olhar para ele. — A gente é só amigo. O que vai acontecer se eu começar a depender de você financeiramente e aí, um dia, você se casar, e sua esposa de repente não gostar que você pague o aluguel de outra mulher, e ainda todas as outras coisas que você pagaria se eu deixasse?

Ele muda o peso de um pé para o outro.

— Eu... eu não me casaria com alguém assim. Vou encontrar alguém que se sinta confortável com nossa amizade.

Solto uma gargalhada curta e triste.

— Nenhuma mulher no mundo ficaria confortável com isso, Nathan! É um fato que temos que enfrentar. Um dia a gente não vai mais poder ser tão íntimo. Você vai se apaixonar e se casar com uma mulher poderosa que vai querer você só para ela, como deve ser, e você também vai querer entregar seu coração para ela. É por *isso* que não posso depender financeiramente de você.

Sinto uma pontada desconfortável no peito. É só metade da verdade, mas é tudo que posso revelar.

Eu o encaro, esperando que a ficha caia na sua cabeça linda e caridosa que não posso deixá-lo ser meu *sugar daddy*.

Finalmente, depois de um momento longo e deliberado, ele diz, brincalhão:

— Por que você não se apaixona e se casa também, nessa sua história? Parece injusto eu encontrar um amor de conto de fadas e você acabar sozinha na miséria.

Solto um grunhido e sacudo os punhos no ar.

— EU VOU TE PAGAR!

Para enfatizar, bato o pé, indignada. Pó de gesso cai do teto, parecendo neve.

Ele sacode a cabeça.

— Não vai, não. Não vou deixar.

— Vou. Pagar. Sim — insisto, pestanejando, furiosa. — Não sei como, nem quando, mas vou dar um jeito. E espero que a gente acerte um contrato de aluguel normal! Nada de desconto!

— Pode parar de gritar? Seu teto está quase desabando. E, sério, Bree, esse cheiro só piora. Talvez seja mais de um gambá morto.

Ele perdeu a cabeça! Está completamente lelé! Estou aqui, falando que nossa amizade é uma bomba-relógio e negociando um aluguel justo, enquanto ele está na terra do nunca, pensando em gambás.

— Você não vai me distrair — digo, cutucando o peito duro dele. — É hora de você me prometer que vai parar de se meter na minha vida financeira. Prometa, senão eu não vou à festa do Jamal.

Cruzo os braços e requebro o quadril. Pronto. *Esse show é meu, amigo.*

Um brilho perigoso surge devagar nos olhos dele enquanto se aproxima, me obrigando a dar um passinho para trás.

— Não, foi mal — diz, avançando ainda mais. — Você tem ideia de como é ver sua melhor amiga cuidar de todas as outras pessoas do mundo, e não cuidar de si? Vejo você se doando para essas meninas, fazendo o possível e o impossível para dar as aulas e ainda fazer elas se sentirem amadas. E, por algum motivo, você acha que a mesma bondade não deve valer para você.

O sorriso dele se torna um desafio.

— Bom, *amiga*, que dureza — continua. — Tenho milhões de dólares e se eu quiser vou usar tudo para te mimar. Você vai ter que me jogar de uma ponte se preferir que eu não me meta na sua vida, porque é isso que amigos fazem. Então pode ir se acostumando. Ah, e você vai pagar um aluguel bem baratinho agora. A pizzaria do primeiro andar também.

Bufo, chocada.

— Não é justo! Para com essa pose de ursinho de pelúcia fofo!

— Já era. E, se for te ajudar a dormir melhor, pode fingir que só fiz isso por causa das suas alunas. Não tem nada a ver com você.

— Pronto. Não vou com você para a festa hoje. Fim. Você precisa aprender sua lição.

Cruzo os braços. Sou uma pedra, rígida e impassível. Não vou ser convencida!

Ouço a gargalhada de Nathan antes de ser pega no colo e jogada no ombro dele, com a bunda para o teto.

# 6
# BREE

— NATHAN! Me larga! — grito, enquanto ele me carrega para fora do quarto.

— Não tem nenhum problema aceitar um pouco de ajuda na vida. Amigos se apoiam. Inclusive acho que meu próximo projeto vai ser te tirar dessa pocilga.

Ele dá um ligeiro toque na parede e lascas de tinta começam a cair no chão.

— Nem ouse comprar meu prédio e reformá-lo!

— Talvez eu faça isso mesmo. Sou cheio da grana, meu amor.

*Quem é esse homem?!*

— Você tá doido! — grito para a bunda dele.

— Tô mesmo, é tão bom. Agora, vamos lá, pode continuar gritando comigo na caminhonete. Não quero ir sem você, e sei que você também não quer perder a festa.

Eu me debato, sacudindo os pés.

— Nem pensar! Não vou com você. A gente está brigado! Você não vai fazer o que quer dessa vez, seu ogro!

Ele dá um tapinha de leve na minha bunda quando eu o chamo de ogro, o que me faz gritar de surpresa e também querer morrer de rir. AAAARRGGH, eu odeio o Nathan. Por que a gente não pode brigar que nem gente normal?

— Você não pode encostar na minha bunda! É contra as regras — digo enquanto ele me carrega até a porta, parando para apagar as luzes no caminho.

Meu cabelo está pendurado no ar, igual a um salgueiro-chorão.

— Não conheço essas regras, não.

— Vou imprimir e mandar plastificar! E por que você está tão esquisito hoje?
Está me deixando nervosa. Alguma coisa está diferente no Nathan. Ele sempre foi brincalhão, mas hoje... Eu me recuso a completar o raciocínio.
— Acho que estou normal.
— Não está, não, e não vou com você à festa! ME SOLTA! Espera, pode pegar meus tênis? Estão ali embaixo do sofá. E não esquece meu suéter!
Ainda comigo no ombro, Nathan agacha e pega meus sapatos antes de apagar a última luz, pegar o suéter e sair. Ele me vira para trancar a porta, e acabo cara a cara com minha simpática vizinha, a sra. Dorthea. Ela já botou os bobes no cabelo para dormir, e está com os olhos arregalados.
Sorrio como se estivesse tudo normal.
— Oi, sra. Dorthea. A senhora recebeu os cupons que deixei na sua porta hoje?
Ela é viúva e sei que passa por dificuldades financeiras. Como também estou nessa categoria, o máximo que posso fazer é separar cupons para ela e dividir a comida que faço. Ela já me agradeceu, mais de uma vez, pela nota de cem dólares que encontrou na caixa de correio, mas nunca deixei dinheiro para ela. Antes, achava que era alguma coisa com a memória dela, mas agora vejo a verdade. *Nathan.* Preciso recuperar o fôlego. Em quantas outras áreas da minha vida ele se meteu, dando uma de Madre Teresa?
— Oi, querida, recebi, sim... mas...
Ela não sabe o que dizer, já que estou tranquilamente jogada no ombro de Nathan, como se fosse normal carregar uma mulher por aí desse jeito no século XXI. Uma parte de mim diz que eu deveria ficar horrorizada por ser transportada assim por um homem, mas não a escuto, porque a maior parte está ocupada demais gritando: *ISSO! Me leva para sua caverna para transar gostoso!*
De repente, sou girada para o lado oposto e fico de bunda para a coitada da vizinha.

— Oi, sra. Dorthea. Está linda como sempre. A senhora tem tudo de que precisa? — pergunta Nathan, e aposto que está com um sorriso enorme e charmoso.

E, com certeza, aqueles dentes brilhantes vão encantá-la.

É. Ele sorriu, sim, porque agora a sra. Dorthea está se embananando toda para tentar agradecer pelo elogio, dizer que está tão abençoada quanto o Papa e dar parabéns por mais uma vitória no fim de semana passado. Eu reviro os olhos.

Em seguida, sou carregada pelos três lances da escada nojenta. Escuto os sapatos de Nathan grudarem no chão melequento a cada passo. *Eca*. Era de se imaginar que o aluguel seria bem barato, considerando o nojo do prédio, mas NÃO. Los Angeles é assim. Pago uma fortuna para morar em um prédio fedorento.

Antes de chegarmos à entrada do edifício, decido que, se Nathan pode mexer na minha bunda, eu também posso mexer na dele. Franzo o nariz e levo o indicador e o polegar a uma nádega, na intenção de beliscá-lo sem parar até ele me soltar. Mas sem sucesso. Ele ri e flexiona os glúteos durinhos, me impedindo de encontrar carne para beliscar.

— Você tem que parar com os agachamentos — digo, frustrada, e cruzo os braços, resignada a ficar pendurada nele que nem um casaco, me perguntando onde errei tanto na nossa briga de hoje.

Chegamos à caminhonete e Nathan me larga no banco do carona, fecha a porta e me olha pela janela como se dissesse "fica aí". Reviro os bolsos e encontro um papel velho de chiclete para jogar no chão do carro dele por puro rancor.

Nathan entra na caminhonete blindada — as janelas são tão escuras que ninguém nunca sabe quem está aqui dentro, o que é bem divertido — e me olha como se dissesse "pronto, manda bala". Por isso, faço o contrário, porque quero que ele pague pelas boas ações. Levanto as sobrancelhas numa expressão de implicância e tiro o celular do bolso, me ajeitando no banco com o plano de ignorá-lo pelo caminho todo.

Ele resmunga.

— Vai me dar um gelo? Fala sério! Tudo menos isso.

Não respondo, só me viro para a janela, como se não me incomodasse com a distração.

— Beleza — exclama. — Pode fazer o que quiser. Eu mereço.

Ele se debruça sobre o console do carro para pegar o papel de chiclete do chão e joga na lixeirinha da porta do motorista.

Vou ser sincera, é difícil sentir que estou certa em castigá-lo por ser *gentil demais*. Sei que foi dissimulado, manipulador e mentiroso da parte dele, mas, *caramba*, também foi tão fofo que quero chorar. Nathan: culpado por ter um coração grande demais. Queria que ele parasse de me fazer amá-lo ainda mais. É tão irritante.

Depois de passar alguns minutos no Twitter e tentar bloquear as tentativas ridículas de Nathan de chamar minha atenção com músicas dos anos 1990 sobre bundas grandes, me deparo com uma matéria com uma foto dele na minha timeline. Sou amiga de Nathan há tempo o suficiente para saber que não devo ler nenhuma fofoca sobre ele na internet, mas este caso se destaca, não dá para ignorar.

— AH, NÃO, EU VOU MATAR AQUELA MULHER! — grito tão alto que é surpreendente a janela do carro não quebrar.

— Quem?! — pergunta ele, frenético, entrando com o carro no estacionamento do restaurante onde vamos encontrar o pessoal.

Olho para a matéria, piscando.

— Aquela sua ex horrível, Kelsey! Ela escreveu sobre você... e... — falo, olhando para ele. — Você não viu?

— Ah — diz ele, despreocupado. — Ouvi falar, mas não quis ler. Tim me ligaria se fosse grave.

— Bom, então você não tá nem aí para ela ter dito que você é o pior amante de Los Angeles, né?

— *Como é que é?*

Nathan foi pego de surpresa. Ele pega o celular da minha mão, passa o olho pela matéria e, por fim, relaxa, jogando o celular de volta para mim.

— Ah, nem é nada. Pronta para jantar?

Fico boquiaberta e olho para a matéria que me faria querer ser enterrada viva.

— Nem é nada? Nathan, ela humilhou você por...

Deixo a frase no ar, porque Nathan e eu NUNCA falamos da nossa vida sexual. Tratamos do tema como se fosse um prédio em chamas, mantendo distância. Em vez de falar, deixo meu olhar descer à área proibida da calça jeans dele, na esperança de transmitir as palavras que morro de vergonha de pronunciar.

— Por não conseguir... — insisto. — Bom, você leu, você viu.

Ele está tentando não sorrir.

— Não é nada de mais.

Ele se estica para o banco de trás, pegando uma camisa social branca e engomada, que veste e abotoa. Não está nem aí.

Não entendo como ele está tão tranquilo.

— Por que você não está bravo? Eu estou tremendo de raiva! Quero encher a gaveta de calcinhas dela de formigas vermelhas! Jogar molho de pimenta no adoçante dela! Fechar as portas do carro dela com fita isolante!

— Nossa, que crueldade. A polícia já deve até estar de olho em você.

Dou um tapa leve no ombro dele.

— Para! É coisa séria — digo, por alguma razão tentando conter minhas lágrimas. — Ela... ela humilhou você publicamente por ter disfunção erétil, Nathan. Que coisa horrível! Que vergonha. Você é o cara mais legal do mundo todo! Eu ODEIO AQUELA GAROTA!

Nathan ri e levanta o rosto para o céu, como se rezasse por sabedoria. Ele passa a mão enorme pelo cabelo e volta a me olhar.

— Bree, obrigado pela preocupação, mas não tenho disfunção erétil. Ela exagerou a história e só queria me atacar por não ter transado com ela... e provavelmente por escolher você quando terminei. Mas é ela quem vai se dar mal, porque, como você disse, é muito insensível humilhar alguém por uma questão de saúde — diz ele, apontando para o celular. — Pode olhar os comentários. O pessoal está atacando ela, tem homens dizendo que gostaram de saber que um atleta lida com o mesmo transtorno que eles — fala, e dá de ombros. — No fim, nem é tão ruim.

Tá, tá, muito nobre. Mas meu cérebro parou de ouvir depois de uma declaração muito importante.

— Mas espera aí. Volta. Você falou que não...

De novo, não tenho o que dizer.

Nathan Donelson não transou com a modelo de lingerie que namorou por dois meses? Meu cérebro não consegue entender. Está prestes a pifar, a fumaça escapando pelas orelhas.

— Você não transou com ela? Por quê? — pergunto, mesmo sabendo que não deveria.

Eu preciso saber, porque Nathan é... o Nathan! É só olhar para ele. Ele transborda sensualidade, e todas as mulheres do mundo querem ficar com ele. Até a sra. Dorthea deve estar a fim dele!

O rosto dele fica sério. Não estamos mais de brincadeira.

— Porque eu escolhi esperar.

— É o quê?! — grito tão alto que uma mulher que passa pela caminhonete se vira para tentar enxergar através do vidro escuro. *Vaza, moça.* Volto a olhar para Nathan e sussurro: — Você é virgem?

— Não — diz ele, com um sorriso meio complacente demais, se quer saber. — Acho que é melhor dizer que escolhi esperar por *um tempo.*

Sacudo a cabeça, pensando em todas as noites em que quis chorar por pensar nele com outra mulher nos braços. Com Kelsey. Sendo que, no fim, não tinha acontecido.

— Não entendi... ela estava lá de manhã quando fui levar o café.

— Você também está sempre na minha casa de manhã. Nem por isso a gente fez nada físico.

Não consigo engolir. Nem sentir meus pés. O que está acontecendo?! Por que estou reagindo assim? Na verdade, não muda nada — mas parece que tudo que eu sabia se transformou hoje. Estou tremendo na base.

Nathan vê meus olhos arregalados e solta uma gargalhada baixa.

— Por que você está tão incomodada?

— *Porque sim* — digo, enfática, como se fosse uma resposta válida. — Você pode pegar qualquer pessoa que quiser, é só estalar os dedos.

PRECISO SABER! Tem alguma coisa que ele não está me dizendo, e estou ficando louca. Não achei que a gente tivesse segredos, mas já descobri dois enormes só hoje! O que mais ele esconde de mim? Ele me encara com os olhos escuros.

— Mas não quem eu quero.

Meu coração vai para a garganta. Aquelas palavras, misturadas à noite, ao fato de que ele comprou meu estúdio e de que passamos quase todos os dias juntos... de repente parece carregar muito significado, e... será que é isso?! Será que ele...

Ele ri, a expressão brincalhona familiar voltando a seu rosto, e todos os meus pensamentos esperançosos se detêm. E deveriam mesmo.

— Olha sua cara — diz, rindo baixinho. — Parece apavorada. Bree, relaxa. Só prefiro não transar em época de campeonato porque atrapalha meu desempenho.

Desempenho? Ele escolheu esperar por causa do futebol americano? *Ah. Claro.* É mais realista, e mais um motivo para me lembrar de não pensar em Nathan como nada além de um amigo. É tudo que seremos, e isso *precisa* ser suficiente para mim. Precisa! Tenho que dar uma boa bronca no meu coraçãozinho triste.

Suspiro profundamente, fingindo alívio para manter o status quo.

— Ah! Ah, nossa! Claro. Faz todo sentido. Já li sobre isso! Por um minuto, fiquei com medo de você querer dizer que...

É desconfortável demais falar em voz alta, além de ser meio patético.

— Deixa pra lá — digo. — Vamos entrar?

— Bora.

Ele sorri, confuso. Tenho medo de o meu rosto mostrar expressões indevidas.

— Está tudo bem? — pergunta, depois de pegar o tíquete do estacionamento (ele se recusa a usar o serviço de valet, porque diz que atrai muita atenção) e caminhamos até o restaurante.

— Claro! Só...
Preciso mudar de assunto. Por isso, paro de repente, e Nathan também para. Espero ele se virar.

— Olha — digo —, ainda odeio que você tenha pagado meu aluguel pelas minhas costas, mas... extraoficialmente... — falo, sorrindo. — Obrigada por cuidar de mim. Você... é o melhor amigo do mundo.

Ele faz um gesto com a cabeça, parecendo menos feliz do que eu esperava.

— Tudo por você, *amiga*.

Nós nos encaramos por alguns segundos.

— Mas eu vou te pagar — digo, cedendo primeiro.

Ele solta um grunhido alto e sai andando.

# 7
# BREE

No momento em que a porta do restaurante se abre, várias cabeças se viram, chocadas. Seria mais fácil eu ir na frente com um megafone, anunciando: *Atenção! Não, vocês não estão enganados. Este é mesmo o grande Nathan Donelson, em carne e osso!*

As pessoas se aproximam para cochichar. O restaurante é um enorme coquetel de sussurros e olhares. As mulheres praticamente começaram a babar. Vamos precisar de um rodo logo mais. Elas o conhecem, o desejam e vão fazer o que for possível para tê-lo.

Faço o mesmo de sempre e me afasto dois passos largos para não atrapalhar a disponibilidade dele. Mas Nathan me segura de leve pelo cotovelo e me puxa para mais perto. Olho para ele, franzindo a testa, porque meu corpo está exageradamente animado com essa proximidade. Ele sabe que não deveria fazer isso, mas cá está, infringindo *outra* regra. O rosto dele é uma pedra talhada olhando para a frente, me ignorando.

A recepcionista finalmente nota a gente e se apressa para o pequeno pódio. Ela olha o corpo inteiro de Nathan, e o desejo explícito nas pupilas dilatadas é desconfortável para todo mundo. *Pode entrar na fila, moça.* Suspiro e rosno por dentro, o ciúme me mandando analisar toda a aparência dessa mulher em busca de um defeito que faça eu me sentir melhor. *Fica na sua, Bree.* Se Nathan quiser essa mulher linda, é escolha dele.

— Sr. Donelson, pode me acompanhar. Sua mesa está logo ali.

Mas talvez eu possa ficar irritada por ela estar praticamente ronronando?

Ele acena com a cabeça e abre o sorriso educado que faz as mulheres quase desmaiarem. Só que, em seguida, leva a mão à minha lombar e me puxa. É um gesto possessivo que nunca usa. Minha pele ferve, mas tento trazê-la de volta a fogo baixo, porque não quer dizer nada. Considerando o ritmo em que ele está andando, só está me segurando assim porque quer que eu aperte o passo para fugir desses olhares atentos e dos cochichos nada sutis. Quem sabe a gente devesse ter ligado antes e pedido para entrar pelos fundos?

Quase tropeço nos meus tênis, tentando manter o ritmo dele. E por que estou de tênis?!

— Nathan! — sibilo, atravessando o restaurante de forma nada discreta (imagino que a recepcionista tenha recebido ordens de exibir Nathan para todo mundo saber da presença dele) em direção ao corredor que leva à sala VIP. — Por que você tinha que me trazer vestida assim? Deveria ter me mandado trocar de roupa! Achei que a gente ia numa hamburgueria, sei lá.

Me toco de que foi uma ideia boba. Os Sharks estão nas eliminatórias, e o status de celebridade de Nathan e Jamal explodiu. Eles têm que tomar cuidado ao escolher lugares, e suponho que a maioria das hamburguerias não tenha área VIP.

Nathan franze a testa e me olha de cima a baixo. Ele vê o elástico de cabelo amarelo, a camiseta de *Friends*, os tênis surrados e a calça jeans capri. E apenas sorri.

— Você está linda, como sempre.

— Não estou, não — digo, acidentalmente esbarrando no bíceps dele ao olhar para trás, para as mulheres de vestidinho curto no bar. — Pareço a irmã caçula que você acabou de buscar na escola.

Ele segura minhas costas com mais firmeza para eu não tropeçar de novo.

— Não acho que essas mulheres todas estão te fuzilando com o olhar porque acham que você é minha irmã caçula.

Eu refutaria facilmente esse argumento, mas, naquele momento, entramos na área VIP. Só estamos nós aqui, então imagino que todas as outras celebridades tenham decidido jantar em casa, aproveitando que têm cozinheiros particulares.

Fecham a passagem atrás de nós com uma corda de veludo. Somos levados a um cantinho reservado, cercado por cortinas, para que o ambiente fique ainda mais discreto. Vem mesmo a calhar, porque uma pequena aglomeração já estava se formando atrás de nós, pronta para pedir autógrafos e fotos assim que Nathan se sentasse.

— Pronto — diz a mulher de quem definitivamente não me permito sentir ciúme.

Ela dá uma piscadinha fofa e vai embora, rebolando o lindo quadril. Só quando me volto para Nathan e noto que ele está me olhando e segurando a risada que percebo que estava metralhando a recepcionista com o olhar.

— Se um olhar matasse... — diz ele, abrindo o sorriso.

Abro a boca para me defender, mas sou interrompida.

— Queijo Bree — grita Jamal Mericks, emergindo do cantinho acortinado, vestindo um terno incrível. Sou puxada para longe de Nathan e envolvida por um abraço enorme, com cheiro de perfume caro. — Para de monopolizar ela, cara. É meu aniversário.

— É, Nathan, deixa de ser mão de vaca — digo, sarcástica, revirando a bolsa em busca do presente de Jamal.

Ele esfrega as mãos, fazendo o relógio de ouro reluzir no pulso.

— Aaaaah, vou ganhar um Breebelô?! Por favor, me diz que sim. Faz muito tempo que você me deu aquele bonequinho de gato.

Foi em homenagem à vez em que eu e Jamal fomos a um *cat café* juntos, para ele superar o medo de gatos. Mas, infelizmente, o arranhão que levou do gatinho na ocasião acabou infeccionando, e agora ele se recusa a entrar no mesmo cômodo que um felino. Enfim, comprei o bonequinho para ele ter um bichano que nunca vai arranhá-lo.

— Fecha os olhos e abre as mãos.

Ele faz uma careta, olhando para Nathan.

— Ela não enfiou um gato de verdade nessa bolsa, né?

— Eu não diria se fosse o caso — diz Nathan, ganhando dez pontos comigo.

Jamal suspira, fecha os olhos e estende as mãos em concha.

— Minha vida está nas suas mãos — ele diz.

A história é a seguinte: Jamal gosta de estar sempre bonito, então, quando saímos, vai muito ao banheiro para ficar se admirando no espelho. Da última vez, enquanto ele estava perguntando ao próprio reflexo quem era mais bonito do que ele, perdeu a oportunidade de ver Nicole Kidman ao vivo. Ela é o amor da vida de Jamal, e ele ficou arrasado quando descobriu isso. (É importante dizer que não era época de campeonato, então estávamos todos muito bêbados, e a amiga da Nicole Kidman chamava ela de Sally.)

Ponho um espelho de bolso nas mãos de Jamal.

— Para você nunca mais perder a chance de encontrar a Nicole!

Ele abre um olho e ri, pegando o espelhinho preto para se admirar.

— O Breebelô perfeito. Nathan, espero que não se incomode, mas vou ter que roubar a Bree de você. Ela vai ser a minha melhor amiga agora.

Ele guarda o espelho no bolso, me abraça pelos ombros, e eu o abraço pela cintura. Jamal me afasta de Nathan antes que eu veja sua reação. Não sei por que eu queria ver. Não é como se ele fosse ficar com ciúme.

Mas ouço Nathan resmungar.

— Vai ter que me matar primeiro.

Fiquei satisfeita.

Jamal abre as cortinas e todos os meus homens preferidos já estão sentados ao redor da mesa enorme. Sou tomada pela realidade de que meu melhor amigo é *quarterback* dos Sharks. Esses são os caras do time de Nathan, os homens mais gentis que conheço.

Jamal Mericks é o *running back* principal, Derek Pender é *tight end*, Jayon Price (que só chamamos de Price) é *wide receiver*, e Lawrence Hill, *left tackle*. Todos eles conseguiriam me esmagar com dois dedos, mas na real são uns amores que me tratam que nem uma rainha. Se eu deixasse, me carregariam em uma liteira por aí. Não faço ideia do motivo — provavelmente porque sou o tipo de garota que não representa nenhuma ameaça com este meu corpinho de um e sessenta. Para eles (inclusive Nathan), sou só a Queijo Bree, a garota engraçada de cabelo cacheado que todo mundo ama e que tem um estúdio de dança no andar de cima de uma pizzaria.

— *Bree!* — comemoram todos eles quando me veem, e eu faço uma reverência engraçadinha em forma de cumprimento.

Na mesma hora, eles me puxam e me levantam até eu acabar sentada no meio da mesa. Pareço um bebê cercado por quatro seguranças. É sempre assim. Eles me respeitam muito, mas adoram me jogar de um lado para o outro igual a uma batata quente.

— Nada das namoradas hoje? — pergunto, rindo, depois de todos se revezarem me dando beijos na bochecha e me entregando uma rodada de shots.

Jamal passa o braço atrás de mim no banco, e não deixo de notar o sorriso discreto de Nathan, que nos olha do outro lado da mesa.

— Meh... ninguém se compara a você. Hoje é só a gente — diz Jamal, com um sorriso quase tão arrasador quanto o de Nathan. Que sedutorzinho! — E o papai ali não deixa a gente beber mais do que um copo por causa das eliminatórias. Você está a fim de aproveitar no nosso lugar?

O time chama Nathan de *papai* porque ele é sempre o estraga-prazeres. Não que Nathan não goste de se divertir, porque quando não é época de campeonato, ele cai na farra com todo mundo, mas, durante a temporada de jogos, ele prioriza a carreira. Nathan faz qualquer coisa para vencer.

Lawrence me entrega um shot com um brilho travesso nos olhos antes de pegar o próprio copo. Eu olho para o líquido como se fosse uma cobra, porque todo mundo sabe que sou fraca para bebida. Esses caras podem virar doses e mais doses sem sentir nada, mas eu, depois de poucos copos, acabo subindo na mesa e cantando Adele usando um garfo de microfone e um guardanapo na cabeça. O exemplo é completamente hipotético, é claro. Não que tenha acontecido mesmo há alguns meses nem nada...

Derek pega o próprio copo.

— Faz um tempão que eu não escuto minha música preferida.

Price e Lawrence juntam a cabeça e cantarolam, usando um copo de microfone:

— *Hello, it's Bree...*

Pois é. Eles trocaram a letra de "Hello" só para me provocar. Então dá para imaginar como as coisas saem do meu controle se eu não tomar cuidado. Já que não como nada desde o almoço e ainda estou meio lelé por causa das revelações de Nathan, preciso tomar ainda mais cuidado com essas bebidas de aparência inofensiva. Olho para o copo e depois para Nathan. Qual é a probabilidade de eu pedir para fazer um filho com ele se beber algumas doses dessas? Em geral, sou boa em ficar na minha. Quer dizer, tirando o lance de cantar.

Nathan e eu nos entreolhamos, e espero encontrar algum alerta no rosto dele (porque foi ele quem teve que me pegar da mesa e me levar para casa depois da minha maravilhosa performance de Adele), mas ele apenas sorri e aponta para o copo.

— Pode beber. Vou cuidar de você hoje e te levar para casa em segurança — diz, levantando a mão e juntando o polegar e o mindinho, deixando os outros três dedos para cima. — Palavra de escoteiro.

Sinto aquele frio na barriga. Ele *vai* cuidar de mim. Sempre cuida. Acrescento essa qualidade à lista de pré-requisitos para meu futuro marido: confiar minha vida a ele.

Viro a dose e deixo arder na minha garganta, enquanto a mesa irrompe em vivas e gritos.

# 8
# NATHAN

— Vai dar uma olhada nela logo para largar essa sua obsessão — aconselha Jamal, chamando minha atenção, e imediatamente paro de batucar na mesa.

Já faz quase três horas que estamos aqui, e, em geral, os caras teriam pedido tanta bebida que o valor da conta pagaria um carro zero, mas hoje, não. Estamos seguindo a sério uma dieta rígida que vai nos manter em forma: pouco ou nenhum álcool, proteínas magras e muitas verduras. Não estamos para brincadeira.

Bom, tirando a Bree. Ela está virando doses tipo uma criancinha viciada em suco de caixinha. Normalmente fico de boa por isso, mas hoje me sinto culpado, porque acho que sou o motivo para ela estar bebendo tanto. Acho que descobrir que eu pago parte do aluguel e que, ainda por cima, não estou transando, virou o mundo dela de cabeça para baixo e sacudiu até deixar ela tonta. Eu não planejava contar sobre esse lance do sexo, mas Kelsey não me deu opção, espalhando mentiras por aí. A verdade é que foi escolha minha esperar. Sei lá, um dia acordei e notei que não queria mais fingir desejar alguém que não a Bree. Se não for com ela, não preciso.

*Nossa.* Agora reparei como soa absurdo. Jamal está certo: tenho que dar um jeito nessa amizade, senão vou morrer sozinho, amargurado e frustrado sexualmente. Não posso continuar assim para sempre, estou empacado. E a cara da Bree quando sugeri que ela talvez fosse o motivo do meu celibato... Prefiro levar um soco no estômago a vê-la assim de novo.

— Não é obsessão, é só...

— Obsessão — declara o resto da mesa em uníssono.

Irritado, abro um sorriso irônico e balanço a cabeça, olhando para o celular para ver se Bree mandou alguma mensagem de socorro. Nada dela, mas tenho duas chamadas perdidas da minha agente e cinco mensagens atualizando minha agenda já cheia com mais reuniões. Também tem um monte de mensagens da minha mãe com comentários e sugestões de como poderíamos ter jogado melhor na última partida.

**Mãe:** Estava assistindo aos melhores momentos do jogo de segunda, você parece meio fraco.
**Mãe:** Acho melhor demitir sua nutricionista e contratar aquela que sugeri.
**Mãe:** E você está passando tempo demais com a bola em mãos.

*Legal, agora ela virou técnica.*

**Eu:** Estou na rua com uns amigos. A gente se fala amanhã.
**Mãe:** Ainda está na rua? Já tá tarde. Isso não vai te ajudar em nada. Você precisa...

Paro de ler e guardo o celular no bolso. Ela mora em Malibu, mas as expectativas dela chegam aqui em Long Beach. Não que seja novidade. Ela me pressiona para jogar melhor desde a época da escola. Sei que não deveria reclamar, já que foi ela quem me ajudou a chegar aqui, mas é cansativo. Em grande parte, porque ela aponta *mesmo* meus pontos fracos. Sinto que deveria acordar mais cedo amanhã e reassistir ao jogo, para ver se passei tempo demais com a bola em mãos mesmo.

Volto a pensar em Bree.

— Vocês sabem como ela fica quando bebe.

Jamal ri.

— Uhum. Ela fica mais engraçada. É você quem fica insuportável.

— Quando bebo?
— Não. Quando *ela* bebe. Você fica atrás dela que nem um guarda-costas e olha feio para todo mundo que chega perto. Então vai nessa — diz, me empurrando para fora da mesa com o bico do sapato social reluzente. — Vai dar uma olhada na sua mulher antes de acabar com o clima da festa. A gente já está num porre sem porre por sua causa. Não faz a gente começar a se estressar aqui também.
— É sério, cara. Vai logo atrás dela — diz Price.
Lawrence dá de ombros.
— Eu acho maneiro ele cuidar dela.
Jamal aponta para Lawrence.
— Para de ficar incentivando.
Balanço a cabeça e saio da área VIP. Ainda bem que o bar é bem escuro e a nossa mesa fica longe do salão, assim não dou de cara com fãs pedindo autógrafo. Atravesso o corredor e paro na frente do banheiro feminino. Bato na porta e a entreabro, gritando lá para dentro:
— Queijo Bree, tudo bem aí?
Escuto uma risadinha bêbada e relaxo.
— Sou eu! Queijinho Bree — responde, provavelmente sem falar com ninguém específico.
No segundo seguinte, a porta se abre por completo e aparece uma mulher alta de cabelo castanho. Ela está usando uma roupa elegante, e seu sorriso tem certa acidez. Por um segundo temo que seja uma fã e que tente me agarrar no corredor (já aconteceu várias vezes), mas ela abre espaço e aponta para trás.
— Acho que sua amiga precisa de uma ajudinha.
— Ela está bem? — pergunto, já entrando.
A mulher vem logo atrás, se aproximando da cabine fechada.
— Está… só muito bêbada. Ela não parava de falar, tentando tirar uma mancha de cerveja da blusa, até ficar pálida de repente e correr para dentro da cabine.
Sinto uma pontada no peito. Bree não consegue beber tanto. Eu deveria ter feito ela parar antes. Forcei ela a comer batata frita

(digo que forcei porque a atenção dela quando está bêbada é igual à de uma mosca, e precisei ficar lembrando ela de comer), mas não acho que foi suficiente para absorver tudo o que ela bebeu.

Chego na cabine fechada e bato duas vezes na porta.

— Bree? Tudo bem aí? Posso entrar?

— NATHAN?! Oiiiii.

A voz dela está ofegante, mas feliz. Pelo menos sei que ela não desmaiou, nem está vomitando.

— É, sou eu. Posso abrir a porta?

Reparo que a mulher ainda está parada atrás de mim. Quero pedir para ela ir embora. Ela não precisa testemunhar essa situação, mas fãs são assim mesmo, não acreditam que pessoas famosas tenham direito a privacidade. Parecem acreditar que a gente "pediu por isso" e que nossa vida deve ser um self-service de entretenimento. Mas Bree não "pediu por isso", e sei que não quer saber de ficar famosa, então protejo ela a todo custo. Posso ser o guarda-costas dela a qualquer hora do dia.

— Claro, sr. *quarterback*! *Mi casa* é *su casa*.

Bree é a bêbada mais simpática do mundo. Se é que é possível, ela fica mais fofa a cada dose. Só tenho que tomar cuidado, porque uma vez ela literalmente tentou dar as chaves do apartamento dela para um morador de rua, e disse que ele deveria morar lá no lugar dela. Ela é generosa até dizer chega — o que é irônico, visto que é como me descreve.

— Pode destrancar a porta? — pergunto baixinho.

— AH!

Ela ri alto, e olho para trás de novo. A mulher ainda está ali, com um sorriso tenso e um brilho sagaz nos olhos. Não confio nela. Endireito o corpo, tentando servir de biombo.

— Opa — diz Bree. — Foi a descarga. Ei, Nathaaaaannn... cadê o negocinho de trancar? Está muito escuro, não vejo nada.

Minha nossa. Ela está mais pra lá do que pra cá.

— Abre os olhos, Bree — digo, com um tapinha na porta. — O trinco fica aqui.

Ela solta um suspiro alto, provavelmente ao notar que estava de olhos fechados.

— É verdade! Está aqui! Eita, como esse lugar gira!

Ouço o trinco e me apronto para abrir a porta, mas me lembro da mulher atrás de mim.

Olho para ela com o que espero ser um sorriso gentil. Tenho que tomar cuidado ao tratar com pessoas em público, para não fazer nada que possa ser considerado agressivo ou rude — isto é, nada que possa viralizar no Twitter e impactar minha carreira negativamente. Uma coisa é fofoca, outra é a história de que eu gritei com uma fã.

— Desculpe, você se importa? — pergunto, esperando que ela entenda nas entrelinhas que estou educadamente pedindo para ela vazar.

Ela sorri ainda mais e sacode a cabeça.

— Não, imagina, fica à vontade.

*Não era isso que eu queria.*

Beleza. Só preciso pegar Bree e levá-la para casa. Quer dizer, para a minha casa. De jeito nenhum vou deixá-la no próprio apartamento nesse estado. Sei que, em vez de ficar quieta, ela é capaz de sair para uma aventura no meio da noite.

Abro a porta da cabine e encontro Bree sentada no vaso — felizmente está vestida, senão ela morreria de vergonha amanhã —, apoiada na parede. Ela está com os joelhos juntos, mas os pés separados, os braços caídos, uma porção de pulseiras coloridas amontoadas nos pulsos. Ela parece uma criança que tentou ficar acordada até tarde e não conseguiu. A mancha molhada enorme na camiseta intensifica a imagem. Ela é linda, mesmo assim. Queria poder dar um beijo nela. Só um beijinho, para extravasar um pouco do que sinto. Faz tanto tempo que engulo esse sentimento que chega a doer, mas não tenho direito de ser esse cara na vida dela.

Eu me agacho na frente dela e pego uma das mãos.

— Oi, linda, como você está se sentindo?

Ela sorri de olhos fechados de novo.

— ÓTIMA. E minha nova amiga Cheryl é muuuuuiiiiito legal. Vocês se conheceram?

Olho para a mulher, que abre um sorriso sarcástico.

— É Kara, na verdade.

Eu me viro para Bree.

— Conheci ela, sim. Kara me disse para vir cuidar de você.

— Que bom — diz ela, abrindo os olhos. — E não se preocupa. Ela estava muito preocupada com seu problema... — fala, arregalando os olhos, apontando para minha virilha e levantando o rosto de novo. — Mas já expliquei tudo e mandei ela não acreditar naquela bruxa mentirosa e metida. — Ela tenta dar um tapinha no meu nariz, mas acerta minha bochecha. — Difusão reté... — tenta, para e franze a testa. — Erté... — Ela tenta completar a palavra mais duas vezes, mas desiste. — Seu pipiuzinho não é da conta de ninguém.

*Táááá bom, é hora de ir.*

— Ótimo, eu e meu pipiuzinho agradecemos. Que tal a gente ir para casa agora?

Ela faz beicinho.

— Nããããooo. É uma festa!

Os olhos dela parecem os de um cachorrinho, e a cara dela está grudada na parede da cabine. Vai deixar a textura marcada na pele.

— Acho que o pessoal já está cansado. É hora de dormir, porque amanhã a gente tem treino — digo, me levantando e oferecendo uma mão para Bree. — Vem, vamos.

Ela pega minha mão e se levanta, cambaleando, e imediatamente volta a se sentar.

— Aaaacho que vou ficar aqui mesmo. Aí em cima é tudo torto — diz, balançando uma mão devagar.

— Vem, você consegue.

Eu me abaixo para ajudá-la a se levantar, passando o braço dela na minha cintura e faço com que se escore em mim. Poderia apenas carregá-la no colo, mas sinto que causaria certo escândalo e acabaria na capa de todos os sites de fofoca amanhã. Por isso, tento mantê-la de pé na nossa saída desajeitada.

Quando saímos da cabine, dou de cara com Kara, que está enfiando o celular na bolsa. Não tenho tempo para me preocupar com isso.

— Obrigado por... — Espionar? Espreitar? Se meter onde não foi chamada? — Cuidar dela.

— Acredite, o prazer foi todo meu — responde ela, com um olhar que me causa arrepios.

Parece aquele momento do filme em que a câmera dá um zoom acompanhado de uma trilha sonora lenta e dramática, e a gente pensa: *Ah, caramba! Essa pessoa é do mal!* Alguém até tenta alegar que sabia quem era o vilão desde o início. *Você não sabia de nada, seu fanfarrão.*

Kara se vira e abre a porta do banheiro para passarmos. Quando saímos, vou direto para a área VIP, onde felizmente ela não pode entrar.

Bree apoia a cabeça no meu peito no caminho e respira fundo.

— Você é tãããããão cheiroso. Até seu suor é cheiroso. Como você faz isso?

Sorrio desejando que o elogio fosse sincero.

— É você que está bêbada.

Para ajudar a gente a sair do restaurante sem chamar a atenção dos olhares atentos, os caras montam uma barreira ao nosso redor. Jamal enche o peito como um pavão, piscando e flertando com todo mundo. É a distração perfeita para a Bree, que está pendurada em mim.

No estacionamento, estou prestes a jogá-la na caminhonete quando ela se vira do nada, de repente alerta. É o segundo ímpeto de energia dela, e já sei o que vem por aí. Acontece toda vez, mas normalmente só eu estou por perto.

— Vocês vêm para a casa do Nathan, né?! Tenho um negócio tããão divertido que a gente pode fazer!

Olho para eles querendo dizer: *recusem*. Mas claro que eles sempre fazem tudo que Bree pede, porque é impossível dizer não a ela. Então todos aceitam com prazer.

É assim que um *running back*, um *wide receiver*, um *tight end* e um *left tackle* acabam na minha casa para que Bree pinte nossas unhas dos pés com as cores do time. Ficamos enfileirados no sofá e nas poltronas, com a barra da calça dobrada, enquanto Bree passa de um pé para o outro no esquema de linha de montagem, pintando as unhas com a atenção minuciosa que alguém usaria para desarmar uma bomba. Imagino que seja porque é difícil se concentrar nas unhas enquanto a sala gira. Bree é só alegria e sorriso o tempo todo, dizendo que isso vai nos dar mais sorte e nos fazendo prometer que não vamos tirar o esmalte antes do próximo jogo.

Quando vem firmar a promessa com um aperto de mãos, ela se inclina para a frente e acaba caindo no meu colo. Sinto um gelo na barriga ao ver o rosto dela tão de perto. Os olhos dela se fixam nos meus. Nunca antes peguei ela no colo assim, e é inacreditável como é bom. Cada centímetro do meu corpo formiga alerta, e começo a mapear todos os pontos em que ela se encaixa perfeitamente nos meus braços. Meus pensamentos parecem rugir. Estou furioso por ter visto ela pelada e agora saber como é senti-la assim tão de perto. *Que tortura.*

De repente, todos na sala nos olham, e eu pigarreio.

— Acho que é hora de te colocar na cama.

O olhar de Bree está enevoado e, em vez de discutir sobre dormir aqui em casa, ela se aninha no meu peito, encaixando a cabeça no meu ombro.

— Não consigo andar. Tô exausta — admite.

Eu me levanto com ela no colo e a carrego até o quarto, ouvindo as risadinhas e os cochichos, como se eles ainda estivessem na escola.

— Tá caidinho — diz Jamal quando passo por ele, e mostro o dedo do meio pelas costas de Bree, esperando que ela não tenha ouvido o comentário, ou pelo menos não lembre amanhã.

Depois de botá-la na cama, não me demoro demais. Eu a cubro, apago as luzes e fecho a porta ao passar, sem me permitir olhar para trás. O único jeito de a nossa amizade ter tido qualquer sucesso na esfera platônica é minha capacidade de continuar em movimento. Por exemplo, se eu entro na cozinha e vejo Bree apoiada no balcão, não paro pra ficar olhando a bunda gostosa dela. *Continuo em movimento.* Se passo por Bree e a gente se esbarra, não paro para abraçá-la. *Continuo em movimento.* Se estamos acordados até tarde e sinto a tentação de dizer a ela que idolatro o chão em que ela pisa... *continuo em movimento.*

Por isso, não viro para vê-la desmaiada no travesseiro, o cabelo espalhado em espirais a seu redor. *Continuo em movimento*, voltando à sala e à vista dos meus amigos, enfileirados no sofá, de sobrancelhas erguidas e braços cruzados. Parece uma intervenção.

— Que pose de mãe é essa, pessoal? — pergunto, parado na porta.

Não sei se quero entrar ali.

Lawrence é quem fala primeiro. É difícil levá-lo a sério com o esmalte cintilante preto e prateado.

— Chegou a hora, cara.

Levanto as sobrancelhas.

— O que isso quer dizer?

Jamal dá um tapa no peito de Lawrence.

— Foi por isso que a gente não queria que você começasse — diz, sacudindo a cabeça. — Era para dizer *Chegou a hora de conquistar essa mulher.* Mas ele falou tudo errado. Ia ser maneiro.

Tento esconder o sorriso.

— Quer que eu saia e volte? A gente pode começar de novo.

— Não, o momento passou — diz Jamal, mal-humorado.

Ele odeia quando alguém estraga seus momentos especiais. E são muitos.

Já estou me virando.

— Não passou, não. Vamos lá, vou voltar do começo. Vamos nessa.

Saio da sala e volto um momento depois, como alguém que tenta fingir não saber de uma festa surpresa, mas na verdade descobriu faz três semanas.

Dessa vez, Lawrence está pronto.
— Chegou a hora de conquistar essa mulher, cara.
Um pouco do brilho se apagou dos olhos de Jamal, mas é nítido que parte dele ainda quer armar a cena.
— E a gente vai te ajudar — acrescenta finalmente, com uma voz de comercial.
Tenho que admitir, foi mesmo impressionante.
Eu bufo.
— Valeu, gente. Mandaram bem na atuação. Até me arrepiei. Admiro o que eles estão tentando fazer, de verdade, mas não vai rolar.
— O problema é que Bree não gosta de mim assim.
Todos eles gargalham. Price é o primeiro a se pronunciar, cutucando o dedão do pé para garantir que o esmalte secou antes de calçar a meia.
— Claro. Mulheres vivem se enroscando no meu colo que nem um bichinho quando não estão a fim de mim. Para com isso, cara. Tira a cabeça do cu. Essa mulher é doida por você.
Olho de relance para o quarto de Bree. Quero acreditar neles, mas é difícil. Tivemos tantos anos para sair só da amizade, e ela nunca agiu. Sempre que me aproximo, ela ergue uma muralha para me afastar.
— Estou falando sério, ela não quer nada além de amizade.
— Ou talvez ela só esteja com medo — sugere Jamal, se levantando do sofá e desenrolando a calça.
— Com medo de quê?
— De dar o primeiro passo e não ter reciprocidade. Vocês ficaram presos num redemoinho de medo e falta de comunicação. Alguém tem que quebrar esse ciclo.
Sei que, do meu lado, é verdade. Morro de medo de perder ela de novo. Senti esse gostinho anos atrás, quando fui para a faculdade e ela sumiu da minha vida, e não quero passar por isso de novo. Mas será que acontece o mesmo do lado dela? Ainda não tenho provas suficientes.

— Não sei como descobrir sem perguntar. E é arriscado demais. Não quero perder a Bree. Ela é a melhor amiga que eu já tive.

Jamal veste a jaqueta dele.

— Primeiro, assim você me magoa. Segundo, você só precisa de uma oportunidade para testar a situação sem que haja consequências.

Agora, sim, estou intrigado.

— E como faço isso?

Ele ri e dá um tapa no meu ombro, passando por mim enquanto caminha até a porta.

— Sei lá, cara. A gente não pode fazer o trabalho todo por você.

— Acho que você não fez nada — digo a Jamal, e ele responde mostrando os dois dedos do meio. — A gente marca uma reunião de planejamento.

Price é o próximo a passar.

— Foi mal, estou bêbado demais para ter boas ideias hoje.

— Isso é meio preocupante — digo.

Então, Lawrence para na minha frente.

— Recomendo ser sincero. Amor de verdade só aparece uma vez na vida... não deixe escapar assim.

Ficamos todos imóveis, encarando nosso *left tackle* mais agressivo. Parece que ele é romântico demais para um cara que, no trabalho, age que nem um tanque de guerra.

Derek é o último a se despedir, e oferece seu sábio conselho do que eu deveria fazer com Bree para sair da categoria da amizade. Só que, como não é nada romântico nem fofo, acho melhor nem repetir. *Mesmo que vá guardar a sugestão para um dia mais propício.*

Passo a noite acordado, pensando no que eles disseram. Parte de mim acha que os quatro enlouqueceram e deveriam me mandar superá-la em vez de considerar começar alguma coisa. Outra parte de mim, porém, se pergunta o que posso fazer para descobrir se ela gosta de mim.

Talvez eu ainda fantasie muito com o que Derek disse...

# 9
# BREE

*Ah, não.*
Acho que alguém confundiu minha cabeça com uma estrada esburacada e ligou uma britadeira para os reparos. Por que os meninos me deixaram beber tanto ontem? Devo ter ficado completamente bêbada, porque antes mesmo de abrir os olhos já sei que estou no apartamento de Nathan. Tudo tem o cheiro dele, e esses lençóis macios só podem ser do quarto de hóspedes. Para ele nem me deixar ir para casa, eu devia estar fora de mim. *Que vergonha.*
Lembranças flutuam pela minha mente, e tento prestar atenção em cada uma delas. Parte de mim não sabe se quer lembrar. E se eu tiver tirado a blusa no restaurante? Não. Nathan não me deixaria fazer isso. Mas já sei muito bem que fazer serenatas para quem estiver por perto não é tão impossível.
Ainda bem que não me lembro de nada desse tipo. Só me lembro vagamente de derrubar bebida na roupa e correr para lavar no banheiro. Acho que me lembro de tagarelar sem parar com uma coitada, e depois... ah, é, Nathan foi me resgatar. Ele sempre faz isso. Talvez seja parte do motivo de ele não se sentir atraído por mim — Nathan quer uma mulher mais normal.
Chuto o edredom para longe, para desespero da minha enxaqueca, e olho para baixo: estou completamente vestida, ainda com as roupas de ontem, e fico estranhamente decepcionada. Nos filmes, quando a melhor amiga enche a cara e o mocinho a leva para casa em segurança, ele oferece uma camiseta larga e a ajuda a trocar de roupa (mas fica de costas o tempo todo, claro, por ca-

valheirismo), então ela acorda envolta no perfume dele. Enquanto isso, eu estou fedendo a cerveja. E a esmalte, parece.

Não tenho tempo para ficar aqui deitada lamentando. Eu me obrigo a me sentar e pegar o celular. O sol já saiu, então sei que Nathan também. Ele tem que manter um ritmo absurdo por causa do time, e em geral começa a treinar às seis e meia ou sete da manhã. Hoje isso é um alívio, porque acho que não conseguiria encará-lo depois de dizer que ele é *tãããão cheiroso*. Pois é, dessa parte eu me lembro bem, e me arrependo profundamente (mesmo que seja verdade).

No celular, vejo que são oito da manhã e que — putz! — tenho 32 novos e-mails! Como pode? Também reparo que minha irmã me ligou várias vezes, além de ter mandado um milhão de mensagens. Um pressentimento ruim toma conta de mim.

Abro minha lista de contatos e ligo para ela.

O telefone chama algumas vezes, mas duvido que ela esteja dormindo. Primeiro, porque ela me ligou tantas vezes que minha operadora deve ter sentido vontade de fechar e sumir no mundo. Segundo, porque Lily tem três filhos com menos de seis anos, então a coitada sempre acorda cedo. Ela merece um prêmio.

— Oi, querida! — diz ela, numa voz alta e alegre que perfura meu crânio. — JOHNNY, NÃO, LARGA ESSA FACA!

Choramingo e afasto o celular da orelha. *Ughhhhh* é minha única resposta à faca de Johnny.

— Hum... você tá bem? — pergunta Lily. — Espera aí, eu vou... DOUG, CUIDA DAS CRIANÇAS, VOU SAIR PARA FALAR COM A B!

Começo a sibilar como um gato furioso, e ela ri. Escuto alguns ruídos e imagino que ela esteja vestindo um roupão cor-de-rosa felpudo antes de abrir a porta e se sentar na entrada da linda casinha suburbana dela. Uma casa branca, com janelas pretas e roseiras no jardim, bem tradicional. Enquanto isso, a vista do meu apartamento é uma loja de conveniência com grades nas janelas, uns grafites apavorantes nos muros e um monte de lixo voando pela calçada. Los Angeles é uma doideira, porque, seguindo cinco quadras até o apartamento de Nathan, na beira da praia, a gente passa do meu prédio amarelo-desidratado com chão grudento para o dele, que custa três milhões de dólares, tem manobrista no estacionamento e arbustos perfeitamente esculpidos.

Então, é, minha irmã e eu somos opostos. Enquanto meu cabelo é cacheado e castanho, o dela é loiro e liso, e parece ter sido penteado no salão. Enquanto ontem eu enchi a cara com um monte de jogadores de futebol americano e fui levada para a cama pelo meu melhor amigo, ela provavelmente ninou um dos meus sobrinhos, desceu para a sala, tomou sorvete e viu TV no sofá com Doug, o amor da vida dela. Aposto que ele ainda fez uma massagem nela.

Às vezes, fico tentada a sentir inveja dela, mas a maior parte de mim sabe que eu nunca ficaria feliz vivendo uma coisa assim. Adoro onde estou. Também adoro que, se olhar melhor o grafite do muro da loja de conveniência, dá para ver meu nome escrito com uma letra maneira, porque vi o grafiteiro pintar a arte dele na parede e falei que estava muito legal. Ele acrescentou meu nome como tatuagem no dragão que está devorando uma pessoa. Uma gracinha.

Não quero a vida de Lily; só quero que alguém me ame que nem Doug ama minha irmã. É dessa parte que sinto inveja.

— Está de ressaca? — pergunta ela, gentil, a voz transmitindo o sorriso.

— Uhum — resmungo. — Ontem foi aniversário do Jamal, e Nathan não deixou o pessoal do time beber, então acabei aproveitando por todos.

Minha irmã ri, e o som é uma delícia. Queria estar lá para apoiar a cabeça no ombro dela, acolchoado pelo roupão cor-de-rosa felpudo.

— Coitada. Mas isso explica o vídeo.

Eu me levanto sobressaltada, e meu cérebro sacoleja no crânio.

— Que vídeo? Nathan te mandou algum vídeo me zoando? Juro que vou...

— Relaxa, pinguça. Você ainda não viu?

— Vi o quê?
Começo a olhar pelo quarto, freneticamente, como se fosse encontrar uma resposta chocante. Um retrato meu pintado na parede. Uma gravação da minha serenata no alto-falante. Nada. Só o quarto de hóspedes impecável e as janelas enormes com vista para o oceano preguiçoso.
— Ai, nossa. Tá, você vai precisar ficar calma, tá?
— Fala logo, Lily!
Eu me levanto, ignorando o nó na barriga ao ir correndo para a cozinha, na esperança de encontrar mais pistas do que aconteceu. Não há nada além de uma maçã e um bilhete de Nathan: *Remédio. Água. Comida. No intervalo a gente se fala. E relaxa, você não cantou Adele ontem.* Sorrio, sentindo certo alívio.
Quer dizer, até minha irmã fazer meu estômago revirar.
— Ontem à noite você meio que contou tudo para uma repórter. No banheiro.
— NÃO! — exclamo, suspirando e apoiando os braços no balcão. — Como assim, contei tudo?
— Acho que talvez seja melhor você ver o vídeo de uma vez. Choramingo.
— Onde encontro esse vídeo?
A gargalhada dela dobra minha preocupação.
— Onde *não* encontra, seria a melhor pergunta. Viralizou, B. Está no Instagram e no Twitter. A boa notícia é que todo mundo te ama e te acha uma fofa. Tem até uma hashtag!
Pelo jeito, parece até que abri uma instituição beneficente de renome mundial.
— Ai, nossa, melhor não envolver peitos.
— Não, mas acho que você vai preferir que envolvesse.
Ainda nem vi e já estou pensando em me mudar. Como funciona o programa de proteção à testemunha? Será que posso me mudar para outro país? Sempre quis conhecer a Espanha. Vou precisar aprender espanhol, o que será um problema. MALDITA BREE ADOLESCENTE QUE ESCOLHEU APRENDER FRANCÊS. Ah, peraí, resolvi

o problema: é só ir para a França. *Oui, vou querer une saída à francesa, por favor.* Droga, meu francês também está enferrujado.
— Desliga aqui e abre o TMZ. Me liga depois.
TMZ! *Sério?!*
Parece que engoli um galão de leite azedo.
Com as mãos tremendo, pesquiso o site no celular. Não demoro para achar a matéria... PORQUE ESTÁ NA PÁGINA PRINCIPAL!
É aí que entendo tudo.
Ah, não. Eu fiz *mesmo* uma coisa terrível ontem... Eu abri a matraca. E está tudo registrado em vídeo, junto com uma matéria longa para complementar! Aparentemente, a amiga que fiz no bar era Kara Holden, jornalista do TMZ.

Quando meus olhos sóbrios veem minha versão de olhos desfocados, é como se a mão de alguém se enfiasse no meu peito e esmagasse os pulmões.
— Ai, nossa! NÃO, NÃO, NÃO!
A manchete diz: FAMOSO *QUARTERBACK* NATHAN DONELSON APAIXONADO PELA MELHOR AMIGA E INDISPONÍVEL PARA NOVOS RELACIONAMENTOS?
*"Preparem-se, meninas. Uma velha amiga de Nathan Donelson indica que ele pode estar oficialmente comprometido com ela. A professora de dança Bree Camden alega que ela e Nathan estão secretamente apaixonados desde o ensino médio. A entrevista completa você encontra aqui!"*
Engulo o enjoo e dou play no vídeo. Tudo piora. É óbvio que estou bebaça no vídeo, sacudindo uma caneta tira-manchas como se fosse uma varinha de condão.

**Bree:** Sabe... Chherrryyll...
**Kara:** É Kara.
**Bree:** Hmmm. Não me interrompa, é falta de educação. Enfim. Só queria falar que não tem nada de errado com Nathan Donelson e o você-sabe-o-quê dele. *pisco exageradamente* A megera da ex dele só estava tentando fazer ele passar vergonha porque ele não queria transar com ela.

**Kara:** Jura? E por que você acha que ele não queria transar com ela?

*Não, Bree. Para com isso.*

**Bree:** Ele disssssse que foi por causa do futebol, mas acho que ele tá a fim de alguém que não pode ter. *esfrego freneticamente a camiseta com a caneta tira-manchas, parecendo uma criança estabanada*
**Kara:** E quem você acha que é?
**Bree:** *aponto a caneta para Kara* A gente passssssa todo dia juntos. A gente é melhor amigo há *milhões* de anos. Tem que ser eu! Quemaisseria?
**Kara:** Uau. Que emocionante. E você também está interessada no Nathan?
**Bree:** *olho atentamente para a caneta* Chhhheryl, se eu pudesse... usaria essssssa caneta para apagar todas as outras mulheres da vida do Nathan. Sobraria só eu. *franzo a testa* Preciso deitar.

É aí que entro na cabine e tranco a porta. Mas a matéria não acaba aí. O vídeo seguinte traz a legenda: *E aí, amigas? Parece um homem apaixonado? Eu digo que sim. Vote na enquete a seguir!*

O vídeo foi gravado pelas costas de Nathan, e Kara obviamente filmou sem ele perceber. Meu coração dá um pulo quando o vejo se agachar na minha frente e pegar minha mão. Ele fala com tanto carinho, acariciando meus dedos. E eu pareço... apaixonada. *Caramba, Bree! Por que você está com essa cara?* Todo mundo que assistir ao vídeo vai ver que eu praticamente tenho emojis de coração nos olhos. E ele está apaixonado por mim?! HA-HA! Não. Parece mais um homem cuidando de uma criança que se perdeu da mãe. Não tem como *aquela* Bree atrair o Nathan.

Não vejo o vídeo até o fim. Não aguento.

Somos melhores amigos, e vamos continuar assim até os noventa anos, ou até ele se casar e a esposa dele me excomungar.

Não quero perder o Nathan nunquinha, mas e essa merda aí?! Destrói amizades. Tomei tanto cuidado para nunca revelar meus sentimentos, mas fui exposta! Agora ele vai ficar todo esquisito.
Ligo para Lily.
— Viu? — pergunta.
— Por favor, me atropela.
— Aaah, B. Não é tão grave. E daí que Nathan agora sabe que você gosta dele? Já era hora, né?
Quero arrancar um por um dos pelos do braço dela por dizer isso!
— É horrível, Lily! Você fica aí dizendo que *já era hora*, mas na real *já passou tempo demais*! Faz seis anos que a gente voltou a se falar. É tempo demais para de repente chegar e anunciar: *Ah, é, por sinal, eu era apaixonada por você esse tempo todo!* Sem contar que ele nunca deu nenhum sinal de que era a fim de mim. Nunca passou do limite. Ele fica com outras pessoas normalmente e nunca pareceu me querer de outro jeito que não como amiga. Então é horrível, SIM!
Coloco o celular no viva-voz e o deixo no balcão para esfregar o rosto com as mãos. Meu cabelo está todo desgrenhado e noto que, além disso tudo, ainda perdi meu elástico de cabelo preferido, que usei ontem no bar! NA MORAL, UNIVERSO!
— E se ele tiver visto? Não, fala sério... é lógico que já viu. Ele vai achar que estou apaixonada por ele!
Faz-se uma longa pausa do outro lado até minha irmã falar, baixinho:
— Olha... ainda acho uma boa estar tudo às claras agora.
Eu rosno.
— Lily, você não entendeu. Sabe o que Nathan vai fazer se souber que estou apaixonada por ele? — Nem dou a oportunidade de ela responder, porque estou histérica. — VAI NAMORAR COMIGO! E por pena! Aí vai ficar de saco cheio de fazer isso, terminar comigo do jeito mais constrangedor possível, e todos esses anos de amizade vão para o ralo.
— Mas você não tem certeza disso!

— Tenho, sim! Já viu as mulheres que ele namora? São modelos lindíssimas! E olha que nem elas conseguem prender a atenção dele por muito tempo. Nathan está esperando a mulher perfeita, que nem existe, e não vai sossegar até encontrar. Pode perguntar para a coitada que levou um bolo dele uns meses atrás!

— E como você sabe que ele deu um bolo nela?

— Porque eu estava com ele! A gente estava jogando Mario, aí ela ligou, furiosa. Eu vi tudinho! E ele nem pareceu tão arrependido! Não quero conhecer esse lado do Nathan.

Lily pigarreia de leve e parece até que está rindo.

— Então... deixa eu entender. Ele deu um bolo nela porque estava com *você*. Me diz, Bree, isso acontece com frequência?

Estreito os olhos, mesmo que ela não me veja.

— Já sei aonde você quer chegar. Não transforme isso numa coisa que não é.

Odeio quando fazem isso comigo, de tentar plantar a ideia de que Nathan e eu temos um futuro juntos. Não. Não vou deixar. A maior lição que aprendi com o acidente — quando perdi o único futuro que almejava — é que tudo funciona melhor se eu viver o momento e aproveitar o que tenho. Não adianta depender de alguma coisa que nem tenho nas minhas mãos. A vida dá rasteira na gente o tempo todo, então, se eu ficar feliz com o que tenho agora, vou viver melhor. E no agora, tenho um melhor amigo com quem adoro estar. Se começar a ficar frustrada e desejar outra coisa com ele, vou perdê-lo de vez.

— E eu não quero namorar o Nathan, tá? A não ser que ele declare logo de cara amor eterno por mim. Qualquer coisa menor que isso vai ser um fracasso tremendo, porque ninguém, nem mesmo você, quer namorar alguém que não te ame da mesma forma que você.

— Beleeeeza. Entendi.

— Entendeu mesmo?

— Não. Mas quero que você me dê um presente de aniversário, então vou mentir.

Solto um gemido e me encosto no balcão.

— Lily, o que vou fazer? Ai, acho que vou vomitar.

Olho para a maçã que Nathan deixou, e meu estômago diz: *De jeito nenhum.*

— É simples: você estava bêbada. Não precisa admitir nada para ele, e tudo pode voltar ao normal, se é o que você quer.

— É o que eu quero, sim.

Ela ri de novo. Ainda vou comprar um presente de aniversário para ela, mas vai ser um ruim.

— Tá bom, claro. Bom, diz para ele que foi culpa da bebida e segue com sua amizade platônica, chata e sem emoção.

— Não gostei do seu tom.

— Problema seu.

Suspiro e fecho os olhos com força.

— Preciso ligar para ele.

— Tá bom. Boa sorte. Te amo, B. E o quarto de hóspedes está vago, se precisar se esconder.

# 10
# NATHAN

Estou prestes a entrar em uma reunião com a equipe técnica quando meu celular toca. Passei a manhã toda esperando essa ligação, desde que, ao chegar ao centro de treinamento, fui emboscado por dezenas de repórteres (a maioria de sites de fofoca) querendo que eu comentasse sobre o vídeo da minha melhor amiga declarando seu amor por mim.

Minha mala escorregou do ombro e caiu no chão com um baque. Não tinha entrado na internet antes do treino, então naquela hora ainda não tinha visto o vídeo e a matéria. Não respondi a nenhuma pergunta dos jornalistas, mas minha expressão disse tudo.

Entrei às pressas no vestiário, praticamente correndo, peguei o celular e encontrei o vídeo da Bree bêbada sacudindo uma caneta tira-manchas e falando para uma repórter que eu era secretamente apaixonado por ela. Quase vomitei. Mas aí... Aí ela disse que queria apagar todas as outras mulheres da minha vida, para que só sobrasse ela, e o fogo do balão de ar do meu coração se acendeu, me fazendo flutuar. Meu empresário ligou logo em seguida e perguntou se eu queria fazer uma declaração oficial. Respondi que precisava esperar até falar com Bree.

Por isso, passei a manhã toda com a cabeça a mil. Com esperança. Com perguntas. Será que era a hora? O momento de tudo mudar entre a gente? Porque estou pronto.

Olho para o celular e me viro para o resto do time, que está a caminho da sala de reunião.

— Podem ir na frente. Um minuto e já chego.

Eles assentem com a cabeça, e fico sozinho no corredor. Respiro fundo antes de atender.

— Oi, Bree.
Será que soou normal?
— Oi! Nathan. É, sou eu! Oi.
É, sem dúvida o meu soou bem mais normal do que o dela. E sem dúvida ela viu o vídeo. Não tem a menor chance neste mundo de eu falar sobre o assunto primeiro, então jogo verde.
— E aí? Como estão as coisas?
Ela geme.
— Bom, queria saber se você conhece uma loja que vende cabeças. Preciso trocar a minha, que quebrou.
Dou risada e bato de leve com a ponta do pé na parede.
— Sinto muito, acho que não tem a menor chance.
Ela ri também, mas soa nervosa e travada. É aí que se faz silêncio. Sei o que está acontecendo. Ela também está jogando verde. Esperando. Nenhum de nós quer mencionar o escândalo da tequila. Talvez fosse melhor esperar e conversar pessoalmente?
Um dos técnicos aparece no corredor.
— Donelson, já vamos começar. Você vai participar?
— Vou, desculpa. Um minuto.
Ele não parece feliz com a resposta.
A NFL é muito diferente da faculdade. Aqui não ficam de babá e dão multa por atraso, podem botar a gente na reserva e até negociar nosso contrato para outro time se dermos bola fora demais. Não se espera nada além de extrema competência, e essa pressão é sempre muito grande, ainda mais em determinados momentos. Como agora, que preciso muito falar com Bree, mas também preciso ir à reunião. Durante o campeonato, a gente abre mão do direito à vida normal. Tudo e todos que não estão ligados ao time devem ser jogados pra escanteio. Mas não quero jogar Bree pra escanteio. Quero dar a ela cem por cento de atenção, para ela se sentir valorizada. Também preciso dar cem por cento de atenção à minha carreira, senão vou acabar ficando pra trás. Só preciso dar um jeito de aumentar minha capacidade para duzentos por cento.

Antes eu sentia que dava conta de tudo. Agora... tem um sentimento indescritível que me acompanha para todo lado. Parece que está tudo sempre girando. Não consigo fazer parar.

Sei lá... Vai ficar tudo bem. Deve ser só nervoso por causa das eliminatórias.

Olho para a sala de reunião, sabendo que preciso entrar antes de estar oficialmente atrasado.

— Escuta, Bre...

— NÃO QUIS DIZER NADA DAQUILO — grita ela, de repente.

Meus pulmões murcham, e dou as costas à reunião.

— Está falando do vídeo?

— É. E, Nathan, mil desculpas! Você sabe como eu fico quando bebo tequila. A Bree bêbada é uma piranha ciumenta, e falei muita besteira sobre você estar a fim de mim e sobre apagar as mulheres da sua vida, mas foi a bebida. É tudo culpa da tequila.

Não consigo falar, porque não sei o que dizer. Meus pensamentos são puro vazio.

Eu me permiti sonhar demais hoje cedo. Deveria ter notado. Bree me diz há seis anos que nunca gostaria de namorar comigo. Por que, depois de um discurso motivado por bebida, achei que tinha mudado de ideia?

— Claro — respondo, forçando uma risada porque me recuso a agir de modo estranho e perdê-la por isso. — Achei que fosse isso mesmo. Relaxa. Águas passadas.

— T-tem certeza? A gente precisa conversar mais? Precisa de mais convencimento? Porque a gente é tão amigo que seria praticamente incesto namorar! Imagina só?! — Ela ri, desanimada.

Aperto o punho porque, sim, imagino. E não é nada semelhante a incesto.

Parece que pisei descalço em um prego enferrujado. Respiro fundo e esfrego o pescoço.

— Tá tudo bem, Bree, sério. Acredito em você. Mas tenho que entrar numa reunião agora.

— Ah, claro! Vai lá! Desculpa te incomodar. A gente se fala mais tarde.
— Isso.
— Jantamos hoje?
— Pode ser. Aviso quando acabar o treino. Deve ser lá pelas seis e meia.
— Perfeito! — diz, com uma voz exageradamente animada que arranha meus nervos fragilizados. — Vou fazer lasanha vegetariana.
Suspiro diante da tentativa óbvia de neutralizar a situação. Estou cansado de neutralidade. É hora fazer alguma coisa.
— Não precisa. A gente pode pedir comida, e eu busco no caminho.
— Não! Eu quero! É o mínimo, depois disso tudo. Faço lasanha, aí a gente pode jogar Mario, que nem sempre, e vai ser ótimo!
Claro. Completamente normal.
*Vai ser ótimo.*


Chego do treino e sou recebido pelo cheiro da lasanha da Bree e pela imagem dela dando voltas na cozinha, dançando "Do You Believe in Magic?". Quando a gente se conheceu, Bree trabalhava na cozinha de uma lanchonete. Tentei até arranjar um emprego lá para passar mais tempo com ela depois da aula, mas meus pais descobriram e me fizeram desistir. Eles queriam que eu focasse no futebol e, já que a gente tinha bastante grana, nunca precisei trabalhar.

Os pais de Bree, por outro lado, trabalhavam muito por cada centavo, assim como ela. Não sei como dava conta de tudo — escola, balé e trabalho —, mas dava. Parte de mim sentia um pouco de inveja dela, de ter conseguido trabalhar e economizar para comprar um carro. Era uma sucata, mas era *dela*. Enquanto isso, tudo me foi entregue de bandeja e de mão beijada. Aos dezesseis anos, eu dirigia uma caminhonete de quarenta mil dólares. O para-choque de Bree era grudado com fita isolante verde fosforescente.

Não posso reclamar muito, porque foram meus pais que me fizeram chegar aonde estou, mas parece que parte de mim não os perdoou completamente por me pressionarem tanto quando eu era mais novo, já que sempre que vejo o nome deles no identificador de chamadas preciso respirar fundo antes de atender.

Eu só queria o futebol americano *e* a fita isolante verde fosforescente, mas parece que meus pais me viam apenas como um jeito de garantir estabilidade financeira e status pelo resto da vida deles. A única vida que queriam para mim era o esporte.

Mas cansei de falar dos meus pais.

Bree cozinha muito bem, mas detesta, e por isso me sinto mal ao vê-la tentar compensar o que aconteceu ontem. Mas tenho que admitir que, neste momento, enquanto dança no ritmo da música, ela não parece detestar.

Ela demora a me ver, então cruzo os braços, sorrindo, e me encosto no batente da porta, observando quando ela se debruça no balcão, rebolando, para jogar um pouco de parmesão em uma tigela de salada. O cabelo dela balança nos ombros, como se estivesse tão animado quanto ela.

De repente, Bree levanta a cabeça com um movimento rápido e me vê. Ela cora por uma fração de segundo antes de a dança ficar ainda mais dramática.

— Que palhaço você, parado aí me encarando! — grita em meio à música alta.

Ela se aproxima, fazendo passinhos de dança que imitam o lançamento de uma linha de pesca para me puxar; depois os de um lava-jato; e os de fazer compras no mercado.

Não digo nada, só sorrio enquanto ela balança os braços até parar na minha frente. Bree é sensacional no balé, e vê-la dançar é incrível, mas, nossa, quando o assunto é música moderna, ela consegue ser terrível e adorável ao mesmo tempo. Seu cabelo balança e ondula às suas costas, e ela está usando um collant bordô com alcinhas minúsculas cruzadas para todos os lados — não sei como ela vestiu esse negócio, as costas dele têm um decote profundo, mostram muita pele e também o top preto — e uma calça de moletom cinza e larga com o elástico enrolado na altura dos quadris. A roupa mostra todas as curvas e o corpo atlético dela, e espero que minha língua não esteja pendurada para fora da boca.

Bree parece ter saído dos meus sonhos, e essa sensação aumenta ainda mais quando a dança fica mais ousada, e ela rebola até o chão como se a gente estivesse na balada — e não ouvindo uma música dos anos 1960. Ela está tentando me fazer rir, e eu estou tentando não encarar demais como um tarado.

Não consigo me conter quando ela se vira para mim, balançando os dedos de forma dramática e fingindo passar as mãos pelo meu corpo, sem encostar. A expressão no rosto dela é exagerada: o nariz franzido, mordendo o lábio, sendo que a música mais inocente do mundo está tocando. Uma gargalhada finalmente escapa de mim, e olho para o lado em vez de pegar ela pela cintura e puxá-la para nos encostarmos de verdade.

*Praticamente incesto.*

Minha cara deve ter mudado, porque Bree para de dançar, um pouco sem fôlego, e pega o controle remoto do rádio no bolso. Ela desliga a música e todo aquele som alegre morre. Noto que estou de braços cruzados com força.

Ela me olha, e o sorriso murcha.

— Você está chateado comigo... pelo que falei no vídeo?

O rosto dela me deixa arrasado. Ela acha que estou chateado pelo que ela disse?! Estou chateado por não ser verdade! Não, nem é isso. Estou irritado, como um bebê chorão, e preciso superar isso. O que ela sente por mim não é novidade. Sempre foi assim.

Forço meu rosto a relaxar e sorrio.

— Nem um pouco chateado.

Eu chego perto, respirando fundo, e a puxo para um abraço. Ela me abraça pela cintura, apertando com força.

Esmagada no meu peito, Bree ergue o rosto para me olhar. Os olhos dela têm cor de café com um pouquinho de leite. Do jeito que eu gosto.

— Tem certeza?

— Tenho. Como ficar chateado, se sei que você só queria que todo mundo soubesse que meu *pipiuzinho* não é da conta de ninguém?

Bree suspira e enfia a cabeça na minha camisa, se agarrando nela com tanta força que parece querer se esconder lá dentro.

— Eu falei isso, né? Por favoooor, esquece que já ouviu essa palavra sair da minha boca.

— De jeito nenhum. É muito sedutor! As mulheres vão vir correndo se me ouvirem chamar ele assim.

É ótimo senti-la rir abraçada em mim. Passei o dia todo pensando nela assim. Passo todos os dias. *Aahhh, para, Nathan!* Preciso de alguns minutos para recompor meus sentimentos estilhaçados antes de voltar à nossa amizade "normal".

Eu a solto.

— Se você não precisar de ajuda, quero trocar de roupa antes do jantar.

Ela esfrega uma das mãos no braço, provavelmente ainda sentindo minha energia esquisita.

— Claro. Vai lá. Vou servir a gente.

Vou para o quarto para me recuperar. Tem uma sacola de pano gigantesca na minha cama, cheia de cartas e embrulhos. Estou prestes a gritar para Bree e perguntar o que é quando ela surge na porta, um pouco sem fôlego, como se tivesse vindo correndo.

— Ah! Por sinal, sua agente mandou isso mais cedo. Cartas das suas fãs.

Levanto as sobrancelhas. Quer dizer, estou acostumado a receber cartas de fãs, mas não *tantas* assim.

— É... são muitas cartas.

Ela morde o lábio e faz uma careta.

— É. É... meio que... bom, melhor abrir algumas e ver.

Esquisito. Começo a mexer na sacola e a primeira coisa que vejo é um monte de canetas tira-manchas da marca Tide, com bilhetinhos grudados. *"Apague todas as outras mulheres e fique com Bree!"* As três outras cartas que abro dizem coisas parecidas. Algumas falam sem parar do quanto adoram Bree — e eu concordo, mas claramente levaram o vídeo dela bêbada um pouco a sério demais.

Assobio quando olho para o fundo da sacola e noto que deve ter pelo menos cem canetas tira-manchas ali. Nunca mais terei que me preocupar com manchas na roupa.

— São todas assim?

Olho para mais cinco bilhetes e jogo todos eles do lado da sacola.

Bree se aproxima devagar, como se tivesse medo de eu virar abruptamente e atacá-la.

— São — choraminga. — Ai, mil desculpas! Não percebi que Kara era jornalista. E mesmo se tivesse percebido... estava tão doida que talvez ainda assim teria dito toda aquela loucura... — Ela geme de novo ao olhar para a montanha de cartas. — Te envolvi numa confusão...

Pego a mão dela e aperto, mesmo sabendo que não deveria.

— Ei, falei que estava tudo bem, e é verdade. Mais tarde ligo para Nicole e Tim para preparar uma nota para a imprensa. Não estou preocupado com minha imagem, só um pouco preocupado com...

Olho para a pilha de cartas.

— O trabalho a mais? Decepcionar seus fãs? Ter que convencer todo mundo de que não estamos namorando?

— Com você — digo, olhando para ela. — Sei que você não gosta dos holofotes e tenho certeza de que está desconfortável com isso. Além do mais... talvez seja melhor tornar seu Instagram privado.

— Ah, já fiz isso — responde, soando exausta de um jeito que me dá uma pontada no estômago, porque sei que ela nunca quis essa vida. — Quando acordei, tinha dez mil seguidores novos. E, quando desci para ir para casa, tinha repórteres me esperando na rua. O fofo do seu porteiro me ajudou a sair pelos fundos e me deu uma carona.

*Droga.* Nem pensei no fato de ela ter dormido aqui em casa e passado o dia sem carro. Nossa, estou fazendo tudo errado.

Isso não é nada bom. Não só porque estou pirando com a segurança dela, mas por estar apavorado com a possibilidade de ela sumir da minha vida. Desde o início Bree foi clara quanto ao que permitiria na amizade, e "estrelato" estava em destaque na parte de PROIBIDO.

— Como tudo isso aconteceu tão rápido? — pergunto, jogando uma carta de volta na pilha.

— O vídeo viralizou e, como Kara colocou meu nome e sobrenome na matéria, todo mundo achou meu perfil com facilidade. Isso aqui apareceu porque hoje de manhã estava rolando um post encorajando as pessoas que moram por aqui a deixar recados na sua agência. Posso dizer que é muito esquisito?

— É ainda mais esquisito tanta gente ter obedecido. Tiveram que sair e *comprar* as canetas.

Nunca me acostumei com fãs. É uma parte que detesto desse trabalho.

— Acho que não vai parar tão cedo. Estão compartilhando o vídeo e marcando a gente, usando #GarotaTide na legenda. Um elogio lindo... — comenta, franzindo o nariz. — Estão me zoando pelo que falei no vídeo.

— Aquela parte sobre querer apagar todas as mulheres da minha vida como um tira-manchas?

Eu me arrependo na hora. É óbvio que ela não quer falar daquilo. Bree solta minha mão e cobre o rosto.

— Tequila, Nathan. Foi a tequila!

Começo a rir, esperando aliviar a tensão, querendo mesmo é me encolher até ficar do tamanho de uma bola, deprimido no chão. Amanhã, depois de resetar meu cérebro e acordar sem esperança de ficar com a Bree, estarei melhor.

— Tá, escuta, quero que você fique bem na sua até eu conseguir ligar para a Nicole e pedir para ela cuidar da situação. Nada de ir para casa sozinha e, se tiver que passar no supermercado ou em outro lugar público, vou mandar meu guarda-costas te acompanhar até essa história se acalmar.

— Cuidar da situação? Fui eu que *causei* a situação! Ai, nossa, eu sou a pior amiga do mundo.

— Bree, é para cuidar da situação por *você*, não por mim. Não sou eu que detesto os holofotes. Nem a ideia de um relacionamento romântico entre nós.

Ela relaxa os ombros.

— Ah. Tá. Melhor.

Ela hesita e olha para as cartas como se estivesse tentando desenvolver superpoderes para mandar todas elas para outra dimensão. Não funciona. Bree não é tão poderosa assim.

— A gente pode ir jantar e esquecer isso tudo por um tempo? — propõe.

— Claro. Vou só trocar de roupa porque, ironicamente, essa camisa está manchada.

Nós dois rimos, o que alivia um pouco a tensão. Tiro a camisa e vou à cômoda para escolher uma limpa. É aí que vejo o reflexo de Bree no espelho. Ela ainda está aqui, me encarando, boquiaberta. Não desvia o rosto. O olhar dela está fixo em mim, e tenho que me conter para não fazer muque. Peraí, será que faço? Melhor não. Ficaria muito na cara que percebi ela me secando.

Mas ela *está* me secando. Tem um brilho nos olhos dela que não notei antes. Quer dizer, ela já me viu sem camisa umas cem vezes, e eu sempre achei que era indiferente ao meu corpo. Que não ligava. Mas se ela sempre me olha assim quando não estou prestando atenção...

A esperança volta ao meu peito, e decido testar uma coisa.

Enfio a mão na gaveta e tiro uma camiseta branca, esticando o pescoço de um lado para o outro, como se meus músculos estivessem *muito* tensos. Levanto a camisa e visto de um jeito sexy, como me ensinaram a fazer nos comerciais de cueca. Abro bem os ombros e ergo os braços, sabendo o movimento que meus músculos vão fazer. Alguém tem um pouco de óleo para me emprestar, rapidinho? Seria muito útil.

Não me arrependo, porque esse experimento me apresenta resultados muito interessantes. Os olhos de Bree estão grudados em mim, e ela morde o lábio até quase arrancar sangue. As pálpebras pesam, como se gostasse do que vê.

Não é a cara de uma mulher com sentimentos fraternais.

*Nem. Um. Pouco.*

Eu me viro e, nessa fração de segundo, ela desvia o rosto, como se fosse um carneirinho inocente. Mas o rosto dela está corado. Parece um morango maduro e suculento.

— Pronto? — pergunta, em voz alegre e aguda.

Ela não olha para mim, e, de repente, me pergunto se a tequila, em vez de fazer ela falar coisas que não sente, na verdade só tirou o filtro dela. Quem sabe meus amigos não estavam certos?

Uma coisa dentro de mim estoura. Talvez eu não tenha me hidratado o bastante no treino, ou talvez eu esteja vivendo uma crise de meia-idade prematura, mas, de repente, sinto vontade de arriscar. Sem pensar, só agir.

— Bree? — pergunto, e meu tom claramente indica que a coisa é séria.

Ela arregala os olhos.

— Sim?

Eu me aproximo. Seria de se esperar que eu estivesse sem palavras, mas já ensaiei tanto essa conversa que sei exatamente o que dizer.

— Escuta, o que você disse no vídeo...

Uma batida forte na porta me interrompe.

Bree parece imediatamente aliviada, e dá um pulo ao dizer:

— Ah! Tem alguém na porta! Vou atender!

Ótimo. Que ótimo.

# 11
# BREE

Abro a porta e a agente de Nathan, Nicole, entra apressada. Ela está vestindo um terno cinza lindo e mantém uma bolsa de couro grande no ombro e uma placa de isopor grande debaixo do braço.

—Ah, que bom. Você já está aqui — comenta ao passar por mim.

Os sapatos pretos de salto treze batem no chão de madeira fazendo barulho, e eu não faço ideia de como ela consegue andar tão rápido naquilo. Eu cairia de cara se tentasse me movimentar assim nesses sapatos. Nicole, não. Ela desliza. Flutua. Ninguém mexe com ela. Acho que tenho um crush nela.

Nicole é agente de Nathan desde o começo da carreira dele, e é maravilhosa. Uma mulher poderosa, que não leva desaforo para casa e que ficou famosa por negociar os contratos mais difíceis da NFL. Nicole tomou as rédeas da carreira de Nathan e a levou a lugares inacreditáveis.

Quero uma Nicole para mim. Já ofereci abraços e elogios em troca de ela tocar minha carreira também, mas, não sei por quê, ela recusou, voltando toda a atenção dela na hora para o celular, marcando compromissos para Nathan. Ela é fiel — eu respeito isso. Além do mais, estou bem sozinha. Quer dizer, tirando a parte que Nathan está me sustentando há séculos sem eu saber. E eu ainda não consegui me candidatar à vaga da The Good Factory, mesmo já tendo preenchido cinco vezes a ficha de inscrição. É, estou superbem.

Assim que Nicole larga a placa de isopor (espero que seja um projeto que envolva purpurina), Nathan aparece. Não quero nem pensar no que ele estava se preparando para me dizer no quarto. Nunca fiquei tão feliz por ser interrompida. Parecia que ele estava

prestes a me dar um fora gentil. *Escuta, o que você disse no vídeo... Estou muito lisonjeado, mas quero só confirmar se a gente está sintonizado, e se você sabe que seremos sempre só amigos.*
Estremeço e volto minha atenção para Nathan e Nicole.
— Oi, Nathan. Desculpa te incomodar a essa hora. Tentei ligar, mas você não atendeu. Claramente estava ocupado — diz Nicole, e vira os olhos cinzentos com malícia para mim, e depois para ele.
Nós dois começamos a responder uma besteira qualquer, gaguejando.
— Ah, a gente só...
— Lasanha!
— E manchou minha blusa.
— Jantar de desculpas, e eu ia logo para casa!
Nicole levanta uma mão, como se quisesse fazer uma turma de jardim de infância calar a boca.
— Me poupem. Não ligo.
Ela sorri e aperta o rabo de cavalo loiro impecável, que faz até aquela voltinha linda na ponta, igual ao da Barbie.
— Vim porque tenho uma proposta urgente para discutir com vocês dois — começa.
— Nós dois? — dizemos Nathan e eu ao mesmo tempo, e quero dar um chutão na nossa própria bunda por essa sintonia irritante.
Nathan se aproxima de mim quando Nicole ajeita a placa de isopor na mesinha de centro. Dessa vez, Nathan e eu soltamos suspiros de pavor. *Ah, Nicole.* Coitada. A pressão do trabalho nitidamente foi demais para a cabeça dela.
A apresentação sem dúvidas tem purpurina. Também tem um monte de fotos minhas com Nathan, arrancadas das entranhas do Google. São fotos de paparazzi, mostrando a gente indo juntos tomar café, ou fotos individuais recortadas e coladas para ficarmos juntos. Muitas foram roubadas do meu Instagram. É chocante, mas o pior é a quantidade de corações cafonas que ela desenhou ao redor das fotos... fora a lista de nomes que podemos escolher para o nosso futuro e inexistente filho.

— Nicole... — começa Nathan, mas ele não sabe o que dizer. Ela nos olha e vê nosso pavor.

— Nossa, vocês acham que eu fiz isso?! Assim vou ficar ofendida. Não fui eu, mas é esse o motivo da minha visita. Uma fã fez isso para vocês e largou na agência. Tem outros parecidos lá também.

Bom, isso muda tudo. Nathan pensa na mesma coisa que eu, e no mesmo segundo nós dois gritamos:

— É meu!

Aponto para ele.

— Eu falei primeiro!

Ele revira os olhos.

— De jeito nenhum. Foi empate.

Não vou perder esse painel apavorante de jeito nenhum.

— Por que você precisa disso? Olha para essa casa, cara... não combina com a sua decoração.

Ele levanta a sobrancelha.

— E com a sua, combina?

— Não... — respondo. Estreito os olhos e estico os dedos, fingindo medir o painel que nem um empreiteiro. — Mas tem o tamanho perfeito para esconder aquela rachadura enorme na parede do meu quarto.

Ele nega balançando a cabeça.

— Vamos decidir do jeito justo: luta de dedão.

Eu rio com desdém.

— Ah, nem vem! Não vou cair nessa de novo. Olha para esses dedos enormes. Não é justo. A gente vai...

Nicole bate palma, e levamos um susto.

— Não tenho tempo para isso. Depois vocês decidem quem vai ficar com esse altar bizarro. Tenho alguns documentos para mostrar a vocês.

Acompanhamos Nicole até a mesa da cozinha, e minha sensação é de estar indo para a sala da diretora na escola. Nathan se senta ao meu lado e leva a mão ao encosto da minha cadeira. Toda a minha atenção está nesse gesto dele, em nada mais.

Nicole cruza as mãos, colocando os cotovelos na mesa.

— Já que o tempo de todo mundo aqui é valioso, vamos direto ao ponto. Não sei se vocês entraram nas redes sociais hoje. Nathan, sei que você evita o máximo que pode, mas imagino que, depois de ver o altar de espuma e todas as correspondências que encaminhei mais cedo, você deve ter tido uma noção de como o vídeo da Bree viralizou.

Sinto meu estômago revirar. Essa reunião é por minha causa, especificamente! Minha nossa. Será que causei problemas graves para Nathan? Será que Nicole vai mandar ele se afastar de mim? Tenho que oferecer uma solução antes de as coisas saírem do controle.

— Com licença — digo, me levantando como se apresentasse um caso no tribunal. — Gostaria expressar todo o meu arrependimento e dizer que sei que a culpa é minha. Assumo total responsabilidade pelo que fiz, e não medirei esforços para corrigir essa situação. Minha irmã se ofereceu me acolher por alguns dias, até a fofoca perder a força...

Nicole me interrompe com uma gargalhada ruidosa. Eu hesito e olho para Nathan, que dá de ombros, parecendo tão confuso quanto eu.

— Você acha que eu quero te tirar de cena? — pergunta ela, rindo de novo e sacudindo a cabeça. — Sente-se, Bree.

Obedeço imediatamente, me largando na cadeira com tanta força que meu cóccix chega a doer.

— Então o que você acha que a gente deve fazer? — pergunta Nathan, e metade do meu cérebro ainda está concentrada na mão dele, apoiada no encosto da minha cadeira.

Quando respiro fundo, o polegar dele roça meu ombro. É impressão ou ele anda encostando em mim com mais frequência? Será que esses toques são acidentais, ou...

*Não, deixa para lá.*

Nicole pigarreia, provavelmente porque a garganta está seca de tanto gargalhar.

— Resumindo, vocês deveriam namorar.
O choque é tão grande que o apartamento todo parece tremer.
— Desculpa, como é que é? Acho que não entendi direito.
— Vocês deveriam namorar.
Esfrego a orelha com veemência.
— Ah! Foi mal. Meu ouvido deve estar com algum problema. Ouvi você dizendo que a gente deveria...
— Namorar — conclui Nathan por mim, e calafrios acompanham a palavra por toda a minha pele. — Ela disse isso mesmo. Mas por quê? — pergunta para Nicole.
Ela ri de novo, e quero roubar a voz dela que nem a Úrsula fez com a Ariel, porque está começando a me irritar.
— Bom... — começa ela, pegando umas folhas de papel de uma pilha. — As grandes marcas estão finalmente percebendo que o jeito mais eficiente de alcançar o público consumidor jovem é pelas redes sociais. Estão procurando influencers no Instagram e no TikTok e usando essas plataformas para vender mais, e de forma mais orgânica.
É por isso que meu feed no Instagram parece um passeio no shopping.
— A Tide, a marca da caneta tira-manchas, viu o vídeo e amou — continua. — Desde ontem, o engajamento na conta deles aumentou em trinta por cento, e dizer que eles ficaram impressionados é pouco. Ofereceram até uma proposta para vocês dois.
Nicole pega a pilha de papel e a coloca na nossa frente. Parece uma espécie de contrato, mas as letras são tão minúsculas e apertadas que fico em dúvida se foi feito para ser lido.
— A Tide já tem um anúncio programado para o Super Bowl — explica —, mas, considerando o enorme sucesso da caneta tira-manchas, querem que vocês filmem uma nova propaganda, brincando com o que a Bree falou no vídeo. Seria uma brincadeira engraçadinha entre vocês dois.
Ficamos os dois em silêncio por alguns segundos, processando essa informação absurda até entendê-la. Só consigo pensar: 1) que

não me meti em encrenca, *ufa!*; 2) que o dedo do Nathan continua roçando minha pele; 3) no item 2, com ênfase.

Nathan recupera os sentidos mais rápido do que eu.

— Mas por que a gente precisa namorar? Por que a gente não pode só gravar a propaganda e pronto?

— Os casais de Hollywood fazem isso o tempo todo para divulgar os próprios filmes. O princípio é o mesmo. Querem que vocês virem um casal para continuar criando expectativa sobre a marca até o lançamento do comercial. Agora, se é um casal de verdade ou de mentira depende de vocês. E, Nathan, como eles sabem que você está jogando as eliminatórias e que seu tempo é limitado, pediram só uma aparição pública para vocês serem fotografados juntos. Tem alguns itens no contrato a respeito de certa quantidade de posts no Instagram e das hashtags que querem que vocês usem, mas tudo me parece razoável. Ah, e vocês dois teriam que assinar um termo de confidencialidade.

— E depois da propaganda? — pergunta Nathan, me olhando de soslaio rapidinho.

— Podem terminar, casar, tanto faz... como quiserem.

Ela dá de ombros. Nada de mais. Só uma conversa tranquila entre amigos em que a palavra CASAMENTO é mencionada em referência a mim e Nathan.

— Já aviso que — continua Nicole —, se decidirem aceitar a proposta, o pagamento será ótimo, mas vocês terão que cumprir os termos do contrato. Nathan, posso garantir que nem tocaria no assunto se não achasse que fosse bom para sua carreira. Esse tipo de publicidade é bem o tipo de coisa de que precisamos para atrair mais propostas fora da temporada — diz, voltando os olhos de laser para mim. — E, Bree, como eu falei, o dinheiro é bom. Veja.

Olho para onde ela aponta e, CARAMBA!, eu ganharia tantos zeros por causa de um comercial e alguns encontros com Nathan?!

Dou uma olhada de relance para a direita, tentando ver o que Nathan acha disso tudo, mas ele está impassível. Ele está me esperando decidir, mas é claro que quer aceitar. Esse tipo de coisa faria maravilhas para a imagem dele, e fingir namorar comigo por algumas semanas não seria nada de mais, já que não sente nada por mim. Além disso, é muita grana — que pode me tirar do meu apartamento horrível, me levar para uma casa sem mofo nas paredes. Posso comprar um carro novo! Ou... não, DÃ! Posso devolver para Nathan todo aluguel que ele pagou em meu nome. Seria ótimo.

Sei que Nathan nunca me cobraria o aluguel, mas eu me sentiria melhor se regularizasse a questão mesmo assim. Não é por orgulho, nem teimosia. É mais complexo. É a confiança de saber que posso me sustentar, e também uma forma de cuidar do meu amigo. Nathan não precisa do dinheiro, eu sei, mas, desde a época da escola, os amigos e a família dele sempre o viram como o salvador financeiro, como se fosse responsabilidade exclusiva dele tirar todo mundo da pindaíba. Eu me recuso a tratá-lo assim. Então posso até ter que aceitar a ajuda com meu aluguel por enquanto, mas vou retribuí-lo pela generosidade.

Infelizmente, para isso, vou ter que namorar meu melhor amigo. Será que sou capaz de ultrapassar o limite da amizade e depois voltar sem nenhum problema? Duvido.

Minha postura murcha, e Nathan percebe. Ele olha para Nicole.

— Pode nos dar um minutinho? Pra gente conversar?

— Claro. Vou ligar para algumas pessoas enquanto vocês conversam a respeito.

Nicole deixa uma canetinha inocente perto do contrato antes de sair da sala e ir para a varanda. Ela bate a porta ao passar, e o ruído alto me causa um sobressalto. Estou agitada. Meu pé vibra. Meu joelho não para.

— Bree — começa Nathan, tranquilo, tocando meu joelho para eu parar de balançar. — A gente não precisa fazer isso. Se você quiser, eu mando a Nicole jogar o contrato no lixo.

Olho para as folhas de papel e para Nathan. Ele está muito relaxado, nada nele treme. Em vez disso, seus olhos escuros parecem tão calmos quanto as madrugadas insones, quando tudo está tranquilo e sossegado no mundo lá fora.

— Então a escolha é toda minha? — pergunto, desconfortável com o peso da constatação.

— Claro. Eu já estou acostumado com essa vida. É você quem seria mais afetada pela mudança repentina.

— Mas... você fica de boa com... a parte do namoro?

Alguma coisa lampeja em seu rosto. Ele desvia o olhar rapidamente antes de se voltar para mim.

— Bom, eu... — começa.

Ele batuca o polegar na cadeira, e o movimento faz sua pele roçar na minha escápula, provocando um calafrio. Os pelos do meu braço escutam a história que o dedo dele tenta contar.

— Acho que a gente daria um jeito — declara ele. — Mas a verdade é que eu só hesitaria por saber exatamente o que você pretende fazer com o dinheiro.

Levanto o queixo.

— Mas você não sabe.

— Está na cara. Sério, dá pra ler na sua testa: PAGAR AO NATHAN.

Eu dou risada e o empurro de leve, mas ele nem balança, porque é um touro.

— Sei lá — digo. — A gente vai precisar passar quatro semanas *como um casal*.

Muita coisa pode acontecer em quatro semanas.

— Um casal *de mentira*. Seria só fingimento — responde ele.

Ah. É, verdade...

— E, além do mais — continua —, você vive dizendo que a gente é praticamente irmão. Então não precisamos temer sentimento nenhum. A não ser que...

Arregalo os olhos e o interrompo:

— Você está certíssimo! Não é mesmo tão grave, pensando bem.

Minha voz fica mais leve. Tudo começa a parecer simples e prático. É. Tudo bem. Nathan e eu vamos dar conta. Vai dar certo!

— E já ficamos bem confortáveis juntos, não vai ser difícil convencer o público — acrescenta ele. — No máximo, a gente vai se divertir saindo juntos.

Tá, agora ele meio que soou como o diabinho no meu ombro, mas já me convenci, eu não ligo. Na verdade, talvez eu esteja até um pouquinho animada para ver como é namorar o Nathan, de um jeito que não vai trazer nenhuma consequência negativa para mim. Sorrio e concordo com a cabeça.

— Você está certo. Vamos nessa!

Ele levanta as sobrancelhas e para de bater o polegar na cadeira.

— É sério?

— Desde que você prometa aceitar o dinheiro quando eu pagar.

Ele revira os olhos e resmunga.

— Breeee, eu não preciso do seu dinheiro.

— Nathaaaan, tô nem aí pra isso. Pagar você é questão de honra. Eu não me aproveito dos meus amigos ricos. Promete logo.

Ele sustenta meu olhar por um instante e sorri a contragosto.

— Tá. Prometo.

Engulo em seco, sentindo um frio na barriga repentino.

— Então beleza! Vamos nessa. Vai ser tranquilo. Talvez até seja divertido.

Tenho um pressentimento estranho quando Nathan inclina a cabeça de leve e um abre um sorrisinho com o canto da boca. É uma expressão que nunca tinha visto nele. Foi como se eu tivesse sido enganada por um mestre do baralho quando achava que estava só jogando pôquer com uma criança.

Ele me entrega a caneta.

— Ah, vai ser divertido, sem dúvida. Eu garanto.

# 12
# NATHAN

— Ainda não está bom! — grito, com a boca cheia de pipoca e os pés descalços apoiados na mesinha de centro.

É tarde da noite de sexta, e os caras do time estão aqui faz tempo.

Jamal olha para trás, com a caneta no quadro branco que eu comprei há alguns meses e que mantenho guardado em um armário, de onde o tiro apenas nas reuniões de planejamento e para o que estamos fazendo neste momento. No topo do quadro, em letras garrafais, escrevemos DA AMIZADE AO AMOR. O título não é muito atraente. Ainda estamos tentando melhorar.

No segundo em que contei para Jamal sobre a conversa de ontem com Bree e Nicole, ele enviou uma mensagem no grupo dos caras mandando todo mundo vir aqui em casa depois do treino para uma reunião de planejamento. Não é a primeira vez que usamos o quadro branco assim. Da última vez foi para planejar como fazer Jamal voltar com a namorada depois de ele agir que nem um imbecil no casamento da irmã dela. (O plano deu errado. Eles não voltaram.)

A vez anterior foi para descobrir como deixar a namorada de Derek longe da mãe dele. As duas se odiavam. Na real, esse plano também não deu tão certo. Vamos torcer para essa terceira vez ser certeira.

— Como assim? Por quê? Estou falando, vai funcionar — declara Jamal, dando um passo para trás e admirando o plano de ataque de *cornerback* que ele montou. — Cara, você não sacou ainda? Só precisa acertar o *timing*, aparecer pelo ponto cego e, *bum*, pegar ela. Surpresa!

Não acho que ele quis dizer "pegar ela" do jeito que dá a entender. Pelo menos, é melhor não. Eles já aprenderam, do jeito mais difícil, a não falar assim de Bree nem de outras mulheres na minha frente.

Estreito os olhos, como se não entendesse aquela jogada óbvia, porque é sempre divertido zoar a cara do Jamal. Mas, na real, o sentido metafórico ainda está meio confuso.

— Mas quem é a Bree nessa jogada? O *quarterback* ou a bola?

— O *quarterback*, óbvio.

— E a bola representa o quê? — pergunta Price, apoiando os braços no joelho, se juntando à diversão.

Jamal nos olha como se não tivéssemos cérebro.

— O relacionamento.

— E Nate é...

— O *cornerback* — responde, desenhando um coração ao redor de um dos "xs", e sua nova pulseira de diamante cintila na luz.

— Cara, é óbvio. Não preciso explicar.

Price faz uma careta. É meio exagerada, mas Jamal cai na dele.

— Não saquei ainda. Se o Nate é *quarterback*, ele não vai saber jogar na defesa.

Jamal pestaneja umas vinte vezes e suspira.

— É só uma metáfora!

Balanço a cabeça, derrotado.

— Mas ele está certo, eu sou uma merda na defesa. E se metaforicamente eu também for ruim?

— Não é a mesma coisa!

Ele aperta a caneta como se espremesse um limão.

— E quem são os outros dois *linebackers* na jogada?

— Eu e Derek. É óbvio que você vai precisar da nossa ajuda, já que somos os mais experientes aqui quando o assunto é sexo. Sem ofensa a Price e Lawrence.

— Fiquei ofendido, sim — diz Lawrence, se levantando.

Ele anda até Jamal, exibindo seus 2,07 metros de altura, e arranca a caneta da mão dele.

— Você é um otário — fala. — Eles estão te zoando. A gente vaia Lawrence.

— Tá, hora de falar pra valer — continua Lawrence. — Primeiro, Nate não precisa de experiência sexual nesse caso, mas de experiência *romântica*. E está claro que precisa de mais do que um plano de jogo para mostrar a Bree que pode rolar alguma coisa entre eles além da amizade. Ele precisa de algumas...

Ele para de falar, concluindo a ideia ao escrever no quadro: TÁTICAS DO AMOR.

— Aaaah, mandou bem — digo, jogando uma pipoca no ar e pegando com a boca.

Durante as partidas, deixo uma espécie de cola com as táticas e todas as jogadas no meu bracelete; por que não deveria fazer alguma coisa do tipo nessa situação, para ter como referência quando precisar de inspiração? Gostei.

— Lawrence é oficialmente o capitão — declaro.

Lawrence fica todo metido. Jamal cruza os braços e vai arrastando os pés até a poltrona ao meu lado, onde se larga. Ofereço pipoca, mas ele só me olha feio.

— Para de pirraça — falo, mastigando.

— Não estou fazendo pirraça.

— Está, sim — dizemos todos juntos.

Jamal revira os olhos.

— Vai, continua com esse seu plano maravilhoso.

Do jeito que ele fala, parece até que fazer uma cola é mais cafona do que as outras opções.

— Vou mesmo, valeu — responde Lawrence, e levanta as sobrancelhas para Jamal antes de se virar para o quadro e apagar com violência tudo que estava ali. — Estamos falando de amor, cara. Não futebol. Não dá para usar "xs" e "os" como se fossem jogadores adversários para retratar um relacionamento inteiro, nem metáforas vagas. O lance é: *palavras*.

Os caras chiam. Parece até que ele mandou todo mundo vestir terno e ir a um baile de debutante.

Lawrence estala os dedos e alonga o pescoço para os lados.

— Você sabe que eu não acredito nem um pouco nisso, mas Bree sempre disse que te vê como irmão. Então, nas próximas semanas, você vai mostrar a ela um novo lado seu, com respaldo nesse acordo de namoro de mentira.

Opa, legal, me convenceu. Gostei da ideia. Tenho algumas semanas para finalmente mostrar para Bree o que sempre senti e ver se ela retribui. É muita pressão tentar reverter seis anos de amizade em tão pouco tempo, mas qual o perigo de mais um pouco de estresse na minha vida? Vou dar conta.

— Boa. Então o que eu faço, mestre?

Lawrence começa a andar de um lado para o outro e batucar com a caneta no queixo.

— Temos que ir com cuidado. Já que vocês mal se encostaram nos últimos seis anos, vai precisar começar devagar. Gestos pequenos e leves, aumentando a intensidade se a situação pedir, e só se ela demonstrar reciprocidade.

Acho que ele perdeu a chance de interpretar o papel principal em *Hitch, Conselheiro Amoroso*, porque está certíssimo. Bree não gosta de mudanças repentinas. Ela usa as mesmas pulseiras há um ano e só acrescentou mais uma recentemente depois de passar uma semana discutindo comigo a opção.

— Se eu aprendi alguma coisa com filmes água com açúcar, é que nenhuma mulher gosta de homem que persiste depois de ouvir "não" — continua. — Então, se Bree realmente só te enxergar como irmão depois disso tudo, você vai precisar deixar ela para lá e seguir o baile. O bom é que, já que você vai agir em nome do contrato, vai poder voltar ao normal depois sem estragar tudo se ela não estiver a fim.

*É, normal.* Só que uma sensação incômoda está me dizendo que não vou conseguir voltar ao normal. Não sei se, depois disso, vou aguentar ver Bree com outros caras, nem ficar perto dela sem tocá-la. É tortura. Ainda não quero pensar no que vou fazer se ela não quiser mesmo ficar comigo.

— Quando você vai sair com ela? — pergunta Jamal, se aproximando agora que não acha mais a ideia de Lawrence um lixo.

Pego o celular e abro a agenda que Nicole organiza para mim.

— Quarta-feira. A gente vai gravar o comercial. Ah, aliás, o contrato proíbe que eu conte para vocês que o relacionamento é de mentira, ok? É que eu precisava mesmo dessa ajuda.

Eles todos concordam em guardar segredo. Continua:

— Então, não é bem um encontro, mas a gente vai precisar fingir ser um casal na quarta, na frente da equipe de filmagem.

— Perfeito — diz Derek, que está revirando minha geladeira pela terceira vez. — Vai ser uma boa oportunidade para começar a arriscar toques físicos suaves, e ver se rola química.

Sinto um frio na barriga ao ouvir "toques físicos", e na hora fico me sentindo como um garoto de doze anos, apavorado com seu primeiro encontro. E pior: estou recebendo conselhos dos professores mais desqualificados.

— O que seria "suave", nesse caso?

Derek me olha por cima da porta da geladeira e abre um sorriso nojento.

— Depende da mulher.

Faço uma careta.

— Tá, esquece. Nem quero escutar.

Lawrence sacode a cabeça para Derek.

— Aposto que sua mãe morre de orgulho de você.

— Ficar de mãos dadas! — grita Jamal, como se estivesse num *game show* fazendo sua última aposta.

— É uma boa ficar de mãos dadas — comenta Lawrence, anotando ao lado do número um.

— Piscar para ela — propõe Derek, se recostando tranquilamente no balcão e descascando uma banana.

Isso já não sei. Parece meio babaquice.

— Como assim? Tipo piscar aleatoriamente? Não acho que combina comigo.

— É, sabe, fala alguma coisa sexy, e aí...
Ele dá uma piscadinha cheia de charme. Tento imitar, mas ele faz uma careta.
— Melhor treinar mais — sugere ele.
— Esquece esse lance de piscar. Você precisa ajeitar o cabelo dela — declara Price.
Olho para ele.
— Explique.
— Você não vê TV? Precisa esperar uma mecha de cabelo cair no rosto dela e aí ajeitar de leve com os dedos. Assim.
Ele se aproxima de mim, me olha nos olhos e ajeita devagar uma mecha de cabelo imaginária atrás da minha orelha.
— Cacete — diz Lawrence. — Senti daqui.
Aponto para o quadro.
— Anota isso aí.
Ele obedece, e todos começamos a sugerir as ideias mais românticas em que conseguimos pensar, e a debater o nível de toque que combina com cada semana, e se uma guerra de comida seria mesmo tão sexy na vida real quanto é nos filmes. Também surge a ideia idiota de fingir que acabou a luz para encher a casa de velas, mas não faço ideia de como organizar isso.
Finalmente, quando a lista está completa, Lawrence escreve "primeiro beijo de verdade" no número vinte. Derek queria escrever uma coisa diferente, mas não deixei. Não é essa a questão para mim. Não estou tentando me enfiar na cama da Bree; estou tentando mostrar que quero um relacionamento de verdade com ela. Quero assumir um compromisso com ela como nunca tive com ninguém.
Mais tarde, quando o quadro está cheio de anotações e ideias, ouço o barulho da chave girando na fechadura. As únicas pessoas que têm a chave da minha casa são a minha faxineira e Bree, e não é hora de faxina de jeito nenhum.
Dou um pulo.
— É a Bree. Esconde o quadro!

Todo mundo se levanta no susto e começa a correr de um lado para o outro aos tropeços, como num desenho animado. Ouvimos a porta bater, e o quadro ainda está no meio da cozinha, igual a um letreiro aceso.

— Se livra disso! — chio para Jamal.

Ele arregala os olhos, virando a cabeça para todo lado.

— E onde enfio isso? Na gaveta de talher? Na minha roupa?! Não tem espaço! Esse troço é enorme!

— MULHER A BORDO! — grita Bree do hall.

O som dos tênis dela caindo no chão ecoa pela sala, e meu coração pula até a garganta.

O nome dela está escrito pelo quadro todo, junto a anotações tipo "primeiro beijo: vai com calma", e "dedos bem entrelaçados" e "falar coisas picantes sobre o cabelo dela".

É... estou na dúvida quanto a essa última ideia, mas vamos ver. Basicamente, está tudo exposto ali, no quadro mais incriminador do mundo. Se Bree vir, já era.

— Apaga! — sussurra Price, frenético.

— Não, a gente não anotou em nenhum outro lugar! Vamos perder todas as ideias.

Ouço os passos de Bree se aproximarem.

— Nathan? Tá em casa?

— Hum... tô! Na cozinha.

Jamal me olha como se eu fosse um idiota por anunciar onde estou, mas o que ele quer que eu faça? Que eu fique parado fingindo que não estamos todos aglomerados aqui brincando de *O Clube das Babás*? Ela nos encontraria e seria ainda mais esquisito.

— Só vira o quadro! — digo para qualquer um que não esteja andando em círculos à toa.

Lawrence vira o quadro, e Price manda a gente agir com naturalidade. Por isso, claro, no segundo em que Bree aparece, eu pulo na mesa, Jamal apoia o cotovelo na parede e a cabeça na mão, e Lawrence se larga no chão fingindo se alongar. Derek não decide o que fazer, então para no meio do caminho. Todos nós estamos com sorrisos amarelos na cara. A gente atua mal pra cacete.

Bree congela ao nos ver nessas poses nada naturais.

— O que vocês estão fazendo?

O cabelo dela está preso em um coque cacheado bonitinho no alto da cabeça, e ela está usando uma das calças preferidas dela, com um casaco de moletom velho dos LA Sharks que ela roubou do meu armário faz tempo. O casaco a engole inteira, mas, como ela está vindo do estúdio, sei que, por baixo, está com um collant justo. Mal a encontro debaixo de tanto tecido, mas ainda assim ela é a mulher mais sexy que já vi. A mera presença dela aqui faz eu me sentir como se finalmente tivessem ligado meu oxigênio depois de dias sem respirar direito.

Todos respondemos à pergunta dela ao mesmo tempo, com respostas diferentes. É tudo muito esquisito, e é por isso que ela olha direto para o quadro branco que está virado para o outro lado. O suor escorre pelas minhas costas.

— O que o quadro tá fazendo aqui? — pergunta ela, se aproximando.

Eu pulo da mesa e entro no caminho.

— Quê? Ah, não é... nada.

Ela ri e tenta olhar para trás de mim. Finjo me espreguiçar para ela não ver.

— Não parece não ser nada. Que foi? Estavam desenhando peitos ou alguma besteira dessas? Estão com uma cara tão culpada...

— Ah... você pegou a gente. Tem muitos peitos desenhados nesse quadro. Você não vai querer ver.

Ela para, o sorriso desaparecendo aos poucos, e me olha nos olhos.

— Fala sério... o que foi? Por que não posso ver?

Ela não acredita na história dos peitos. Levo isso como elogio?

Olho para trás de Bree, onde Price começa a fazer mímica de pegar o celular e fotografar o quadro. O showzinho é para Derek, que está atrás de mim.

Bree me vê olhar para Price e vira a cabeça para pegá-lo no flagra. Ele congela, com as mãos esticadas como se segurasse uma câmera imaginária, e transforma o gesto em um alongamento de braço.

— Estou com o braço todo travado do treino de hoje — explica ele.

Ela estreita os olhos.

— Já chega. Me deixem ver o que tem do outro lado do quadro.

— Não — digo, e firmo o pé na frente dela.

— Por que não? Tem a ver comigo?

Ela tenta dar a volta em mim, mas eu a pego pela cintura e a giro, até estar com as costas grudadas no meu peito, que nem em um passo de salsa. Mas ela é ligeira e, fazendo corpo mole, escapa dos meus braços igual a um peixe escorregadio. Mais rápida que nosso melhor *running back*, Bree sai correndo para a sala de estar. Tem uma parede pequena, onde fica a geladeira, que divide os dois cômodos e, se ela der a volta, vai chegar até a cozinha pelo outro lado.

— Ela está vindo pela direita!

Lawrence vai à direita, e eu, à esquerda. Nós nos encaramos, confusos, quando não vemos Bree do outro lado da parede. Um movimento repentino chama nossa atenção: Bree pula de trás do sofá e corre por trás de mim, contornando Price e chegando à cozinha.

Volto para lá bem a tempo de vê-la chegar ao quadro, de onde Derek se afasta. Estou sem fôlego, com as mãos encharcadas de suor. Já era. Bree está de olhos arregalados, e eu quero pular pela janela. Como vou explicar? Tanto planejamento. Tantos anos de espera, e é ASSIM que Bree vai descobrir que estou a fim dela.

— Bree... eu posso explicar.

Ela ri, uma gargalhada alta e incrédula, e aponta devagar para o quadro antes de me olhar.

— Peitos.

Abro a boca, mas não digo nada, porque, de repente, tenho medo de o meu cérebro estar inventando tudo.
— É o quê?
Ela levanta as sobrancelhas, ao mesmo tempo horrorizada e achando graça.
— Tem mesmo peitos desenhados pelo quadro todo. Tantos... peitos.
Engulo em seco e olho discretamente para Derek, que faz um joinha atrás de Bree. Fico um pouco assustado com a velocidade com que ele desenhou isso.
Solto um suspiro e balanço a cabeça, um sorriso de alívio invade meu rosto.
— Pois é. Bom, tentei avisar.
Ela já está gargalhando.
— Por que tem tantos peitos aí? Vocês são crianças?
Derek se oferece em sacrifício.
— Fui eu. Eu estava tentando descrever para eles...
Bree o interrompe, jogando as mãos para o alto.
— NÃO. LA, LA, LA! Não quero ouvir o que vai sair da sua boca.
Ela se afasta, parecendo querer arrancar os olhos, e vem até mim, apontando para o quadro.
— Apaga isso, Derek! — manda. — Que horror.
— Sim, senhora.
Ela para na minha frente e cutuca meu peito.
— Tem alguma coisa estranha rolando aqui, e eu vou descobrir o que é. Mas, primeiro... preciso usar sua máquina de lavar, a do meu prédio está com cheiro de mostarda de novo.
É assustador que não seja a primeira vez — nem a segunda — que isso tenha acontecido.
Uma hora depois, os caras já foram embora, e eu estou tirando as roupas de Bree da máquina de lavar e colocando na secadora, porque ela deitou no sofá e dormiu. Não quero acordá-la. Em vez disso, vou levá-la no colo ao quarto — que ela insiste em chamar "de hóspedes" — e deixá-la passar a noite lá. O quarto de hóspedes

que só ela usa. O quarto de hóspedes onde ela ficaria puta de encontrar um hóspede de verdade, porque tudo que ela largou lá ao longo dos anos foi se acumulando e formando um quarto *de verdade*.

Logo antes de dormir, recebo uma mensagem de Derek. É a foto do quadro antes de ser apagado.

**Derek**: Vai funcionar.

Espero que ele esteja certo...

# 13
# NATHAN

O estádio está em polvorosa. Estamos uniformizados e aglomerados no túnel, fora da vista do público, esperando o sinal para entrar em campo. Tem muita coisa em jogo hoje — como em todas as partidas das eliminatórias —, e os torcedores estão especialmente agitados. Gritos e vaias se misturam no ar. Jamal está vibrando ao meu lado. Ele ama esse momento. Se tivesse um medidor de energia na cabeça dele, ia dar para ver que a dele vai crescendo a cada decibel da multidão. A minha só diminui. Preciso me desligar do barulho.

Ele esbarra sem querer no meu braço enquanto sacode os ombros tentando se descontrair, e por algum motivo isso me deixa irracionalmente irritado. O resto do time está atrás de nós, pulando na ponta dos pés, apertando e relaxando os punhos, alongando o pescoço. Somos uma manada de touros esperando para irromper na arena.

Fumaça começa a encher o ar, e estamos prestes a receber o sinal para entrar em campo. Tento limpar a mente, me concentrar no jogo e não me preocupar com as consequências para a gente, mas é difícil não sentir toda a pressão. Tenho me sentido assim o tempo todo, e sobretudo agora a pressão me cerca. Por mais que me esforce, não consigo afastá-la.

Fecho os olhos com força, tentando bloquear o mundo lá fora, mas minhas ombreiras, caneleiras e joelheiras parecem estar me apertando mais do que de costume, como se me esmagassem.

— Preparem-se! — grita um operador de câmera, apontando a lente para nós.

*Que barulheira.* O estrondo da multidão, a música, o ritmo das palmas na arquibancada... antes, eu amava, mas agora só quero fugir. Não sei por quê. Alguma coisa está esquisita, errada, e eu suo mesmo que a temperatura lá fora esteja abaixo de zero.

Sacudo a cabeça.

Jamal se vira para mim e grita, mais alto do que todo o barulho:

— Tudo bem, cara? Você está estranho.

Meu coração martela nos ouvidos. Parece que vou desmaiar, mas sei que não posso. Preciso ficar de pé. Não tenho tempo para sentir o que quer que esteja me dominando. Não sou de ficar nervoso. Eu ajudo o time a chegar ao Super Bowl, não desmaio no túnel antes do jogo. *Mas talvez eu possa me sentar no chão rapidinho e respirar um pouco?*

— Tudo bem, sim — minto, porque Jamal não pode saber que me sinto dentro de um furacão.

Ele depende de mim. Todos eles dependem. Todo mundo depende.

Tentando ganhar certa compostura antes de ter que sair correndo, fecho os olhos e penso em Bree. Vejo o sorrisão dela, ouço sua gargalhada alegre. E digo a mim mesmo que, dentro de cinco horas, estarei no avião voltando para casa, e aposto todo o meu dinheiro que ela estará à minha espera. E ela vai me abraçar apertado. Vai ficar tudo bem.

Meu peito relaxa um pouco.

— Ok, pessoal, a postos! — grita o operador de câmera.

A voz do narrador soa no alto-falante, dizendo ao estádio lotado que estamos prestes a entrar em campo. A multidão faz tanto barulho que parece uma tempestade desabando no telhado metálico. Vai me afogar. A única coisa que me mantém firme é pensar em Bree. O que ela diria se estivesse aqui agora? Seria perfeito. Tudo que ela diz é perfeito.

— Três, dois, um! Vai, vai, vai!

Saímos correndo do túnel, atravessando a fumaça espessa e entrando no caos. O único jeito de me impedir de correr até em casa igual ao Forrest Gump é imaginar Bree: de nariz franzido, língua para fora, fazendo joinha, como na primeira vez que entrei em campo no lugar de Daren, há quatro anos. Escolho ouvir um sussurro dela em vez do estrondo da arquibancada. *Você consegue, Nathan.*

# BREE

Só pode ser zoeira com a minha cara. Só pessoas *muito* altas guardam as assadeiras no ponto mais alto do armário da cozinha. Nathan reformou o apartamento no ano passado para combinar com sua estatura abençoada e mandou construir bancadas mais altas do que o normal e armários que sobem aos céus. *Já saquei que você é alto, Nathan!*

Ele obviamente não levou em consideração que a melhor amiga invadiria seu apartamento para fazer brownies enquanto ele está no avião depois de ganhar mais um jogo! É, eles venceram, mas foi por pouco. Acho que roí todas as minhas unhas. Mas não foi só a partida que me deixou tensa. Nathan parecia bem esquisito no primeiro tempo. Ele acabou se encontrando e fazendo quatro *touchdowns*, mas ainda assim não estava cem por cento ali.

Assisti ao jogo daqui do sofá dele e gritei tanto e tão alto que nem vou me surpreender se ele tiver me ouvido lá do estádio. Uma hora ele levou uma pancada tão forte que eu prendi a respiração até vê-lo se levantar e andar sozinho até o banco. Tirando isso, ele jogou bem, e duvido que mais alguém tenha notado a diferença — mas eu notei. Sempre que a câmera dava zoom na cara dele, eu via alguma coisa que me deixava nervosa. Era mais do que a expressão concentrada de sempre — ele parecia triste. Ou talvez cansado? Ou preocupado?

Não sei, mas vou fazer brownie para comemorar e dar uma animada nele. Nathan não vai querer comer por causa da dieta, mas estou preparada para fazer o necessário para lembrá-lo de que há vida, alegria e doces além de futebol e brócolis.

Antes eu era que nem ele: fazia de tudo para ser a melhor, mostrar o desempenho mais sublime possível. Não percebi como estava exausta até precisar parar por um ano para me recuperar, fazendo apenas fisioterapia básica para reaprender a usar o joelho depois da cirurgia. Só quando fui forçada a descansar e buscar outras maneiras de me entreter, eu consegui ver que não estava mais curtindo o balé. Eu tinha virado um robô cumpridor de tarefas, obcecada por chegar ao próximo nível, não importando o que custasse.

Agora tento não levar a vida tão a sério. Eu me esforço muito, mas sei que devo parar de vez em quando. Descansar. Rir e comer carboidratos. É, quase sempre os doces vão direto para o meu quadril, mas escolho acreditar que isso só me deixa mais gostosa de apertar.

O forno apita, avisando que preaqueceu, e a massa já está pronta, esperando pacientemente na bancada. Só preciso da assadeira de vidro que está lááá no alto. *Oi, Deus, sou eu, Bree. O Senhor pode pegar aquela assadeira bem aí do Seu lado?*

Tudo bem. Vou subir em alguma coisa, que nem todos os baixinhos aprenderam a fazer quando pararam de crescer aos doze anos. Encaixo o calcanhar na bancada e uso todos os meus músculos para me erguer. A questão é: aos doze anos era mais fácil; eu não estalava, crepitava e pipocava tanto assim.

Estou prestes a alcançar a assadeira quando ouço a porta se abrir e fechar.

— NÃO! — grito, dramática, e tento tirar as assadeiras menores de dentro da que eu preciso, na esperança de descer antes de Nathan me ver aqui e rir da minha cara.

Não sou rápida o bastante.

Ele entra na cozinha e eu olho para trás, com os braços esticados acima da cabeça, agarrada na assadeira. Ele está de calça e casaco de moletom pretos da Nike, e com um boné de aba reta dos Sharks virado para trás. Nathan sempre usa os ternos mais elegantes para chegar aos jogos, mas escolhe as roupas mais confortáveis na volta para casa. Ele fica lindo assim, mais casual. Juro! Um homem que emana confiança, mesmo sem se esforçar, tem um quê inegavelmente sexy. O jeito de ele soltar a bolsa de lona no chão no meio do cômodo. De jogar as chaves no balcão de mármore com um gesto despretensioso. De me olhar e inclinar a cabeça quando vê que parte do meu abdômen foi exposta pela camiseta levantada.

Nossa, estou com mais fogo que uma duquesa viúva em um romance histórico de banca de jornal.

Ele levanta uma sobrancelha e sorri.

— Oi. O que está fazendo aí em cima?

— Turismo.

Ele sorri ainda mais.

— Você sempre sobe nas bancadas quando não estou?

Ele atravessa a cozinha e para atrás de mim.

O ar parece ondular como sempre acontece quando ele se aproxima. *Preciso ignorar!* O problema é que não nos vimos muito desde que aceitamos a proposta da Tide, então consegui bloquear da memória o fato de que vamos namorar pelas próximas semanas. Só que, agora, ao vê-lo depois de um fim de semana inteiro longe, meus pensamentos gritam: ELE É PRATICAMENTE SEU NAMORADO AGORA, PODE ATACAR!!!

Volto à tarefa de pegar a assadeira.

— Só quando tento te surpreender com brownies da vitória! Mas aí você chegou cedo! Era para eles estarem prontos e com um cheiro maravilhoso na hora que você chegasse. Preparei até uma dancinha de comemoração. Ia ser uma festa — falo, choramingando.

Ele está bem atrás de mim. Entrego a assadeira, que ele deixa na ilha atrás de si, perto da massa.

— Não cheguei cedo. São nove horas.

Arregalo os olhos.

— O QUÊ? Não pode ser.

Olho para o relógio, e é verdade: são nove da noite. Como pode? Ele sorri para mim e encosta na bancada. Fico aliviada pelo rosto dele estar normal de novo, sem resquício da expressão esquisita que vi em campo.

— Hum — murmura ele, com um sorriso travesso. — Será que alguém tirou um cochilinho?

— Não!

*Sim.* Eu queria deitar só por uns minutos, mas os minutos viraram anos e eu acordei como se tivesse sido transportada para outra dimensão. Acho que o sofá do Nathan emana sonífero, porque isso sempre acontece quando estou aqui.

Ele olha para a sala e as evidências estão espalhadas por todos os lados, tão óbvias como em uma cena de crime. Uma manta confortável embolada no sofá. Um travesseiro do meu... quer dizer, do QUARTO DE HÓSPEDES encostado no braço do sofá. Um dos carregadores de celular do Nathan na tomada, com o cabo chegando ao travesseiro.

— Ei, olha pra cá! — digo, batendo palmas.

Tentar distraí-lo não funciona. Ele ri, arrogante, e cruza os braços.

— Foi exatamente isso. Você tirou um cochilo daqueles e perdeu a noção do tempo, de tão confortável que estava no sofá.

Levo a mão à cintura. Eu me sinto poderosa aqui em cima. É por isso que gente alta vive se achando? Agora eu entendi.

— Você não sabe de nada — respondo, na melhor imitação de uma das minhas alunas adolescentes atrevidas.

— Você dormiu até dizer chega.

— Cala a boca.

E daí que eu gosto de cochilar e sempre acabo dormindo demais?

Ele avança, parando bem na minha frente.

— Mas me diz... por que é que, sempre que eu viajo, volto para casa e descubro que você passou o tempo todo aqui, cochilando e... — ele olha para a pia e vê a frigideira que usei para fazer ovo mexido hoje de manhã, depois de dormir boas oito horas no quarto de hóspedes — morando aqui?

Sei o que ele quer ouvir, mas não vou dizer.

— Porque tenho medo de alguém entrar aqui e roubar tudo enquanto você viaja. Preciso te proteger.

Ele imita o barulho irritante de uma campainha numa gincana de TV.

— Errado. Quer tentar de novo?

Suspiro quando ele abraça minhas coxas e me tira de cima da bancada com tranquilidade. Ele gira e me coloca no chão. Meu poder se dissolve aos poucos. Cada centímetro do meu corpo desliza por cada centímetro do corpo dele na descida, e acho que vou morrer. Esse homem é que nem uma parede de tijolo. Ele nunca me abraçou com tanta força antes, e meu coração está quicando, engasgando, descontrolado.

Essa é minha viagem favorita entre todas as que já fiz. No caminho, registro mentalmente a vista. O cabelo dele, que escapa de um jeito fofo do boné. Os olhos pretos como carvão, ao mesmo tempo assustadores e reconfortantes. A curva cheia do lábio inferior. A insinuação nada sutil dos ombros musculosos debaixo do moletom. Por fim, pouso no peito largo e forte. Vou precisar de um álbum para tantas imagens lindas.

Quero respirar fundo e acrescentar o perfume a essa memória, mas tenho medo de acabar me entregando. Preciso tomar cuidado. Já estou por um fio por causa do incidente com a tequila. Se quiser manter as coisas entre a gente normais, *preciso* agir como de costume.

Levanto o rosto para olhá-lo.

Que erro.

Estamos muito próximos, e Nathan me abraça. Ele sorri, e minha barriga dá um nó.

— Você está sempre aqui porque odeia morar no seu apartamento horrível. Confessa logo... quer vir morar aqui.

Levanto o queixo.

— Nunca.

Porque não é verdade. Eu fico aqui quando Nathan viaja porque sinto saudade, e a casa toda tem o cheiro dele. Tá bem, quero morar aqui, mas só porque *ele* mora aqui. Não ligo para as coisas caras que ele tem, os lençóis macios, a banheira gigante, ou... tá, tá legal, eu gosto disso também. Então o motivo para eu querer morar aqui é que a combinação disso tudo é pura euforia.

Falando em euforia, por que ele ainda está me abraçando? Será que eu deveria tentar escapar? Meu corpo não vai obedecer. Já quer se enroscar e ficar aqui para sempre. Nossa, como ele fica gato de barba por fazer. Aposto que faria cócegas no meu pescoço.

Nathan olha atrás de mim e seu sorriso fica mais travesso. Antes que eu perceba, ele suja o dedo de massa de brownie e o esfrega no meu rosto, devagar e com cuidado.

— Confesse — ordena, com um sorriso cruel.

Respiro devagar e profundamente, de forma audível e piscando em choque. *Ah, não, não acredito que você fez isso!* Ele está tão satisfeito...

— Você parece uma minijogadora de futebol americano.

Bom, é claro que os brownies já saíram da programação, porque ele acabou de declarar GUERRA! Estico o braço para trás, enfio os dedos na massa e passo no meio da cara dele. Bem devagarinho.

— Nunca — sussurro que nem um vilão de cinema.

Nathan pisca, com massa de brownie grudada nos cílios. Ele puxa os lábios para dentro da boca, assente com a cabeça devagar, me solta e apoia as mãos na bancada, se curvando que nem uma fera prestes a dar o bote.

Não sou amadora, então pego a tigela de massa de brownie e saio correndo. Só que... não consigo sair do lugar. Minhas meias escorregam no piso de madeira, e meus pés não avançam. Quem transformou o chão em uma esteira?

Olho para trás e vejo que Nathan está segurando minha camiseta. Ele me puxa para trás lentamente, para mais perto dele. Aquela mão enorme passa por cima do meu ombro, e o vejo mergulhá-la — a mão inteirinha — na tigela que prendo junto ao peito. Não posso fazer nada além de fechar os olhos quando ele espalha com delicadeza um monte de massa grudenta no lado direito do meu rosto. Pega no cabelo e tudo. Que divertido vai ser limpar isso, hein.

Só posso dizer uma coisa: essa é a guerra de comida mais esquisita e lenta que já vi. E, estranhamente, está me deixando toda animada.

Eu me viro para ele — agora é minha vez. Pego um pouco de massa e passo nas sobrancelhas de Nathan. Ele está a cara do Eugene Levy, e preciso apertar o punho na boca para conter a risada. Com um sorriso sutil, ele cobre o dedo de massa e passa um batom de chocolate na minha boca... super... mega... devagar.

*Ah.*

Tá, agora minha pele está pegando fogo. Tudo bem. Estou bem. Tudo certo. Não, não estou nada bem, porque não sei o que é para eu entender dessa situação! Estou pirando ou o clima esquentou? Tento não reconhecer que o dedo dele se demora na minha boca, como se tivesse todo o tempo do mundo. Ele está mesmo mais próximo do que um minuto atrás? Ele abaixa a mão, e eu olho para cima. Ele está olhando para minha boca. Está se aproximando. Está abaixando a cabeça.

Perco o fôlego.

Ele se abaixa e fala baixinho, bem na frente da minha boca:

— Obrigado por fazer o brownie. Pena que não deu para provar.

Alguém deve ter bloqueado completamente minha respiração. Ele falou isso mesmo? Será que ainda estou cochilando, imaginando tudo isso? Porque parece um dos sonhos maravilhosos que já tive.

Nathan e eu sempre fomos muito sinceros (exceto por eu mentir descaradamente quanto ao que sinto por ele), então a pergunta escapa da minha boca antes que eu consiga me segurar.

— Nathan, você está dando em cima de mim?

A sinceridade não o choca.
— Estou, sim.
— Por quê?
Não queria soar tão nojentinha, mas acabou saindo assim. É que estou apavorada. Meu coração fica preso a rédeas bem curtas. Sem exceção.
— Estou... treinando.
— Treinando — repito, olhando dos lábios dele para os olhos em um momento de fraqueza.
Queria que o fato de ele estar coberto de massa de brownie tivesse um impacto negativo em mim. Mas não tem. Eu adoro brownie.
— Não acha boa ideia?
Ele está falando tão baixo, com a voz tão rouca... Me deixa até tonta.
— A gente vai ter que flertar em público — continua —, então é melhor ir se acostumando.
Dou a essa explicação lógica a resposta genial que ela merece.
— Uhum.
Uma leve gargalhada vibra no peito dele.
— Tudo bem aí, Bree?
Ele está soando ainda mais sedutor. Parece achar graça. E a boca dele está perigosamente perto do meu batom de brownie. Ahh! A mão dele está no meu quadril! Quando isso aconteceu?! Peraí... a gente vai se beijar? Será que esses dois amigos estão prestes a se agarrar na cozinha, cobertos de chocolate?
É aí que me toco: isso aqui é uma onda de ego. Ele está animado por ter vencido mais um jogo, e eu sou só um ratinho para o gatão usar de brinquedo. A gente não precisa treinar. Ele só está sendo um babaca sedutor e mexendo comigo nessa onda egocêntrica de macho. NÃO. Não vai rolar. Do mesmo jeito que não quero um relacionamento com ele por pena, também não quero uma noite de pegação por pura conveniência. Talvez ele aguentasse uma situação dessas, mas eu não. Amizade colorida nunca vai ser parte

da nossa dinâmica, porque eu morreria se visse ele me rejeitar depois. Para mim, é tudo ou nada.

Nathan continua com a brincadeira.

— Então vamos fingir que estamos em público agora, que está todo mundo de olho — propõe, ainda olhando para minha boca. — Vamos ser bem convincentes. Se eu dissesse "Pena que não pude provar", o que você responderia?

Sou a pessoa mais determinada do mundo. Tenho a chance de deixar Nathan Donelson provar o brownie bem na minha boca, mas, em vez disso, enfio a mão na massa, pego um montão e espalho por todo o rosto dele, até esconder a cara inteira. Pronto. Ele agora é o Monstro de Lama.

Dou um passo para trás, limpo as mãos em um pano de prato e abro um sorriso orgulhoso.

— Eu diria: "Agora tem muito para provar! Bom apetite!"

Acho que ele está de testa franzida debaixo daquela massa toda, mas é difícil saber. Dou meia-volta, fujo da cozinha e grito para trás:

— Hoje vou dormir no quarto de hóspedes, mas só porque está tarde demais para ir para casa a pé! Só por isso!

*Bum!* Status quo estabelecido. Amizade salva.

# 14
# BREE

Completamente normal. Está tudo absoluta e completamente normal. Só meu amigo normal Nathan, e eu, normal, em um dia normal, em que está tudo bem.

Surpresa: NÃO ESTÁ NADA BEM.

— Não vai entrar? — pergunta Nathan, parado ao lado da SUV blindada gigantesca que vai levar a gente para o set de gravação do comercial.

Nunca andei nesse carro com ele. Nathan só o usa para ir a eventos especiais, lugares onde pode precisar de mais privacidade e segurança — ou seja, lugares aos quais me recuso a ir junto, porque são coisas de *namorada*, não de melhor amiga.

No banco do carona, ao lado do chofer simpático que vai me levar por aí como se eu fosse a rainha da Inglaterra, está o guarda-costas de Nathan, pronto para sair dali e... sei lá, arrancar uma fã doida de cima dele se necessário. É um aspecto da vida de Nathan com o qual não me acostumei.

Estou tentando me convencer de que hoje é um dia ensolarado comum e que estou apenas indo passear de carro com meu melhor amigo, mas esta abóbora parece mais uma carruagem, e me dá vontade de sair correndo. Na minha cabeça, praticamente vejo uma borracha enorme apagando as lindas linhas que delimitam nossa amizade.

— Bree? — repete Nathan, franzindo as sobrancelhas e abrindo um sorriso confuso. — Está tudo bem?

— Hum? — digo, piscando algumas vezes. — Ah! Ah, sim. Tudo bem. É claro que vou entrar. Estava só me perguntando se limpam esses bancos ou não.

Ele ri, me olhando como se eu tivesse ficado lelé.
— Imagino que limpem de vez em quando, sim. Por quê?
Dou de ombros.
— Só... não queria entrar sem ter certeza. Porque é tão espaçoso que dá para terem feito sabe-se lá o quê aí atrás...
Nathan dá um passo à frente e toca minha lombar, me conduzindo para dentro do veículo.
— Esse é meu carro, Bree. Só meu. Não tem nada de esquisito no banco, relaxa. Agora, por favor, entra logo, senão a gente vai se atrasar. E é melhor sorrir, porque tem um paparazzo ali na esquina de olho na sua indecisão.

Abro um sorriso enorme e apavorado para Nathan, com a intenção de fazê-lo rir e de mostrar que não dou a mínima para os paparazzi.

Ele gargalha, mostrando dentes, e a covinha, e tudo, e meu coração parece inflar até ficar dez vezes maior.

— Você está achando graça agora, mas espera até o fotógrafo dar um zoom perigoso nessa sua cara de boba e espalhar pelas bancas de jornal de amanhã com a manchete: *Bree Camden cede à pressão da nova fama!*

— Não acho que seria mentira — digo antes de entrar na SUV, deslizar até o outro lado e grudar na janela.

Minha nossa, não tem nada normal nesse carro. O couro é macio que nem marshmallow, tem mais um banco de frente para o meu e uma TV de tela plana. Passo os dedos pelo painel de botões no braço do assento e, quando aperto um sem querer, luzes quentes enchem o espaço, criando um clima, e meu banco começa a inclinar até um descanso de pé surgir.

Arregalo os olhos e me viro para Nathan, que está rindo baixinho.

— Você parece uma criança.

— Eu me *sinto* uma criança! Eu não deveria poder entrar em lugares chiques como esse. Nathan, e se eu derramar alguma coisa nesse banco de rico?

Endireito o assento e cruzo as mãos no colo, a postura recatada.

— Você nem está bebendo nada.
— Não faz diferença. Vou dar um jeito. Você me conhece... não sou confiável perto de luxo.
— É só coisa material, Bree. Não ligo para isso. Pode derramar o que quiser.

Ele está com ruguinhas no canto dos olhos de tanto sorrir, mas o que vejo primeiro são as olheiras em seu rosto.

Inclino a cabeça e toco devagar a pele abaixo dos olhos dele com o dedo.

— Você está cansado.

O cabelo dele ainda está meio úmido, porque acabou de chegar do treino. Nathan acordou às cinco, trabalhou o equivalente a um dia inteiro, com treino e reuniões, exaurindo o corpo totalmente, e ainda vai ter que passar várias horas gravando um comercial, sendo que deveria estar descansando e se recuperando.

Ele segura meu pulso com delicadeza. É como se ele segurasse meu coração.

— Estou bem.
— Você está exagerando no trabalho. A gente não precisava topar esse comercial.

A SUV começa a se mover. Nathan olha meu pulso e o abaixa, mas não solta. Estamos a milímetros de ficar de mãos dadas.

— Eu queria fazer o comercial. Vai ser bom para nós dois.

Para mim. Ele quer dizer que vai ser bom para *mim*. Porque, sim, é bom para a imagem dele, mas, sejamos sinceros, Nathan não precisa do dinheiro. Quem precisa sou eu. Quero o dinheiro para pagar a ele.

Uma questão me ocorre de repente: *e depois?* O que vou fazer depois de pagar ao Nathan? Ter descoberto que ele banca parte do meu aluguel há anos e que comprou o estúdio me deixou inquieta. Fiquei um pouco agitada, querendo *mais*, no que diz respeito ao estúdio. É completamente apavorante. Não gosto de ser ambiciosa, não gosto de quem eu era na época em que tudo o que fazia era correr atrás de mais. Preciso de satisfação. Se eu sentisse um tiquinho mais de satisfação quando era nova, não teria gastado todo o meu tempo e toda a minha energia tentando entrar na Juilliard. Teria ido a mais festas. Feito amigos. Talvez até arranjado um hobby ou ido atrás de desejos além da dança, o que me impediria de ir parar no fundo do poço quando meu único sonho foi arrancado de mim.

Eu deveria ser grata pela ajuda que Nathan me deu e encontrar modos tangíveis de melhorar meu estúdio hoje. Em vez disso, ao tentar encontrar novas formas de não depender da generosidade dele, acabei tropeçando em um novo sonho. Um sonho em que meu estúdio não tem cheiro de pepperoni e funciona oficialmente como uma organização sem fins lucrativos, capaz de aceitar mais alunas que não podem pagar aulas de dança.

O único jeito de realizar esse sonho é ser aceita na The Good Factory. O problema é que já apostei tudo em um só projeto uma vez e o resultado não foi bom. Morro de medo de querer alguma coisa desse jeito de novo.

O celular de Nathan toca, e ele me solta para atender.

— É minha mãe — explica, um pouco aborrecido, antes de abrir um sorriso tenso e atender. — Oi, mãe, tudo b...

Faz-se silêncio enquanto ele escuta. Depois, responde com "uhum" e "claro". Ele fecha os olhos com força por um momento, como se sentisse dor, e volta a abri-los. Imagino que ela esteja pedindo alguma coisa que exija muito dele.

Nathan sempre teve dificuldade em dizer não, ainda mais para os pais. Sempre esperaram muito dele e nunca hesitaram em pedir muito também (sem dar nada em troca além de críticas). Vivem confirmando a presença dele em eventos beneficentes sem perguntar antes, manipulando-o para aparecer nas festas de Natal para ser visto e dar autógrafos, e até pedindo para ele pagar férias caríssimas para eles, porque sabem que o cartão de crédito do famoso *quarterback* da NFL permite um nível de luxo que nem as contas recheadas deles conseguem. Desfilam com ele como se fosse um tigre no circo, e o chicoteiam quando ele cansa, para que continue trabalhando e mantenha o status da família. É mais um motivo para eu nunca querer que Nathan cuide de mim financeiramente, ou me leve a eventos especiais. Não é esse o papel dele na minha vida.

Quero pegar o celular e falar para a mãe dele: "Perdão, Nathan não está mais disponível para sanguessugas. Recomendo bordar para passar o tempo." Mas não é minha função protegê-lo da mãe. Depois de um minuto, ele desliga e suspira.

— Foi uma conversa divertida? — pergunto, sarcástica.

Ele dá de ombros.

— Nada de mais. Ela só queria saber se eu podia pegar um avião depois das eliminatórias para ir a um evento beneficente do country club deles.

— E você avisou que vai estar de folga porque precisa recuperar as energias? — pergunto, mesmo já sabendo a resposta.

Ele olha para as mãos agitadas.

— Eu falei que iria. Tenho que visitar meus pais mesmo, então é melhor aproveitar que já vou estar por lá e ajudar numa boa causa.

Odeio que ele faça isso. Nathan tem certeza de que é o Super-Homem, e... bom, não tenho certeza do contrário, mas sei que ele é de carne e osso igual a todo mundo e que não vai dar conta de carregar todo esse peso por muito mais tempo. Não quero que ele tenha um piripaque. Quero pegar Nathan nos braços e forçá-lo a descansar.

— Como vai o trabalho? — pergunta ele, baixinho.

— Nem pense que eu não sei que você está se esquivando da minha preocupação.

Ele sorri e recosta a cabeça no banco, se virando para mim.

— É o que espero. E aí, quais são as novidades do estúdio? Como vão as meninas?

Eu também me recosto no banco, grata por um pouco da nossa normalidade ter se infiltrado no ambiente luxuoso. Combina mais com a gente. Se eu fechar os olhos, quase imagino que estamos no sofá dele em casa.

— Vai tudo bem. Imani está com um namorado novo, e todo mundo percebeu que Sierra está com ciúme, e...

Por um segundo, perco o fôlego ao ver o sorriso doce e sincero dele. Nathan se importa mesmo com as meninas do estúdio, tanto quanto eu, o que dá um nó no meu peito.

— ... o pai da Hannah foi demitido de novo — continuo —, mas me ofereci para dar aulas de graça para ela por um tempo, já que um generoso benfeitor comprou o prédio e diminuiu meu aluguel.

Olho pela janela e vejo um carro cheio de adolescentes ao nosso lado, tentando acompanhar nossa velocidade. A garota no banco do carona está nos mandando abaixar a janela para ver quem está aqui dentro. Corajosa. Elas não sabem quem é, e bem que poderia ser um senador velho e careca. Olho de relance para Nathan. *Definitivamente* não é um senador velho e careca.

— Por sua causa, essas meninas podem continuar sonhando. E, sabendo agora que você me ajuda a pagar o aluguel desde o começo, percebo que nunca teria conseguido manter as portas abertas para elas sem você. Então muito obrigada.

Ele franze a testa. Não é a expressão que eu esperava depois do meu discurso.

— Assim você me mata, sabia?

— Por causa da minha beleza devastadora? — brinco, abrindo um sorriso exagerado.

Ele não ri.

— Você me mata porque não enxerga seu valor. Bree, essas portas estão abertas por sua causa. Essas meninas continuam sonhando unicamente por sua causa, graças à sua dedicação a elas. Se eu não tivesse comprado o prédio, você teria dado um jeito sozinha. Talvez tivesse arranjado um segundo emprego só para pagar o primeiro! Então, não, não me dê o crédito. Eu só usei uma grana que estaria acumulando poeira.

Engulo em seco e pigarreio. Não gosto da seriedade repentina da conversa. Pior ainda, não gosto da forma como as palavras dele se alojam no meu peito que nem carvão em brasa: quentes, ardentes. Nathan me enxerga como nenhuma outra pessoa.

Ainda assim, essa conversa é íntima demais para o clima ali, então rio baixinho e faço pouco-caso.

— Você é meu melhor amigo. É seu trabalho dizer essas coisas.

— Bree...

— Ei, tenho uma coisa para te dar antes de chegarmos lá — interrompo.

— E agora, quem é que está se esquivando, hein?

Eu o ignoro, tiro o papelzinho da bolsa e lhe entrego. Ele olha para o papel dobrado como se eu tivesse limpado um monte de meleca ali. Sacudo o papel na frente dele e rio.

— Aqui! Abre logo.

— O que é isso?

— Uma lista.

Ele me olha com curiosidade e pega o papel, minúsculo em sua mão enorme. Nathan desdobra a folha com cuidado, como se fosse um floco de neve, mas solta um riso de desprezo antes de ler em voz alta.

— *Regras de sobrevivência* — diz, com olhar irritado. — Meio dramático, né?

Aponto para o papel.

— Continua! É importante. Se a gente quiser sair desse relacionamento de mentira com nossa amizade intacta, precisamos de umas regras.

Rabisquei a lista depois daquela noite na cozinha. Não vou aguentar outras situações como aquela, então é hora de estabelecer limites para garantir que nada do tipo se repita.

Vejo com atenção o olhar de Nathan passar pelo que escrevi. Ele aperta o maxilar e pigarreia.

— *Nada de beijos. Toques só em público. Nada de carinho* — ele lê, e eu vou repetindo as palavras em silêncio. — *Nada de flerte quando estivermos a sós. Nada de...*

Ele para antes do último item e lambe os lábios para dizer:

— *Nada de rala e rola.*

Ele olha para mim, e percebo que está tentando conter a risada.

— O que exatamente é *rala e rola*? — pergunta.

Eu reviro os olhos.

— Você sabe o que é. Até minha avó sabe o que é.

Ele dá de ombros de leve. *Tão* inocente.

— É um jogo? Ou... sei lá... um passo de dança? Me explica, por favor. E seja bem específica.

Dou um tapa no bíceps duro dele.

— Para! Você sabe o que é, sim.

Por algum motivo, estou ficando toda vermelha. Ele levanta uma sobrancelha.

— Bom, até faço ideia, mas, sabe, tem muitas possibilidades de interpretação. Rala e rola é muito vago. Posso achar que se refere a sexo tradicional, mas, se for isso... certa agarração está liberada. Talvez até...

— NATHAN!

Meu coração sai rolando do carro, porque não quero ouvir o que vai sair da boca dele. A gente *não* fala disso. *Nunca*. De repente, não parece mais que estamos no sofá dele, e preciso nos trazer de volta à normalidade.

— Nada... de... *sexual*! — digo com dificuldade. — E para de fazer piada com isso. Estou falando sério.

Não me entenda mal: eu adoraria um rala e rola com Nathan, mas sei que o significado não seria o mesmo para nós dois. Eu nunca conseguiria separar meus sentimentos do ato.

Ele nota a firmeza em minha voz, e seu humor murcha um pouco.

— Eu sei. Era só brincadeira. Nada de rala e rola... entendi. Mas o resto...

Nathan dá mais uma olhada no papel antes de balançar a cabeça e RASGÁ-LO EM PEDACINHOS! Minhas regras agora são confete caindo pelo chão.

Fico boquiaberta.

— Por que você fez isso?!

— Porque é ridículo. A gente vai ter que se tocar, Bree. A gente vai ter que se beijar.

Meu coração para. Ele disse isso com tanta tranquilidade. Sem pensar, sem hesitar. Só, tipo, *essa boca aqui vai encostar nessa boca aí, não é nada de mais.* Mas para mim é.

— Não. Nada de beijo.

— Casais se beijam. Para o namoro ser convincente, a gente vai precisar se beijar em público.

Suspiro, porque parte de mim sabe que é verdade.

— Tá, mas só em caso de extrema necessidade, e podemos nos beijar de boca fechada. Só um selinho na frente das câmeras.

Não sei o que aconteceria com o contrato se descobrirem que o namoro é de mentira, e não quero saber. Preciso do dinheiro.

Ele não concorda, só reúne os pedacinhos da minha paz de espírito e joga no porta-copos antes de pegar o celular.

— Na real, isso me lembra de uma coisa: a gente precisa tirar uma foto para postar. Uma selfie de casal, para animar as redes.

Ah, verdade. Isso estava no contrato: muito amorzinho nas redes sociais. Ele abre a câmera frontal e foca na gente. Aproximo minha cabeça da dele e abro um sorrisão.

— Por que você não tira logo a foto? — pergunto, sem parar de sorrir.

— Porque essa é uma pose de melhores amigos.

*Claro. É o que somos.*

Fecho a cara e me viro para ele.

— Táááá. Então o que a gente faz?

Ele morde o canto do lábio, refletindo, e solta meu cinto de segurança.

— Ei! É perigoso!

Nathan me puxa pela cintura e, antes que eu possa protestar, me coloca no colo. NO COLO! Acho que a regra de *toques só em público* já era. Sinto o peito firme dele nas minhas costas, as coxas fortes debaixo das minhas. Ele se aproxima e esquenta meu pescoço com sua respiração. Meu corpo não sabe como reagir, então tudo pega fogo.

— O... o que está rolando?

— Relaxa. Finge que gosta de mim.
*Ah, que ironia.*
Nathan encosta o nariz na lateral da minha mandíbula, e sinto seus cílios roçarem minha pele quando ele fecha um pouco os olhos. Vejo minha expressão de pavor na câmera: olhos arregalados, que nem um bichinho resgatado da estrada. Já Nathan parece natural, um homem aproveitando o toque de uma mulher... e *não* de sua melhor amiga. Eu o ouço respirar fundo, e um leve sorriso toma o canto de sua boca. Que ótimo ator. Antes que eu perceba, inclino a cabeça para mais perto e fecho os olhos, sorrindo também.
Ele é cheiroso.
*Tão cheiroso.*
Quero encher uma piscina com o perfume dele e passar o dia nadando lá, tomando um drinque.
No colo dele, eu me sinto minúscula. Parece que Nathan poderia me proteger de um furacão apenas com um abraço. Muitas sensações me invadem quando a respiração dele atinge minha pele e ele envolve minha cintura. A boca dele não tenta me tocar. Ele está apenas parado, próximo como nunca, testa e nariz grudados em mim, em um carinho afetuoso.
Minha pele está ardendo e, antes que eu tenha tempo de me preocupar por estar gostando um pouco demais disso, o carro para. Nathan afasta o rosto, e ar frio me percorre. É o fim do nosso teatrinho.
— Acho que tiramos algumas boas fotos. O que acha? — pergunta ele, o tom zero emocionado.
Nenhum sinal de que ele estava sentindo o mesmo que eu.
Ainda no colo dele, sentada ali como se fosse meu novo trono, pego o celular e olho as fotos com atenção. Não consigo formar palavras, porque mal acredito no que estou vendo. Não somos Nathan e eu na foto. É um casal perdidamente apaixonado.
Sei por que vejo essa expressão em meu rosto, mas por que vejo no dele também?
Pigarreio.

— É. Deu certo.
Saio do colo dele e puxo a barra da minha camisa, tentando me endireitar antes de descermos do carro. O motorista dá a volta para abrir a porta e, assim que Nathan sai, meu celular apita com uma notificação: fui marcada em uma foto no Instagram. Ao abrir, vejo que Nathan já postou a foto, com a legenda: *A única mulher que desejo.*
Do lado de fora do veículo, Nathan oferece a mão para me ajudar a descer. Olho para ele, tentando desesperadamente não interpretar a situação além do que parece, mas já sinto meu coração tomar liberdades que jurei nunca permitir.
— Está comigo nessa, Queijo Bree?
*Não sei... estou?*

# 15
# BREE

Nathan e eu estamos de mãos dadas. *Estamos. De. Mãos. Dadas.* Dedos entrelaçados e tudo, nível adolescentes apaixonados nos corredores da escola. Sinto uma risadinha borbulhar dentro de mim enquanto meus pés tentam acompanhar os passos dele para o set. É ridículo. A pele da mão dele é quente e dura. É isso que as bolas de futebol americano sentem quando Nathan as segura? Que ótimo, agora vou comparar todos os homens e suas mãos sem graça a Nathan e suas mãos gigantescas.

Hora de voltar à realidade. A viagem foi uma tortura, considerando o rosto de Nathan grudado no meu, então é claro que estou atordoada. Mas é hora de me recompor e me preparar para ser a namorada *de mentirinha* dele. Ênfase na palavra "mentirinha", Bree. Vou dar conta. Posso segurar a mão dele o dia todo sem surtar. Além do mais, provavelmente vou odiar os holofotes. Vou deixar a experiência servir de exemplo para a gente nunca virar um casal de verdade.

— Tudo bem aí? — pergunta Nathan, pressentindo meu surto.

— Suuuperbem.

Ele sorri. Sabe que estou mentindo. Ele se vira para mim.

— As coisas aqui no set podem ser um pouco *exageradas*. São muitas instruções a seguir, e vai ter muita gente querendo sua atenção. Mas é só lembrar que estão todos aqui por *sua* causa.

— Ou por *sua* causa, na real.

Ele sacode a cabeça devagar.

— Não fui eu que quebrei a internet. Querem que eu namore *você*. É por isso que estamos aqui, porque o mundo se apaixonou por Bree Camden. Nada disso estaria acontecendo se fosse com qualquer outra pessoa.

Nossa. Falando desse jeito, toda essa situação soa diferente. Não sei se gostei. Tento afastar as partes de mim que se agarram às palavras dele. Meu coração parece um sorvete de baunilha derretendo em cima de um brownie quente de chocolate, só de pensar nas pessoas que querem que Nathan e eu fiquemos juntos. Quero ligar rapidinho para a Kelsey e gritar uma coisa boba, tipo: CAMARÃO QUE DORME A ONDA LEVA.

As portas do set se abrem e Tim, o empresário alto e desengonçado de Nathan, sai, parecendo frenético. Mas, pensando bem, ele é sempre assim.

— Ah, vocês chegaram! Que bom! — diz ele, olhando o relógio, e faz sinal para entrarmos. — Estão quase acabando de montar as luzes, então vocês têm tempo de fazer cabelo e maquiagem.

Acompanhamos Tim por um corredor frio, enquanto ele fala sem parar. Nathan aperta minha mão.

— Expliquei para o pessoal que você está com a agenda apertada e que são três horas no máximo. Nem um minuto a mais, porque tem treino amanhã cedo. E deixei seu jantar no camarim, Nathan: salmão grelhado e salada de couve. Já avisei a todo mundo da maquiagem que você precisa comer enquanto se arruma.

*E eu, não vou jantar?* Viu, está acontecendo: já estou vendo como seria péssimo namorar Nathan. Todo mundo vive atrás dele, e eu fico esquecida. Ótimo. Pode continuar assim, universo.

Tim mal respira antes de continuar.

— O roteiro está nos camarins, mas o conceito é simples. Vocês estão andando em um restaurante e várias mulheres vêm correndo escrever o nome e o número de telefone na camisa do Nathan. Aí, Bree, ele te puxa para um canto para fugir delas, pega uma caneta tira-manchas do bolso e entrega para você. Aí vocês se olham com carinho e Bree apaga os nomes com a caneta, no maior estilo *Jeannie é um gênio*.

Nossa, que cafona. Mas entendo por que os fãs adorariam. É a referência perfeita ao meu discurso de bêbada. O discurso que vai me assombrar pelo resto da vida.

Um segundo depois, Tim nos deixa em um camarim com o nome de Nathan na porta. Ainda estamos de mãos dadas, e reparo que estou agarrada a Nathan como se ele fosse uma boia no meio do oceano.

— Sorriam — diz Tim, tirando uma foto rápida nossa com o celular. — Vou postar nos seus *stories*, Nathan.

A porta se abre e aparece uma loira bonita e sorridente de blusa justa e seios tão grandes que morro inveja.

Tim parece até entediado.

— Nathan, essa é a Aubrey. Ela vai cuidar do seu cabelo e da maquiagem.

— Oi, Aubrey — diz Nathan, com um sorriso que *eu* sei que é falso, mas Aubrey claramente adora, porque começa a emitir raios de sol pela pele.

Sinceramente, eu entendo. Nathan é enorme, gostoso e a voz grossa e rouca dele é inebriante para quem curte essas coisas, mas, sério, Aubrey, cata seu coração do chão e começa a trabalhar logo! *Ele é meu!* Ah, peraí, é o quê? Não.

*Ele é meu de mentira.*

De mentira, mentira, mentira, mentira, mentira. Não é verdade. Se nosso namoro fosse uma bolsa, seria da marca Proda, daquelas vendidas no porta-malas de um carro velho.

Aubrey quica um pouco na ponta dos pés. Ela mal pode esperar para pôr as mãos em Nathan.

— Se quiser entrar e se sentar, podemos começar.

O brilho nos olhos dela dá a impressão de que vai começar é um striptease, e eu considero esticar o pé para ela tropeçar. Pois é, eu sou ciumenta. Coitada, Aubrey nem fez nada de errado e eu já estou planejando sua morte. Fico com vontade de pedir desculpas para ela por achar suas atitudes desprezíveis. Meu lado primitivo e territorial anda descontrolado ultimamente, e preciso melhorar.

Tim me tira do humor furioso.

— Bree? Vamos lá. Seu camarim fica por aqui.

Quando chega a hora de soltar a mão de Nathan, minha barriga dá um pulo. Eu não esperava ficar tão nervosa por deixá-lo. Só que não tenho ideia do que estou fazendo, nem tenho a chance de olhar para Nathan antes de Tim praticamente me empurrar para fora do camarim dele.

— Sei que você não tem empresário, então Nathan pediu para eu ser o seu hoje, tudo bem por você? — pergunta ele, mas nem me dá a oportunidade de responder. — Seu jantar também está no camarim, mas Nathan pediu para eu encomendar tacos de frango e guacamole extra. É isso mesmo?

Ele abre a porta do camarim e o delicioso cheiro de tacos me atinge. Sorrio, porque... *não fui esquecida*. Nathan se lembrou de pedir para encomendarem minha comida preferida.

— Está perfeito.

— Que bom. Esse é o Dylan — diz, apontando para um cara sorridente mais ou menos da minha idade que está organizando os pincéis de maquiagem na penteadeira —, ele vai cuidar do seu cabelo e da sua maquiagem hoje. Logo, logo a Joy aparece aqui com suas roupas. Coma rápido, porque você precisa estar pronta em uma hora. Harrison, o diretor, e Cindy, a produtora, vão dar um pulo aqui para falar do roteiro. Não poste foto nenhuma de nada que aconteça aqui hoje, ok? Deixe que eu cuido disso. E, se você precisar de alguma coisa, peça para mim, para mais ninguém. Precisa de alguma coisa?

Sacudo a cabeça rápido, chocada com o turbilhão de palavras.

— Legal. Volto daqui a uns vinte minutos. Ela é toda sua, Dylan.

Antes de sair do camarim, Tim para e se volta para mim.

— Ah, Bree? — diz. — Fico feliz por você e Nathan estarem juntos. Ele fica melhor com você.

Acho que Tim não foi informado dos detalhes do nosso namoro Proda. Ele some porta afora, e eu suspiro profundamente.

Dylan ri.

— Está pronta para a prova de fogo? Liste todo mundo que ele mencionou, e não erre a ordem, senão você vai ser expulsa do set.

O brilho nos olhos dele entrega a brincadeira.

— Hummm, foi Sam, Brittney e Tina? — respondo, errando de propósito.

Ele ri de novo e estende a mão.

— Certinho. Parabéns! Seu prêmio é um jantar delicioso: tacos!

— Estava torcendo para ser um carro — digo, com uma expressão frustrada, quando ele me leva à cadeira de maquiagem.

— Bom, você deu sorte! O guacamole que seu namorado pediu é tão caro quanto um carro. Talvez dê para revender e guardar o dinheiro?

Eu amei o Dylan. O jeito mais garantido de entrar no meu coração é fazendo piada ruim. Ele quase me faz esquecer que estou em um set e que o mundo que conheço foi virado de cabeça para baixo.

— Eu sou a Bree, aliás.

Ele põe no meu colo a caixa com os tacos, que parecem uma delícia.

—Ah, eu sei. Mesmo se seu nome não estivesse na porta e eu não tivesse recebido uma foto sua para me preparar, ainda reconheceria essas covinhas. Você tem aparecido sem parar no meu Instagram e no meu Twitter — comenta ele, passando os dedos pelo meu cabelo, admirando e analisando. — Nem vou fingir que não estou levemente obcecado por você, pelos seus cachos e pelas suas covinhas. Quase morri quando me contrataram para te arrumar. Quando contei para meu namorado, ele ficou literalmente verde de inveja.

Eu rio e faço uma careta, porque A) não sei receber elogios, e B) ele só pode estar zoando. Sou a pessoa mais comum da face da terra.

— Isso aqui? — digo, mexendo nos meus cachos. — Blé. Dá uma trabalheira para domar.

Ele faz uma cara ofendida e leva a mão ao peito.

— Quem falou em domar?! Por que alguém iria querer conter esses lindos cachos? Não, meu plano é deixar eles ainda mais animados.

Dylan anda atrás de mim, analisando meu cabelo de todos os ângulos, daquele jeito intenso reservado a cabeleireiros que imaginam as possibilidades. É meio assustador.

Ele estreita os olhos e inclina a cabeça, enquanto eu mordo um pedação do taco.

— Quer saber? Acho que vamos caprichar no look de mocinha comum. Todo mundo nesse país te ama, então vamos te deixar bem fofa e comportada — diz, antes de se aproximar mais um pouco, com os olhos brilhando. — Mas, se está namorando Nathan Donelson, acho que ninguém espera que você seja assim tão inocente.

Quase cuspo o taco. Em vez disso, engulo com tanta força que desce errado e tenho um acesso de tosse quase fatal. Dylan dá um tapa nas minhas costas, e fico vermelha.

Ele abre um sorriso travesso quando consigo controlar a tosse.

— Eu sabia — diz, começando a molhar meu cabelo com um spray e pegando produtos da mala gigantesca. — Aquela ex tentou fazer ele passar vergonha, mas ninguém acreditou. Muita fofoca por aí diz o contrário. Então pode ser sincera, e não adianta mentir porque percebo de longe quando estão blefando... ele é um safado na cama, não é?

Minha barriga dá um salto mortal como se fosse pular de um avião. Não sei nada desse aspecto da vida de Nathan. A nossa amizade nem sequer envolve brincadeiras sobre o assunto. O tema fica bem contido, porque, inconscientemente, acho que nós dois sabemos que algumas coisas podem balançar nossa amizade. Por isso, não faço ideia de que coisas balançam as noites de Nathan.

Mas eu sou "namorada" dele, e espera-se que eu saiba.

Arregalo os olhos e abro um sorriso que espero ser meio sedutor, como se estivesse imaginando o corpo musculoso e bronzeado de Nathan enroscado em lençóis brancos, o sol brilhando atrás dele. Na verdade... acabo até imaginando com facilidade.

— Ah, sim, muito safado. É um animal na cama. Merece a fama, sem dúvida. Ninguém nunca me deixou louca que nem ele.

— Que ótimo saber disso.

NÃO! Não era a voz de Dylan. Era a do meu melhor amigo, que está apoiado na porta aberta do camarim, parecendo um diabinho arrogante.

Engasgo de novo e, de repente, Dylan levanta meus braços para eu não morrer. Mas eu quero morrer. *Me deixa, Dylan! Já estou vendo a luz!*

Nathan se agacha ao meu lado e começa a rir, dando tapinhas nas minhas costas.

— Tudo bem? Foi mal, não quis te assustar.

Tusso mais uma vez, limpando a garganta com vontade, antes de me forçar a encontrar o olhar de Nathan. O cabelo dele está brilhando, despenteado do jeito certo, e ele está com calça social preta e uma camisa branca de botão. Os botões de cima estão abertos, e estou prestes a engasgar de novo.

— Uhum! Tô ótima. Dylan está cuidando bem de mim.

Os olhos escuros de Nathan reluzem.

— Espero que não cuide bem demais. Esse trabalho é meu... e, pelo que acabei de ouvir, estou me saindo bem.

Dylan solta um gritinho esganiçado e nos dá certa privacidade, indo mexer na mala dele de novo.

Aproveito para apontar um dedo na cara de Nathan.

— Nunca mais mencione isso! Eu entrei em pânico, tá? Ele queria fofoca, e eu não podia contar a verdade. Prefere que eu diga que você é ruim de cama, que nem a Kelsey? — pergunto. — E POR QUE está com essa cara?

Ele dá de ombros.

— Nada. É que você está muito na defensiva.

Sinto o rosto arder, e me recuso a ficar vermelha. EU ME RECUSO.

— E o que você está fazendo aqui? Não era para estar no camarim com a Aubrey, para ela fazer sua maquiagem ou um striptease, e tal?

Ele levanta uma sobrancelha.

— Está com ciúmes, é?

Eu resmungo.

— Claro que não. Para de besteira.

— Que bom. Porque o striptease foi bem sem graça, vou te dizer.

Dou um soco no ombro dele assim que Dylan aparece atrás de mim para continuar o trabalho. A cara dele indica que ele está fingindo não escutar, mas na verdade está decorando cada palavra nossa para poder repetir depois. É engraçado, mas não me incomodo. Espero que ele espalhe mesmo.

— É brincadeira.

Nathan olha para Dylan e para mim. Os olhos dele não estão mais brincalhões. É só Nathan, me olhando. Ele puxa de leve um dos cachinhos caídos no meu rosto.

— O Tim te levou embora tão rápido — explica —, e eu só queria checar se estava tudo certo. Você precisa de alguma coisa?

Engulo em seco, percebendo que está tudo diferente do que eu imaginava. O olhar dele não está distante, como quando ele saía em público com outras namoradas. Nathan não está ocupado demais para se preocupar comigo. Ele enrola meu cacho no dedo. *Para de surtar... é só teatro.*

— Tudo certo, sim. Estou meio desorientada, mas vou me acostumar.

Eu me arrependo das minhas palavras assim que as digo. Não vou me acostumar, porque não vou me permitir. Nada de ficar confortável nessa vida. Nada de aproveitar.

Nathan sorri mais ainda e se aproxima devagar para me dar um beijo na bochecha.

Assim que ele volta ao próprio camarim, vejo pelo espelho Dylan sacudindo a cabeça para mim.

— Cadê aquele seu empresário? Preciso pedir um balde de gelo para enfiar a cara.

Rio baixinho e volto a atenção para os tacos, tentando ignorar minha pulsação acelerada.

Mais tarde, assim que paramos na frente do meu apartamento, eu saio correndo do carro dizendo que não estou me sentindo bem — deixando Nathan a ver navios — e ligo para a única pessoa que sei

que vai me ajudar a conter esses sentimentos bagunçados, a única pessoa de quem nunca escondo nada.
— Alô?
— Lily, é uma emergência! — digo, fechando a porta de casa e me encostando nela.
— Como assim? O que houve?!
— Meu dia foi fantástico.
Ela grunhe.
— Eu vou te matar quando a gente se encontrar. Quase infartei por sua causa.
— SOU EU QUE VOU INFARTAR! — declaro, apertando a mão no peito como se ela pudesse ver meu drama.
Nas palavras da sra. Bennet, *ela não tem nenhuma pena dos meus pobres nervos*!
— Tá, espera aí. Vou só pegar sorvete, aí você pode me contar o que aconteceu. DOUG, VOU LÁ FORA PARA FALAR COM A B.

Quando Lily me dá o sinal verde, começo a contar sobre a gravação do comercial. Explico que era para eu odiar, me sentir um peixe fora d'água e contar os minutos para chegar em casa e botar o pijama. Mas que nada disso aconteceu. Que eu amei cada segundo. Que, quando me acostumei, adorei tudo. Adorei que todas as pessoas importantes fizeram eu me sentir parte daquele lugar. E eu achando que esse mundo ia ser que nem *Meninas Malvadas* e que eu não poderia me sentar à mesa com os populares porque não era da mesma laia, mas todo mundo foi muito gentil e solícito, e a equipe foi hilária. Todo mundo brincava e fazia piada entre as tomadas, pareceu tão natural.

Mas passar esse tempo todo ao lado de Nathan... mal consigo descrever. Já o vi trabalhando inúmeras vezes, mas sempre de muuuito longe. Hoje, fiquei ao lado dele no centro da ação, e nos concentramos um no outro.

— Sei lá, Lily, quando a gente estava filmando, foi tudo fácil. Trabalhamos juntos tranquilamente, e até o diretor comentou que fomos muito bem. Foi tudo tão... normal. E divertido.

— E qual é o problema?
— O problema é que, no meio disso tudo, esqueci que a gente estava fingindo! Esqueci, Lily! E o Nathan...
Suspiro ao lembrar dos pequenos toques a todo momento. Das mãos dele, firmes, apoiadas na minha lombar. Do meu sistema nervoso todo vibrando quando ele sorriu como se eu fosse a única mulher do mundo.
— Não foi nada do que eu esperava — digo. — Sei lá... quase parecia que ele sentia o mesmo que eu.
Ela fica um segundo em silêncio antes de cair na gargalhada. Muito alto. Com tanto exagero que preciso afastar o celular da orelha.
— É CLARO QUE SENTIA, SUA TONTA, PORQUE ELE GOSTA DE VOCÊ!
— Não precisa me ofender.
— Bree, quero te dar um chacoalhão. Sério, você nunca achou que Nathan fosse a fim de você?
— Nunca! Mas pode parar com essa intensidade toda por um segundinho? Estou surtando, e você não está ajudando.
Ela suspira profundamente.
— Que tal parar de surtar, ir correndo para a casa dele, transar loucamente e me ligar de manhã para dizer que estou certa e que você vai começar a me ouvir?
— Não — respondo com firmeza. — Não vou para a casa dele, e ninguém vai *transar*. Não quero um casinho com o Nathan.
— Hum, odeio te avisar, mas vocês estão tendo um casinho agora.
— DE MENTIRA!
— E agora você está gritando. Fecha essa boca um segundo. Você não quer um casinho? Beleza. Mas não precisa surtar só por achar que ele pode estar a fim de você também. Talvez você possa usar essa oportunidade para explorar alguns dos limites que determinou no passado. Trate como um relacionamento de verdade, começando do zero, e veja se alguma coisa nova pode surgir entre vocês.
Suspiro, recitando mentalmente mil motivos para isso dar errado.
— Aí vou me abrir à esperança, que foi exatamente o que prometi que não faria. Pode terminar mal, e aí vou acabar sem amigo.

— Bree, é saudável ter esperança. Mesmo que você se prepare para tudo de pior na vida, a queda não vai doer menos. Então por que não se permite desejar isso de verdade? E aí, se tudo acabar mal, eu te ajudo a afogar as mágoas com comida.

Penso em Nathan e minha pele vibra como num circuito elétrico, a energia se espalhando em cada ponto que ele tocou. Quero ceder à esperança, mas fico apavorada. Prefiro esperar até ter certeza. O tipo de certeza que envolve ele se ajoelhar e, quem sabe, oferecer uma aliança, sabe?

— Acho que preciso fazer o contrário. Preciso de MAIS regras até isso acabar.

Ela solta um grunhido, frustrada.

— Por que você me liga, então? Se não for ouvir meus conselhos, pode falar com a parede da próxima vez.

— Tá brava, é?

— Claro! Porque você acha que está ótima. Vive dizendo que está feliz com a sua vida, com o trabalho no estúdio em vez de estar em uma companhia de dança, mas você não vê o que eu vejo.

Não gostei da mudança de assunto. Lily não está mais brincando.

— Eu *estou* feliz, Lily. Adoro ser professora, e minha vida *está* melhor do que era.

— Eu sei que você está feliz no estúdio e que dá seu melhor, mas também vejo outras coisas. Depois do acidente, você parou de se deixar sonhar — diz ela, cutucando uma ferida que eu não sabia que ainda estava aberta. — Você fez terapia e aprendeu a viver o luto pelo futuro que planejou, e isso tudo foi ótimo e útil, mas parece que você aprendeu a lidar tão bem que simplesmente parou de ter esperança. Você é a rainha de aproveitar tudo que tem, mas não sei se isso é saudável. Não se, assim, parar de sonhar e desejar outras coisas.

Minha reação imediata é me defender. Depois do acidente e da cirurgia, eu pifei. A depressão e a ansiedade vieram com tudo, e era difícil até acordar de manhã. Afastei Nathan por completo e, quando ele foi para a faculdade e tudo ficou ainda mais difícil, meus pais me puseram na terapia. Foi a melhor coisa que eles poderiam ter feito por mim. Aprendi a viver o luto do balé na forma em que eu conhecia e, pouco a pouco, minha vida foi desanuviando. Um dia, percebi que estava feliz de novo. Estava fazendo todo o trabalho emocional e físico necessário para meu corpo se mover de outro jeito. Claro, eu tinha limites, mas aprendi a usá--los e valorizar o que meu corpo faz, em vez de me concentrar no que não faz.

Resumindo, até dez segundos atrás, quando minha irmã jogou uma bomba no meu coração, achei que as feridas do acidente estivessem cicatrizadas. Achei que meu trabalho mental estivesse concluído. Mas e se ela estiver certa? Será que não me permito ter mais esperança?

Penso não só em Nathan, mas no estúdio. Ando relutante demais em me esforçar para concretizar meus sonhos nesse sentido também. Agora que Lily comentou, parece até que escuto minha esperança gritar de um armário trancado no peito. Quero o espaço sem fins lucrativos mais do que tudo, mas estava morta de medo de ter esperança. Quero Nathan, mas morro de medo de perdê-lo.

Lily está certa, mas não sei como estalar os dedos e mudar o que sinto. Minhas cicatrizes me lembram da enorme decepção que senti aos dezessete anos, e de como foi difícil me recompor depois. Não quero passar por isso de novo. Então, sim, talvez me falte um pouco de esperança, mas, para mim, é o preço a pagar para evitar me estilhaçar de novo.

Quanto a Nathan, só preciso aguentar até o fim do contrato, até voltarmos a ser melhores amigos que nem sequer se tocam. Depois disso, estarei aberta a um novo relacionamento com outra pessoa, sem ter tanto a perder.

# 16
# NATHAN

— Sr. Donelson! — Ouço uma voz me chamar quando saio da caminhonete.

Quando me viro para o estúdio de Bree, vejo um adolescente na frente da porta que leva à cozinha da pizzaria no térreo.

— Quem é esse? Quem gritou seu nome? — pergunta minha mãe no celular, em uma ligação que já dura quinze minutos.

Eu não me incomodaria de conversar com ela se ela quisesse mesmo *conversar*. Em vez disso, é um discurso longo e chato sobre como melhorar minha imagem (vou dar uma dica: envolve um dia de golfe infantil no country club dela), seguido por críticas detalhadas a todas as minhas jogadas na última partida. Nas raras ocasiões em que ela pergunta sobre minha semana, tenho a sensação de que, na verdade, ela está só procurando jeitos de comentar o que fiz de errado. Com isso, aprendi a ficar quieto quando se trata da minha vida particular, e vou dar mais dez segundos antes de desligar e passar mais uma semana evitando qualquer contato.

— Acho que foi só um fã — respondo, olhando para o adolescente a uns vinte metros.

— Tem um fã no centro de treinamento? — pergunta ela, com a voz aguda e irritante, se preparando para um comentário crítico.

Bato a porta da caminhonete e levanto a mão em um aceno rápido para o menino.

— Não, estou em outro lugar. O treino acabou mais cedo hoje e vim dar um pulo no estúdio da Bree.

Ela fica em silêncio, e então pigarreia de leve.

— Você acha mesmo uma boa ideia tirar mais tempo de folga do treino, sendo que o próximo jogo será neste fim de semana? Talvez seja melhor ir ver seu fisioterapeuta, ou...

— Sou um homem adulto e um atleta profissional. Sei cuidar dos meus treinos.

*Uau*, foi muito bom dizer isso. Mas, ao mesmo tempo, sinto que não deveria *ter* que dizer.

Ela solta um ruído, se sentindo ofendida.

— Ora, me desculpe por tentar ajudar no seu sucesso.

— Sair uma hora mais cedo do treino para encontrar Bree não vai interferir no meu sucesso.

Desde que eu e Bree começamos a "namorar" (ela não sabe que é mentira), minha mãe anda fazendo muitos comentários passivo-agressivos sobre ela. Ela pode criticar meu jogo e meus hábitos, ou falar que fiquei gordo em alguma foto, à vontade, mas não vou tolerar uma só palavra contra Bree.

— Ah, querido, não se engane. Essa menina interfere no seu sucesso desde a escola. Vi você quase jogar tudo para o alto por ela, e não vou deixar acontecer de novo.

Paro de andar e dou as costas ao adolescente — que está pronto para me interceptar, com um guardanapo e uma caneta em mãos — para ele não ouvir o que estou prestes a dizer para a minha mãe.

— Primeiro que ela é uma mulher, não uma menina. Segundo que, sim, se ela deixasse, eu teria ficado em casa por ela sem pensar duas vezes. E faria o mesmo hoje. O futebol nunca vai ser tão importante para mim quanto ela, então ou você apoia meu relacionamento com a Bree, ou pode abrir mão de um relacionamento comigo. É você quem sabe, e eu não vou mudar de ideia.

Minha mãe faz uns ruídos de descrença e aí... desliga. É, desliga sem falar mais nada, porque Vivian Donelson não sabe o que fazer quando alguém a coloca em seu devido lugar. Tenho certeza de que daqui a uma hora meu pai vai me ligar, exigindo que eu peça desculpas, dizendo que ela nem saiu do quarto depois da nossa conversa, de tão magoada. *Afinal, ela me deu à luz! Fez tudo o que podia para realizar meus sonhos! Como posso não aceitar que ela controle cada detalhe da minha vida?!* É por isso que normalmente evito conflito com eles. É mais fácil entrar na dela e deixar minha mãe me pisotear do que me envolver em uma disputa que vai sugar toda a minha energia. Só que, se Bree estiver envolvida, estou disposto a encarar a briga todo dia.

Eu me volto para o estúdio e vejo o adolescente sorrir com todos os dentes. A caneta está tremendo na mão dele. Eu me forço a abrir um sorriso gentil, mesmo que eu não me sinta nada bem. Esta máscara que uso é só parte do trabalho. Não posso decepcionar os fãs. Não posso decepcionar o time. Não posso decepcionar ninguém.

— E aí, cara — digo, me aproximando. — Foi mal. Quer um autógrafo?

Ele treme que nem vara verde enquanto eu autografo o guardanapo, me agradece várias vezes, guarda o papel no avental e sai correndo de volta para a pizzaria. Subo a escada do estúdio com pressa, antes de o garoto contar para alguém que estou aqui.

Assim que abro a porta do estúdio, ouço a voz de Bree ditando o ritmo para a turma. O lugar está quente por causa dos fornos da pizzaria e tem cheiro de levedura e suor de bailarina. Não é uma boa combinação. Imediatamente começo a pensar em todas as melhorias que eu poderia fazer naquele espaço para ela, mas, nem mesmo em imaginação, Bree me deixaria fazer qualquer coisa. Consigo até sentir um beliscão fantasma na barriga e a vejo me olhar com irritação. *Nem pense nisso, Donelson!*

O estúdio tem a estrutura de uma caixa comprida e horizontal. Depois de passar pela porta, paro no corredor estreito, de pouco mais de um metro de largura, que percorre toda a lateral do lugar. Se eu seguir em frente, a próxima porta vai dar no estúdio em si. À minha esquerda, tem dois metros e meio de corredor levando a um banheiro individual, e, à direita, mais dois metros e meio que levam ao escritório de Bree.

Acompanho a música e o som dos passos de bailarinas no chão até dar uma olhadinha onde elas estão dançando. Vejo doze bailarinas adolescentes pulando, saltando, cruzando os pés, sei lá, e Bree de frente para elas, de costas para mim. Hoje ela está com meu collant preferido, de alcinha fina, revelando as costas musculosas. Assim que olho para o bumbum curvilíneo dela, o meu preferido, as bailarinas me veem, uma a uma. Que nem uma fileira de dominós, elas tropeçam umas nas outras e caem no chão.

Bree solta um grito e desliga a música com o controle remoto.

— Imani! Hannah! Vocês estão b...

Ela é interrompida por uma das garotas, que aponta agressivamente para mim.

— É ELE!

Bree vira a cabeça tão rápido que juro que faz até barulho. Ela me olha e, BUM, parece até que levei um chute no peito. A expressão de choque vai se desmanchando devagar, e ela abre um sorriso. Quero abraçá-la pela cintura. Quero grudar a boca no pescoço dela, beijá-la de cima a baixo. Ela está perigosamente sensual de collant e short de dança. Amo quando ela usa esse coque arrumadinho de balé, porque é incrível saber como é o cabelo dela quando não está preso assim. Saber que tem um momento, no fim do dia, em que ela tira os grampos e os cachos caem nos ombros... isso me mata.

Ontem, no set, senti um clima entre a gente. Não era unilateral. Bree reagiu a mim e, toda vez que eu a tocava, ela corava, ou se aproximava um pouquinho. Apesar de ser pelo nosso acordo, a paquera mútua foi real, não me *pareceu* contratual. Foi perfeito.

Até ela fugir.

A SUV mal tinha estacionado quando ela desceu do carro às pressas e me mandou não ir junto, porque estava se sentindo mal.

— O que houve? — perguntei.

— É que... FIQUEI MENSTRUADA! — disse ela, e saiu correndo como se fosse uma boa resposta.

Só que ela aparentemente esqueceu que é um livro aberto e que fazia uns dez dias que tinha me dito que estava menstruada.

Então, é, ficou óbvio que ela surtou depois do nosso primeiro dia como casal. Hoje estou aqui para garantir que está tudo bem entre a gente, e também para cumprir o número dezoito da lista.
*Surpreender ela no trabalho para mostrar que se importa.*
— Nathan? O que você veio fazer aqui? Está tudo bem? — pergunta Bree, meio nervosa, olhando de mim para as garotas enfileiradas que me encaram.

É raro conseguir vir visitá-la no estúdio, então entendo a preocupação.

Uma das bailarinas cobre os olhos com o braço em um gesto dramático.

— Alguém tem que correr e trazer meus óculos escuros... esse homem é tão gostoso que o calor vai queimar minhas pupilas.

A turma toda ri da piada da menina, que claramente é a líder, e Bree olha para ela com irritação.

— Ei, pode parar com isso! E não diga "pupilas" desse jeito. É esquisito.

Naturalmente, elas todas começam a repetir a palavra "pupilas", e eu tento não rir.

Bree vê meu sorriso e se aproxima de mim devagar, o corpo longilíneo com a aparência graciosa e fatal de uma pantera. Ela para bem na minha frente e arregala os olhos castanhos.

— Qual a graça em interromper minha aula e causar um ataque histérico nessas adolescentes cheias de hormônios?

Sorrio para ela.

— Graça nenhuma.

Ela levanta uma sobrancelha e murmura:

— Acho que não acredito em você.

O olhar dela se demora na minha boca, e meu sorriso murcha devagar. Ficamos alguns segundos assim, equilibrados na corda bamba da tensão, sem saber o que fazer ou dizer.

— UÔU — exclama uma das alunas —, melhor chamar os bombeiros! Esses dois vão fazer o estúdio pegar fogo!

Bree se vira bruscamente.

— Silêncio, meninas! Preciso conversar com o sr. Donelson no escritório. Enquanto isso, continuem a praticar os saltos.

Olho para Bree com um sorriso de provocação e levanto as sobrancelhas, falando sem emitir som:

— Sr. Donelson?

Ela revira os olhos e cochicha:

— Não dê corda para elas. Elas são terríveis. Fazia meses que estavam enchendo meu saco para te namorar, e eu vivia lembrando a elas de que somos só amigos. Desde que saiu a notícia do nosso... relacionamento, ficou insuportável.

Elas tentavam convencer Bree a namorar comigo? Essa informação valida meu instinto de que nós dois seríamos o casal perfeito, o que me deixa com um ar ainda mais paquerador.

— Então é melhor eu não dar um tapinha na sua bunda na frente delas?

— NATHAN!

Adoro ver Bree corar com tanta frequência. Ela me olha séria, como se mandasse eu me comportar, antes de se virar para a turma.

— Muito bem, façam uma fileira e entrem em posição. É melhor eu escutar o som de saltos durante minha conversa com o sr. Donelson, hein?

— Hummm, ela vai ter uma *conversa* com o sr. Donelson — diz outra menina, se dirigindo à turma, fazendo aspas com a mão quando diz "conversa".

Essas meninas são pura encrenca, e agora entendo por que Bree gosta tanto delas. São iguaizinhas a ela.

— Saltos! — rosna Bree, ligando de novo a música.

As meninas todas piscam juntas e cantarolam:

— Tchau, sr. Donelson.

Tá, fiquei meio assustado. OBSERVAÇÃO: talvez fazer uma surpresa para Bree no trabalho quando ela está dando aula para um monte de adolescentes não seja a melhor das ideias.

Bree lê meus pensamentos.

— Pois é. E você deveria parar de fazer tanto comercial sem camisa! Você precisa ver as fotos que elas têm no celular.

Isso é mesmo perturbador, eu preferiria ter ficado sem saber.

Bree de repente pega minha mão e me puxa para o corredor. Eu não estava preparado para o toque, que ativa meu corpo inteiro, focado no ponto de contato. Ela para quando passamos para o lado oposto da parede do estúdio, bem onde as alunas não podem nos enxergar. Bree me solta para me olhar, e eu quero pegar a mão dela de novo. Enfio as mãos no bolso para me impedir de agir por impulso.

— E aí? O que foi? — pergunta, enquanto a música clássica ecoa no ambiente.

Engulo em seco, de repente nervoso de admitir que vim até aqui só para vê-la. Foi o que os caras sugeriram, mas... não sei se posso arriscar tanto assim. Nunca falei nada disso para ela, e não sei como ela reagiria.

Mudo o peso de um pé para o outro.

— Eu, hum... queria...

— *Ai, minha nossa, esse homão está mesmo gaguejando? Que fofo!*

Bree olha atrás de mim, de onde veio o cochicho.

— Voltem já para dentro, ou vão fazer dez minutos de abdominais no fim da aula!

Que sargento. Eu me pergunto se as meninas a acham ameaçadora. Eu só quero beijá-la.

Bree dá meia-volta e faz sinal para que eu a siga. Parece que vamos nos enfiar no escritório minúsculo. Estou tão acostumado com ela não querendo ficar sozinha comigo em lugares apertados que, analisando o meio metro de espaço disponível, hesito.

Ela arregala os olhos, impaciente, e faz sinal para eu entrar.

— Vem, entra logo. É o único lugar para a gente conversar em particular, e preciso voltar para a aula logo.

Quando entro no miniescritório dela, me lembro da sensação de recém-maioridade. Sabe? Aquela sensação de pedir a primeira cerveja no aniversário de dezoito anos, esperar o cara do bar analisar sua identidade e, por um segundo, suar frio de tão acostumado que está a tentar ser convincente com um documento falso. Mas aí é um documento de verdade, ele põe uma cerveja no balcão, e você pode beber sem medo. É isso que sinto ao ser convidado para entrar na salinha minúscula da Bree.

A mesa ocupa a maior parte do espaço, e ela precisa grudar as pernas no móvel para eu conseguir fechar a porta. Só que não consigo, preciso me aproximar ainda mais de Bree, até estarmos encostados. PRECISO MESMO, JURO! Apoio o queixo na cabeça dela. O perfume doce de coco domina meus sentidos. Quando estamos grudados, peito com peito, consigo fechar a porta, que arranha minhas costas no processo. Espero que deixe uma marca, para eu sempre me lembrar desse momento.

O trinco fecha e, por algum motivo, não me afasto. Bree também não me empurra. Em vez disso, ela levanta o rosto e me olha nos olhos. Uma mecha de cabelo que se soltou do coque balança na frente do rosto. Sem nem pensar, levanto a mão e toco o rosto dela com a ponta os dedos, ajeitando a mecha atrás da orelha dela, com delicadeza. Ela suspira, entreabrindo a boca. Como é linda. Doce e suave, mas também vibrante e enérgica. Seria esse o gosto do beijo dela?

Abaixo a mão, roçando o braço dela. Bree abaixa o olhar, acompanhando o caminho da minha mão até chegar bem ao lado da dela, nossos dedos se encostando de leve. Os olhos castanho-escuros se voltam para os meus, e o tempo para. Estamos congelados. Alguma coisa nos olhos dela me diz que, se eu me inclinasse para beijá-la agora, ela permitiria. Não sei quem inicia o movimento, mas nossos dedos se mexem e se juntam, até ficarem levemente entrelaçados.

Meu coração está na garganta. Não, está nas minhas mãos. Estou oferecendo meu coração para ela.

De repente, o ar é tomado pelas primeiras notas de "Let's Get It On", do Marvin Gaye, e gargalhadas irrompem do outro lado da parede.

Bree solta um grunhido esganiçado, dá um passo para o lado para conseguir bater na parede. Nisso, solta minha mão.
— Ei! Desliguem já isso!
As meninas não obedecem. Mais gargalhadas.
Mordo o lábio para conter um sorriso, e Bree não fica nada feliz.
— Não tem a menor graça! — reclama, em um tom triste de derrota.
— Fala sério. Tem *muita* graça — digo, me permitindo um sorriso de verdade.
Bree cede, sorrindo também, e sacode a cabeça.
— Tá, talvez um pouquinho.
Ainda não estou disposto a deixar esse momento acabar. Se as meninas vão me ajudar, não vou recusar esse gesto gentil. Estico a mão para Bree.
— Vem, vamos dançar.
Ela franze as sobrancelhas e olha para minha mão como se estivesse mofada.
— Como é que é? — pergunta, com uma gargalhada nervosa e rouca, e olha ao redor como se esperasse encontrar câmeras escondidas. — Aqui? De jeito nenhum. Que bobagem.
Pego a mão dela e a puxo em minha direção. *Vem cá, mulher.* Ela não resiste. Em vez disso, se encaixa nos meus braços, e eu a puxo para mais perto — uma mão na lombar, a outra segurando a mão dela ao nosso lado, palma com palma, peito com peito. Ela pisca algumas vezes e, hesitante, deixa a outra mão deslizar para meu ombro.
— Você está esquisito — declara, mesmo fazendo carinho na curva do meu pescoço com o polegar.
— Pois é. Bem esquisito.
Ponho um pouco mais pressão nas costas dela e balanço de um lado para o outro. Próximo assim, fico imerso no xampu dela e, graças ao decote do collant nas costas, sinto a textura macia da pele dela na minha mão. Ela é o paraíso em meus braços. Não existe nada para mim além dessas paredes.

— Nathan, o que você veio fazer aqui? Preciso dar aula — diz, se aproximando mais.

Tudo fica claro quando noto que as palavras e os gestos dela estão em contradição direta. Qual é a mentira?

— Queria perguntar se você está livre amanhã à noite.

— Você poderia ter mandado uma mensagem — diz ela, buscando mais respostas.

— Poderia mesmo.

Ela abaixa os olhos por um instante, como se não quisesse que eu visse sua expressão, seu sorriso, e roça meu peito com o rosto.

— Estou livre, sim.

— Que bom. A *Pro Sports* vai dar um festão para comemorar o aniversário de dez anos. É um evento de gala, e eu queria que você fosse comigo.

Bree sempre se recusou a ir comigo a eventos profissionais. Ela sempre me diz para levar uma namorada. *Amigos não vão juntos a esse tipo de evento.*

Ela continua olhando para baixo.

— Bom, acho que tenho que ir, né? Já que sou sua namorada oficial de mentirinha.

— Não. Se não quiser ir, vou pensar em um programa um pouco mais discreto para cumprirmos o contrato.

— Ah — diz ela, e percebo um quê de decepção.

Acho que ela quer que eu diga que ela tem que ir comigo, que eu tire dela a opção. Mas primeiro preciso saber se ela está disposta ou não a ir comigo.

— E aí, que tal? — pergunto, parando de balançar para ela me olhar.

Desenho um círculo nas costas dela com o polegar.

— Tá bom — responde, levantando os olhos. — Eu vou. Mas não tenho o que vestir.

Meu coração martela dentro do peito. Quero abraçá-la, apertá-la com força. Em vez disso, me contento com pressionar os dedos um pouco.

— Deixa comigo, e esteja na sua casa amanhã às cinco.
— Fico nervosa só de pensar no que isso quer dizer.
Estico o braço para trás e abro a porta, relutante em soltá-la, mas sabendo que ela precisa voltar para a turma de diabinhas. Quando me afasto, tento cumprir mais um item da lista. Olhando para trás, sorrio e dou uma piscadinha para ela.
— É melhor ficar nervosa mesmo.
Ela fica paralisada por um segundo, e eu penso: *Derek, seu gênio maluco, funcionou.* Até que ela arregala os olhos e cai na gargalhada.
— Você acabou de PISCAR para mim?!
Tá, então aparentemente piscadinhas não entram na categoria "sexy" para Bree. Ela ri da minha cara até eu ir embora, e decido matar Derek no treino de amanhã.

## 17
## BREE

Passou um pouco das cinco, e eu estou subindo às pressas a escada grudenta do meu prédio, talvez um pouco ofegante. Dever ser o efeito de morar tanto tempo em um apartamento mofado.

Quando chego ao meu andar, paro e franzo a testa. Dylan está sentado no chão com tanta coisa em volta que parece que está de mudança. São cinco malas, além de uma pilha de roupas em capas protetoras. Como ele subiu com isso tudo? Olho para trás, me perguntando se tem um elevador secreto que todo mundo escondeu de mim. Mas, quando vejo que ele está tão ofegante quanto eu, noto que carregou tudo sozinho. *Coitado.*

— Dylan? — pergunto, me aproximando e me perguntando se precisarei ressuscitar ele.

Ele levanta a cabeça e abre um sorriso, apesar da respiração sôfrega.

— Oi, Covinhas! Você está atrasada!

— Desculpa — digo, atordoada por vê-lo ali. Acho que foi isso que Nathan quis dizer com "Deixa comigo". — O trânsito estava uma loucura. Deixa eu te ajudar. Olha, não quero te assustar, mas tem boas chances de você ter pegado uma IST só de sentar nesse chão.

Ele solta um gritinho e fica de pé de um pulo, sem minha ajuda.

— Vou precisar queimar essas roupas?

— Acho que seria uma boa.

— Minha nossa. E por que você mora aqui?

Ele olha ao redor como se tivesse baratas correndo por todos os lados. Na verdade, não seria uma surpresa tão grande se isso acontecesse.

Eu rio e me viro para abrir a porta do meu apartamento.
— É por um detalhezinho básico: grana. É que não tenho.
— Hum, mas você basicamente namora um banco. É capaz até de ele ter mais dinheiro que um banco. Vai morar com ele, mulher! Eu te ajudo. A gente pode fazer suas malas e começar a mudança agorinha.

Está na ponta da língua dizer que Nathan é só meu amigo e que não quero a ajuda financeira dele, mas sou interrompida ao ver meu apartamento. Dylan entra atrás de mim, puxando duas das malas, e arqueja.
— Santas flores, Batman! Suponho, srta. Não-Tenho-Dinheiro, que não foi você quem saiu para comprar esses buquês todos...
Balanço a cabeça devagar, sem palavras. Tem dezenas de buquês na minha sala. Flores enormes, maravilhosas, cor-de-rosa e verdes por todo lado. Não tenho uma flor favorita, porque é difícil escolher só uma, mas tenho uma combinação de cores favorita para flores. E eu devo ter dito isso para Nathan em algum momento. E ele lembrou. *Verde e cor-de-rosa*. Sinto um aperto na barriga.
— Tem um bilhete aqui.

Dylan pegou o cartão e abriu, como se a gente fosse melhores amigos há anos e não escondesse segredos um do outro. Pego o bilhete da mão enxerida dele com um olhar de bronca e me viro para ler com privacidade.

*Espero que você não se importe, mas dei um jeito do seu apartamento ficar mais cheiroso.*
*Te pego às sete.*
— *Nathan*

Meu coração bate forte, mal consigo me conter para não guinchar que nem um porquinho agitado na sala. O que está acontecendo comigo? O que está acontecendo com a gente? Nathan e eu somos amigos há um milhão de anos e ele nunca me comprou flores... muito menos uma floricultura inteira. Minha cabeça está a mil tentando entender. O que quer dizer? A *esperança* de que Lily falou brota no meu peito sem pedir licença.

Só que estou apavorada demais para me jogar nela. Ele provavelmente só quer me ajudar a entrar no clima para o encontro de hoje. Botar coraçõezinhos nos meus olhos. Mas meus olhos já estavam assim antes de tudo isso começar — e agora está ainda mais difícil controlar meus sentimentos. E ontem no estúdio...

— Controle-se, Bree.
— Você falou alguma coisa? — pergunta Dylan.
— Nada. Deixa pra lá.

De repente, ele solta um grito abafado.

— Tem alguma coisa gosmenta na minha bunda! O que será que deve ser? Não, nem quero descobrir. Quero que você se mude deste apartamento. Agora.

Dou uma risada e puxo Dylan para o quarto, onde pego uma calça de moletom cinza-claro e ofereço para ele.

— Aqui, essa deve caber.
— Ai, obrigado!

Saio do quarto para ele trocar de roupa. Quando Dylan volta para a sala com meu moletom, ele aponta para a própria bunda.

— Hum, minha senhora, essa calça diz *Gostosa* no bumbum.

Engasgo em uma gargalhada. Estava com o nariz grudado em uma flor, cheirando que nem uma louca.

— Eu sei.
— Não tinha mais nada que coubesse em mim?
— Ah, sem dúvida tinha.

Ele franze o nariz e joga uma almofada do sofá em mim.

— E pensar que eu passei a manhã toda fazendo compras para você, procurando o vestido perfeito. Devia ter encontrado logo uma camiseta com *Vaca* escrito no peito.

— Você fez compras para mim? — pergunto, arregalando os olhos que nem um cachorrinho.

Ele me olha por cima do ombro e abre a capa protetora de roupas que está em cima do meu sofá. Tem vários vestidos MARAVILHOSOS nela.

— Você achou que essas capas serviam para quê? Cadáveres? Que eu carrego corpos para todo lado?

— Será que eu deveria me assustar por você ter pensado nisso? A única resposta dele é tirar um vestido longo da capa, com a cara toda orgulhosa.

— Tá, eu não sabia seu tamanho e fiquei um pouco descrente do seu homem saber com tanta precisão... mas parece que ele estava certo! Vai cair que nem uma luva.

Pego o vestido e olho para a etiqueta. É mesmo o tamanho certo. Fico apavorada por Nathan saber disso, porque eu tenho certeza de que nunca contei. Também encontro a etiqueta de preço e chego a engasgar.

— Por favor, me diga que o preço do vestido não é esse!

Ele dá de ombros e começa a abrir as malas, que, logo vejo, estão cheias de produtos caros de cabelo e maquiagem. Parece que a Sephora explodiu na minha sala, e é uma beleza. Lily morreria de inveja. Mando uma foto para ela, como a boa irmã mais nova chata e metida à besta que sou.

— Como quiser. Só sei que Nathan me mandou comprar quinze vestidos para você escolher, e dá para comprar minha casa com o valor total. Além disso, ele pagou meu preço de um dia todo no set, e quecaraéessaquevocêtáfazendo?

Escondo o rosto nas mãos, porque isso é péssimo. É péssimo *mesmo*. Tudo que evitei está acontecendo em uma avalanche desenfreada. Encontro em público chique. Gestos grandiosos. Presentes caros. Meu próprio maquiador. É coisa demais, e vai acabar rápido, como acontece com todas as namoradas dele. Só que, diferentemente dessas mulheres, não vou sentir saudade disso... vou sentir saudade dele.

Dylan se aproxima e leva a mão às minhas costas, fazendo carinho em círculos, que nem Lily faria.

— O que foi? Não é essa a reação que eu esperava ao contar que seu namorado comprou vestidos caríssimos e contratou o melhor cabeleireiro e maquiador da cidade para te arrumar — fala, e sorri com a última parte.

Quero contar a verdade, que nada disso é real, que estamos fingindo, e que há seis anos evito entrar nessa vida com Nathan porque nunca quis ter essa experiência — nunca quis me acostumar ou gostar disso, porque vai doer demais quando tudo virar pó. E, sim, também gosto desse lado dele. Sou uma pessoa como qualquer outra, lógico que gosto de ser mimada por uma celebridade. Quem não gostaria? Mas não posso falar nada disso para Dylan, porque assinei um contrato de confidencialidade muito assustador em que prometi não dizer nada a ninguém. Já contei para Lily, não posso cometer mais nenhum deslize.

Decido dizer só parte da verdade.

— Tenho dificuldade em aceitar esse tipo de coisa de Nathan. Parece exagero.

— Para já com isso! Ele claramente tem dinheiro para gastar, e quer te mimar um pouquinho. Deixa ele. E, caso você se sinta melhor, posso devolver todos os vestidos que não quiser usar.

Abaixo as mãos.

— Vou me sentir um pouco melhor, sim. Obrigada.

— Que bom. Agora, tenta se permitir aproveitar o momento! Vem admirar meu talento incrível e escolher seu vestido. Você não vai ter que viver assim para sempre, nem virar uma socialite de reality show. É só uma noitada. Dá um passinho de cada vez com seus saltos cintilantes.

Respiro fundo. Ele está certo. É só uma noite. Estou exagerando. Nada precisa mudar; só tenho que encarar isso como um faz de conta. Só fingir. Tudo bem entrar na brincadeira. Moleza. Vou dar conta.

Ao longo de dez minutos, Dylan e eu analisamos os vestidos que ele trouxe, e é muito difícil escolher meu preferido. São todos tão lindos. No fim, escolho o que me lembra champanhe borbulhando. O evento de hoje não chega a ser chique como uma premiação, mas também não é casual o suficiente para eu ir de moletom. O vestido é justo, de manga comprida, e vai até o joelho. O forro é feito de seda, cor de champanhe, e por cima tem um tecido transparente com lantejoulas que parecem diamantes. A parte mais maravilhosa é a das costas: o forro tem um decote fundo, e a camada transparente cobre minha pele com seu brilho. É ao mesmo tempo sensual e elegante. Minha mãe não vai soltar um grito de pavor se vir minha foto amanhã nos sites de fofoca, o que já está ótimo.

Dylan quer deixar meu cabelo solto. Ele usa um monte de produto, até meus cachos ficarem brilhantes, arrumados e bem enroladinhos, e reparte o cabelo bem na direita, prendendo o outro lado com uma presilha de brilhantes. *Só espero que esses diamantes sejam falsos.* Na maquiagem, ele usa uma sombra suave, delineador gatinho e batom rosa bem claro.

Quando me olho no espelho, com aquele vestido glamuroso, a maquiagem chiquérrima e o cabelo impecável, ainda me enxergo e sinto o coração flutuar. Pelo menos não parece que troquei de pele para acompanhar Nathan nesse evento. O resto todo pode ser mentira, mas eu, não.

Dylan aparece atrás de mim, com um sorriso enorme e emocionado.

— Guardei o batom na sua bolsa, para você poder retocar depois de Nathan estragar tudo.

— Nathan não vai...

Paro de falar a tempo, porque, bom, qualquer namorado que me visse assim estragaria meu batom, sem dúvida.

— ... conseguir me largar — concluo. — Boa ideia.

— Só não deixa ele mexer no seu cabelo! Está perfeito e, se ele estragar o penteado, vou acabar com ele.

Me vem à cabeça uma imagem de Dylan, magro e com minha calça de moletom, desafiando a montanha que é o Nathan para uma luta, e é exatamente o tipo de distração de que preciso nesse momento. Minhas mãos estão tremendo, e sinto que vou vomitar.

— Obrigada por isso tudo, Dylan. Você arrasou.

Ele dispensa meu agradecimento.

— Você é uma modelo fácil. E sou eu que deveria agradecer. Seu namorado me pagou mais do que eu deveria aceitar. Na real, me sinto meio descarado por ter topado. — Ele faz biquinho, pensativo, antes de abrir um sorriso travesso. — Tá, já superei. Vou embora antes de ele chegar, para vocês terem um momento a sós antes da loucura da noite. Depois me manda uma mensagem contando como foi!

Ele me dá um beijo na bochecha, arruma as malas e vai embora.

Ainda estou me olhando no espelho, tentando conter um ataque de pânico, quando ouço Dylan fechar a porta. Um momento depois, escuto a porta se abrir de novo. Meu coração acelera, porque sei quem acabou de entrar. Ele não me chama, mas ouço os passos no chão de taco, se aproximando do meu quarto. Não consigo me forçar a desviar o rosto do espelho. Não é instinto de preservação, nem de luta — só congelo. Quero desesperadamente ver, no reflexo, que estou deslocada e esquisita, mas... não. Tudo está ótimo, lindo, incrível. *Estou com medo.*

Estou com medo porque, mais do que tudo, quero ir a esse evento hoje.

Estou com medo porque mal posso esperar para andar de mãos dadas com Nathan.

Estou com medo porque todos os sentimentos que guardei a sete chaves por tanto tempo começaram a cair na minha cabeça que nem granizo.

Os passos se aproximam, e agora vejo Nathan, parado na frente da porta do meu quarto, me olhando. Ele não diz nada, nem eu.

O ar fica quente e pesado quando ele entra e enche o espaço atrás de mim. Vejo o reflexo dele no espelho, está com um terno cinza-claro justo nos bíceps e nos ombros. A barba está feita, mostrando bem a mandíbula angulosa, e o perfume dele é tão bom que tenho vontade de beber. Observo aqueles olhos pretos e sinto o calor que o corpo dele irradia através da camada fina do vestido nas minhas costas.

Ele sorri.

Eu sorrio.

Então ele se abaixa e dá um beijo suave na minha bochecha. Como sempre faz... mas é completamente diferente. Mesmo mantendo as mãos junto ao corpo, o olhar dele desliza por cada centímetro do meu. Fico imóvel, tentando respirar apesar da falta de oxigênio no ambiente.

— Linda — sussurra ao pé do meu ouvido, e um calafrio delicioso sobe pela minha coluna. — Ainda está comigo nessa?

Confirmo com a cabeça.

# 18
# NATHAN

Não consigo largar o celular no caminho da festa. Tudo o que quero é me concentrar na Bree, mas Nicole precisava discutir um contrato que está negociando para depois que a temporada acabar, e Tim não parava de falar que não posso esquecer de ficar puxando o saco de certas pessoas no evento. Foi uma ligação atrás da outra.

Embora Bree me conheça há tempo suficiente para não ficar chocada com tantas ligações, ainda detesto ter que fazer isso. É falta de educação passar o caminho todo com o celular grudado na orelha. A maioria das mulheres não aguenta essa parte da minha vida, o que contribui para que meus relacionamentos sejam tão curtos. Às vezes até posso pedir para Nicole e Tim ficarem de boa e me darem espaço, mas, em dias como este, em que vou de um compromisso para outro, entre reuniões, treinos e sessões de fisioterapia, preciso aproveitar os momentos livres para conversar com as pessoas que cuidam da minha vida.

— Paul certamente vai estar lá hoje. Procura ele e dá um jeito de vocês conversarem às vistas de todos — ordena Tim, como se, depois de anos de experiência, eu ainda não soubesse que preciso ser amigável com o dono do time.

— Beleza. Entendi.

— E Jacob Nelson pode tentar te encurralar. Ele entrou em contato comigo para tentar marcar uma entrevista, mas eu recusei. Ainda não vi esse cara escrevendo uma matéria positiva sequer, então não quero ele nem perto de você. Sorria e diga que quem cuida da sua agenda é seu empresário.

— Uhum... tudo bem.

— Você está me ouvindo? — pergunta Tim, irritado.

Não. Não estou. Nem um pouquinho. Estou admirando as pernas de fora da Bree.

Não era minha intenção, mas, caramba, ela está de matar. Na verdade, ela está sempre assim, mas, hoje, está se destacando, de vestido justo e cabelo comprido e solto. E os olhos... uau. Acho que nunca vi Bree de delineador, e a maquiagem faz os olhos dela, já vibrantes, praticamente me agarrarem pelo colarinho e exigirem que eu esvazie os bolsos e dê tudo que tenho a ela. *É tudo seu, Bree.* Ela não faz ideia de que estou com os olhos colados nela, porque está grudada no celular. Acho que faz dois minutos que nem a vejo piscar.

— Não, não estou mais prestando atenção, Tim. Pode me mandar por mensagem uma lista de quem é para eu bajular e quem preciso evitar?

Ele suspira, sabendo que não vou focar em mais nada agora. Na verdade, mesmo que Bree não roubasse minha atenção por completo, ainda acho que não estaria escutando Tim. Estou cansado. Não, exausto. Se fechasse os olhos agora, desmaiaria. E, apesar de Bree estar uma deusa, eu preferiria estar de moletom no sofá com ela vendo alguma coisa divertida na TV.

— Tá, última coisa antes de ir — diz Tim.

— Você tem quinze segundos.

— Nicole me mandou dizer para você beijar Bree no tapete vermelho hoje. Um beijo discreto e fofo para a mídia, para o relacionamento continuar roubando os holofotes.

Olho para Bree e meu coração acelera. Recebi permissão para beijá-la. Na verdade, recebi ordens de beijá-la. Nossos lábios vão se encontrar daqui a poucos minutos, e mal consigo processar a ideia. De repente, começo a suar. Acho que estou enferrujado. Tanta coisa depende desse beijo. E se eu mandar mal? Em geral recebo retorno positivo quando o assunto é esse, mas agora é com a Bree. Tenho que dar meu melhor, para a palavra *irmão* nunca ressurgir em referência a mim.

— Combinado. Vamos fazer isso.
Aí desligo antes que Tim possa me dar mais trabalho.
Bree deve notar o tom ríspido da minha voz, porque levanta o rosto do celular pela primeira vez, me encarando com os olhos espantados.
— O que vamos fazer?
Ainda não estou pronto para contar, então me esquivo.
— Ei, desculpa por passar tanto tempo no celular. Não é sempre assim, mas, como estamos em época de eliminatórias, meu tempo...
Ela ri e levanta a mão.
— Nathan, jura? Sou eu... não precisa me explicar como fica ocupado nessa época. Na verdade, fiquei feliz de ter tido um tempo só pra mim no trajeto.
— Ah, é? — pergunto, sorrindo, e aponto para o celular dela.
— O que estava fazendo aí?
Ela morde o lábio carnudo, e me pergunto se seria exagero eu fazer o mesmo durante nosso primeiro beijo.
— Nada — responde, corando.
Dou risada quando vejo ela inclinar o celular para esconder a tela.
— Isso significa que você estava aprontando, sim. Vai, passa pra cá.
— Não! — diz ela, e arregala tanto os olhos que os cílios quase encostam nas sobrancelhas. — Você vai rir da minha cara.
— É claro que vou — digo, sorrindo. — Mas isso não é novidade. Me mostra.
Ela solta um suspiro irritado e me entrega o celular. Vejo, então, uma página do Google com fotos de "celebridades no tapete vermelho".
Não rio, porque vejo que ela está realmente envergonhada.
— Por que estava pesquisando isso? — pergunto.
— Porque sim! Eu precisava de ideias de pose. Você pode estar acostumado, mas... estou aqui tentando não surtar porque daqui a

dois minutos vou estar EM UM TAPETE VERMELHO PELA PRIMEIRA VEZ NA VIDA!

Agora, me sinto culpado. Acabei me esquecendo de explicar a ela como funciona o tapete vermelho. É claro que ela está nervosa. Lembro que tinha absoluta certeza de que ia cair de cara no chão na minha primeira vez, e nem estava com um salto de dez centímetros como ela. Provavelmente não é a hora de avisar que também temos que nos beijar em público pela primeira vez nesse tal tapete vermelho.

— Não precisa se preocupar. Vou estar lá o tempo todo e garanto que você não vai tropeçar nem cair. Quanto à pose, o importante é dar a oportunidade de todo mundo pegar um bom ângulo seu. Ombros para trás, peito erguido, e aí é só fingir que está tentando configurar o reconhecimento facial no seu iPhone.

Ela ri, engasgando, e relaxa os ombros.

— Como assim?

— Sabe? Quando o celular faz você virar a cabeça para todo lado para registrar seu rosto? É só fazer isso com as câmeras. Olha para a esquerda, para a direita, levanta o queixo um pouco para um lado, depois para o outro.

Ela concorda com a cabeça, concentrada nas instruções.

— Tá, e o que faço com as mãos?

— Vou segurar sua mão esquerda, e a direita pode ficar na sua cintura. Não se preocupa com a hora de andar ou parar, eu te guio.

Ela respira fundo, e não deixo meu olhar descer para o decote exposto pelo tecido transparente, por mais que eu queira.

— Obrigada. É... é ruim eu estar meio animada?

Alguma coisa nessas palavras relaxa o aperto no meu peito. Ela está empolgada? Bree sempre fez questão de dizer que odiaria se envolver nessa parte da minha vida. Em vez de reagir de forma impulsiva ao que ela disse, lambo os lábios.

— Fico feliz — digo. — Porque gosto que você esteja aqui comigo.

Ela olha para mim e, de repente, a SUV parece apertada. Uma caixinha maravilhosamente minúscula.

— A gente precisa se beijar — declaro, sem tato nenhum.

A cara dela murcha.

— Como é que é?

Pigarreio e me dou um soco mental por não ter sido nada sutil.

— No tapete vermelho. Era isso que Tim estava me falando. Nicole acha que faria bem para nossa "imagem como casal" registrar um beijo rápido nas fotos.

Bree arregala tanto os olhos que tenho medo de caírem da cara. Ela torce as mãos no colo. Se estivesse em pé, estaria andando de um lado para outro.

— Não posso te beijar lá! Já estou nervosa por ter que sorrir! Beijar vai... Nathan... ai, nossa. Nosso primeiro beijo não pode ser na frente dos paparazzi!

Minha barriga dá um nó ao ouvir Bree dizer *primeiro beijo*. Como se ela tivesse certeza de que vamos nos beijar mais.

— Você... quer que eu te beije agora?

ODEIO estar tão nervoso. *Não deixa sua voz vacilar que nem um idiota.*

— Não! Nem pensar!

Ela hesita, olha pela janela por alguns segundos e volta a me olhar.

— Bom, talvez — acrescenta. — Na verdade, quero.

Mais um momento de hesitação, e sacode a cabeça, decidida.

— Espera, não — diz. — É melhor a gente só se beijar em público, para não parecer verdade.

— Vai ser verdade.

Ela olha para mim com raiva.

— Não vai, não.

— Minha boca de verdade vai encostar na sua boca de verdade, Bree. É a definição da verdade. Não vai ser imaginário.

Ela está prestes a esconder o rosto nas mãos, mas parece lembrar que não pode estragar a maquiagem, e então para e solta um gemido.

— Ai, Nathan — diz, me olhando, assustada. — É... demais. Isso tudo. Você e eu.

— Eu sei.

Quero pôr a mão na coxa dela para reconfortá-la, mas sei que isso só pioraria. Sinto que deveria sentar nas minhas próprias mãos, para evitar ter outras ideias. É para eu me aproximar de Bree aos poucos, não jogá-la do barco sem colete salva-vidas.

— Olha para mim, Bree — peço.

Ela olha, o rosto com tantas emoções que não consigo interpretar.

— Sou só eu — continuo. — Somos só nós. Nathan e Queijinho Bree. O beijo não vai mudar isso. Vai só melhorar tudo.

A expressão dela fica mais leve, e ela sorri.

— Você está certo. É só um beijo. Nada de mais.

Bom, não era exatamente isso que eu queria dizer.

Não tenho a oportunidade de me explicar, e não temos mais tempo de treinar o beijo, nem se quiséssemos. O veículo para devagar, e Bree olha para mim, frenética e apavorada. Ah, não. Ela parece que vai vomitar. Nesse momento, aperto de leve a coxa dela. Sua pele está quente e macia sob meus dedos. Não deixo meu cérebro registrar como é gostoso. Não posso fazer isso agora sem perder a cabeça.

Ela engole em seco, e a porta se abre. Há uma explosão imediata de vivas dos fãs que esperam do outro lado da corda, e flashes lampejam, querendo capturar o momento em que saímos do carro para o tapete vermelho.

Aceno brevemente com a cabeça para Bree, e ela retribui. Lá vamos nós. Juntos. É meu sonho, e espero que não acabe sendo o pesadelo de Bree.

A noite já começa completamente diferente de todos os outros eventos que precisei suportar sem ela ao meu lado. A energia é outra quando Bree segura minha mão e fica grudada em mim como um carrapato. Não paro de olhar para ela, para confirmar que ela não está vomitando no caminho, mas, depois de uns dez passos, o sorriso dela passa de tenso e apavorado para suave e confiante.

Conheço bem a sensação. É igual à de pular do trampolim pela primeira vez. O segundo antes de pular é terrível, mas depois fica fácil. É só aproveitar a queda.

Bree aperta minha mão e, quando a olho, a vejo franzir o nariz no sorrisinho fofo de costume. É a cara de "acredita numa coisa dessas?". Meu coração explode, escancarado, entregue para ela. Como sempre foi.

— Nathan! Olha aqui!
— Nathan! Bree!

Os paparazzi são barulhentos e os flashes, fortes, mas mal dou atenção quando eu e Bree paramos na frente do pano de fundo estampado com o logo da *Pro Sports*. Porque é hora de beijar Bree.

Solto a mão dela para envolver meu braço em volta de sua cintura e virar meu ângulo um pouco mais para perto, mesmo mantendo o corpo virado para os fotógrafos. De repente, odeio o fato de que esse será nosso primeiro beijo. É horrível. Tenso. Calculado. Tão pouco romântico que daria na mesma estarmos em um lixão, com uma casca podre de banana na minha cabeça. Não tem jeito de esse beijo deixar Bree de perna bamba, e não quero nada menos do que isso.

Sinto Bree respirar fundo antes de virar o sorriso para mim. Mais fotógrafos gritam.

— Dá um beijo pra gente! — pede um.

Bree arregala os olhos, como se dissesse "vai em frente". Agora, estão todos pedindo o beijo. Nicole estava certa: as pessoas estão loucas por isso. Eu estou louco por isso. Só queria que fosse na privacidade da minha casa, onde eu poderia dedicar a Bree a atenção que ela merece. Onde eu poderia colocá-la contra a parede. Onde poderia idolatrar sua boca como desejo há anos.

É minha única chance, e vou estragar tudo. É melhor dar um beijão agressivo? Ou ir devagar, aos poucos? Quem sabe um selinho? Droga. Não dá. Meu coração está batendo de tão rápido, minhas mãos, suando, e já estamos parados aqui há tempo demais. A mulher de *walkie-talkie* e prancheta diz que precisamos seguir.

Estamos monopolizando o tapete vermelho, e ela quer que a gente dê no pé para a suv que acabou de estacionar poder deixar os passageiros desembarcarem. Mas não consigo me mexer. Minhas mãos estão formigando, ardendo, e meu rosto, quente. Os flashes doem, e os gritos ficam cada vez mais próximos. O que está acontecendo? É a mesma sensação de quando estava no túnel, pouco antes do último jogo. Acho que vou desmaiar.

O sorriso de Bree murcha por apenas um segundo. Ela deve perceber o que eu não queria revelar em minha expressão. Leva a mão ao meu rosto e sorri de verdade. É meigo. Como um cobertor quente. Um sorriso de Bree e Nathan.

— Ainda está comigo nessa? — pergunta baixinho, puxando meu foco.

Eu me deixo dominar por ela, e meu coração se acalma um pouco.

Concordo com a cabeça e engulo em seco. Ela fica na ponta dos pés e dá um beijinho rápido e suave na minha boca. Aperto o quadril dela, querendo mantê-la ali, querendo absorver cada segundo dos seus lábios nos meus, mas, rápido demais, ela se afasta. Ela se volta para os fotógrafos e vira o rosto em mais dois ângulos, como se fosse uma profissional. Aparentemente satisfeita com a quantidade de fotos, passa na minha frente, pega minha mão e me puxa, sorrindo para mim igual a uma rainha sedutora. Todo mundo deveria reverenciar enquanto ela passa. Eu a acompanho, que nem um cachorrinho perdido. Ela aperta meus dedos algumas vezes, como fiz com ela ao chegar. Ainda estou atordoado, sem registrar bem os arredores, mas sei que, mais tarde, quando estiver sozinho, vou me xingar por ter estragado nosso primeiro beijo.

# 19
# BREE

Entro com Nathan na tenda e o puxo de lado rapidamente. Só que ele não é um homem fácil de esconder. Estou tipo tentando entrar de fininho em um chá da tarde com um urso enorme. *Vem cá, ursinho, coloca esse chapéu, ninguém vai reparar em você!* Sendo que todo mundo repara. Quando entramos, várias pessoas se viram para a gente, o que significa que temos mais ou menos trinta segundos antes de alguém decidir vir encher o saco e monopolizar o tempo dele. Já tem muita gente aqui, atletas profissionais e celebridades aos montes. É um bufê boca-livre de gente que gosto de acompanhar na internet. Mas não posso pensar nisso agora.

Dou o braço para Nathan, conduzindo-o por dez passos para o canto, perto da entrada, e o faço ficar de costas para todo mundo e de frente para mim. Espero conseguir alguns segundos longe da atenção alheia. Ele ainda está com um olhar meio vidrado, e as olheiras que vi outro dia pioraram. Não consigo deixar de pensar que não deveríamos estar aqui hoje. Nathan está exausto.

— Ei.

Dou um passo para a frente e apoio a mão no peito dele, para indicar ao resto da festa que é uma conversa íntima, que não deve ser interrompida. E também porque, *oi*, eu gosto de tocá-lo. Nathan é como mármore sob minha mão.

— Está tudo bem? — pergunto. — Quer ir para casa? Você pode dizer que sim.

Ele olha para minha mão em seu peito firme e a cobre com a mão dele. O contato me dá um choque. Lembra que acabei de beijá-lo. No tapete vermelho. Na frente de todo mundo.

Foi tão breve e tão público que mal notei. E aí, no segundo em que me afastei, fiquei decepcionada. Não pela falta de química, mas porque não tive a oportunidade de prestar atenção naquilo. Estava preocupada demais com o ataque de pânico que Nathan parecia estar vivenciando e concentrada em nos tirar do tapete vermelho antes que todas as fotos dos sites de fofoca de amanhã fossem do Nathan com olhos arregalados e assustados. Os fofoqueiros se divertiriam horrores inventando mentiras para explicar aquela cara: *Nathan Donelson perde batalha contra as drogas!*

Ele respira fundo, e sinto seu peito expandir na minha mão.

— Desculpa pelo que rolou lá fora. Já estou bem.

É a cara dele fazer pouco-caso disso.

— Tem certeza? Parecia que você estava tendo um ataque de pânico.

Ele faz uma careta e olha para a esquerda, enfatizando o lado forte e bem marcado da mandíbula.

— Nah… eu não tenho isso.

Eu rio, porque ele está seríssimo. Como se ele fosse de uma espécie sobre-humana que não enfrenta problemas de saúde mental. *Atenção, ciência, encontramos um homem que nunca se estressa!*

— Não é só o transtorno de ansiedade que causa ataques de pânico. Estresse, ou exaustão, ou…

— Bree, já falei, estou bem — interrompe Nathan, com voz de súplica.

Ele não quer mesmo falar disso agora, e, considerando como ficou corado, acho que está com vergonha.

— Vamos lá — diz. — Vamos nos divertir.

Faço que sim com a cabeça, com pena da vergonha dele. Podemos conversar melhor mais tarde, só nós dois.

— Tá, vamos nessa.

Nathan pega minha mão e se vira para o salão. Só então finalmente olho de verdade a multidão, e é minha vez de ficar paralisada. A tenda está lotada de pessoas famosas e importantes. Atletas de todos os esportes. Atores e cantores. Duvido que tenha uma pessoa normal aqui. Correção: tem exatamente UMA pessoa normal, e sou eu.

— Mudei de ideia, quero ir para casa — digo.

Solto braço de Nathan e dou cinco passos para trás, esbarrando em um banner gigantesco. Eu adoraria dizer que esbarro só de leve e que fica tudo bem. Mas não. Tudo acontece em câmera lenta. Sinto o papel fino às minhas costas, mas tropeço no tripé que sustenta o banner, e meu salto fica preso. Percebo que estou caindo para trás e vejo Nathan arregalar os olhos e chamar meu nome. Ele estica a mão para me segurar, mas não é rápido o suficiente. Tombo para trás, bem no cartaz, e escuto ele rasgar no meio. O lado bom é que não caio no chão, e dou um jeito de me firmar de pé, depois de cambalear. O lado ruim é agora estou no meio de um cartaz rasgado de três metros, e todo mundo no evento olha para mim.

É, vou vomitar. Eu me viro para rapidamente agarrar os dois lados do banner e juntá-los. Só então que reparo, tarde demais, que o cartaz que rasguei é uma foto gigantesca de Nathan nu, e que estou segurando o banner exatamente onde estão suas mãos... as mãos que seguram a bola de futebol americano, perfeitamente posicionada na frente do corpo para a foto não ser pornográfica. Entendo a situação quando, ao olhar ao redor, encontro vários cartazes semelhantes de outros atletas, nas fotos tiradas para a edição especial da revista. Por fim, vejo no canto uma cabine de foto cujo pano de fundo diz "10 ANOS DA EDIÇÃO BOA FORMA!", acompanhado por músculos falsos que as pessoas podem usar de acessório. *Engraçadinho.*

Legal. Estou com a cara nas coxas do Nathan nu gigantesco, como se eu fosse a maior tarada da festa. O tempo volta a acelerar, solto um grito e largo o cartaz. Nathan nu flutua ao vento, se separando e caindo inerte, mostrando que estraguei completamente o cartaz, que deve ter custado uns duzentos dólares. Escuto várias gargalhadas atrás de mim, e alguns "ah, não", mas, no geral, faz-se um silêncio horrível. Meu rosto está tão quente que vai derreter.

Nathan se aproxima, segura meu braço e gruda o peito nas minhas costas, se abaixando para cochichar:
— Está tudo bem?
Sacudo a cabeça algumas vezes.
— Quão rápido você pode me levar para outro continente?

Nathan ainda está rindo da minha cara quando entramos no elevador que leva ao apartamento dele. Desde que saímos da festa ele está rindo e, sempre que acho que ele vai falar alguma coisa, levanto um dedo. *Nem ouse.*

De forma geral, rasgar o cartaz não foi tão grave. Nathan — enigmático, sexy e engraçado como sempre — facilmente virou o jogo, tornando a situação fofa. Ele se voltou para a multidão e, com seu clássico sorriso, deixou a voz se espalhar.

— Então... acho que minha namorada quer guardar este daqui e levar para casa. Alguém dá uma mãozinha?

Todo mundo explodiu em gargalhadas, e eu fiz uma reverência exagerada. De alguma forma, isso fez da gente um sucesso. Nathan e eu até posamos ao lado da foto rasgada e, quando postei, escrevi na legenda: *Pena que as canetas tira-manchas da Tide não apagam momentos constrangedores.* Foram quatro mil likes em uma hora.

Ao longo da noite, mal tivemos um momento a sós, porque todo mundo queria falar com Nathan e desejar boa sorte nas eliminatórias. Não me incomodei. Foi bom ficar de mãos dadas com ele e ser apresentada como *namorada*. Também fiquei satisfeita de ver o sorriso profissional que Nathan dava a todo mundo — um sorriso que nunca chega aos olhos, o que só eu sei, porque, agora, ele está sorrindo para mim *de verdade*. Do jeito que sempre o vi sorrir, desde a escola.

Nathan tira a gravata e abre o botão de cima da camisa quando atravessamos o hall do apartamento. Tiro os sapatos e ele joga a gravata e o paletó na mesinha que fica na entrada, e agora só sobramos nós e as ondas do outro lado da janela, quebrando na orla. Consigo respirar. Um calafrio percorre meu corpo quando percebo que, dessa vez, sou eu que chego com Nathan depois de um evento. *Eu.* Acompanhei ele na frente de todo mundo, e... amei. O que é ruim. Péssimo.

*Como vou desfazer isso?*

Fico paralisada perto da porta, e Nathan continua andando. Ele leva alguns segundos até notar que não o acompanhei, e aí olha para trás, o sorriso murchando.

— O que foi?

*Ah, nada. Só estou surtando porque notei o quanto sempre quis ter isso com você. Nada de especial.*

— Nada.

Vou andando para trás com os pés descalços.

Nathan me olha de soslaio, desconfiado.

— Bree...

Larguei os sapatos perto da porta, mas não tenho tempo de calçá-los de volta. Se quiser fugir, tenho que ser rápida. Eu me viro para começar a correr, mas Nathan me alcança em dois segundos, me tirando do chão e pegando no colo.

— De jeito nenhum. Você não vai embora tão rápido.

Ele me leva ao sofá e me larga na almofada, apontando o dedo na minha cara.

— Fique aí. Nada mudou. Tudo absolutamente normal.

Em seguida, ele vai buscar alguma coisa na cozinha.

As luzes ainda estão baixas quando ele volta, e preciso que alguém acenda os holofotes, porque, nessa luz romântica, com o som do oceano escuro ao fundo, ele está sedutor demais, muito James Bond. E, pelo jeito que ele me olha, sinto que nossa amizade é uma bomba-relógio. Sei que vou perder meu melhor amigo.

A camisa dele agora está solta da cintura. Nathan para bem na minha frente e joga um pacote fechado de Starburst no meu colo.

— Tenho um estoque de emergência. Acho que serve para o momento.

Sorrio para minha bala preferida e relaxo um pouco os ombros. Como ele sempre sabe o que fazer para cuidar de mim?

— Vou dar um pulo rapidinho no banheiro. Por favor, esteja aqui quando eu voltar.

As palavras dele são doces e gentis, e, por algum motivo, volto a pensar nos nossos lábios se tocando.

Enquanto Nathan não volta, fecho os olhos e tento me lembrar dos detalhes, mas está tudo nebuloso. É que nem acordar de um sonho maravilhoso e perceber que nada foi verdade. Será que o beijo aconteceu mesmo? Nathan nem mencionou, então não deve ter sido importante para ele. Mas como seria, né? Durou uns dois segundos, só.

*Para mim, foi importante.*

Nathan volta à sala bem na hora que eu enfio uma balinha quadrada e cor-de-rosa na boca. Ele fica incrível assim, com a calça do terno e a camisa social um pouco aberta. Fico com água na boca, e nem é por causa da bala.

Ele se senta na ponta oposta do sofá e sorri.

— Melhorou?

Concordo com a cabeça e passo a bala macia para o lado direito da boca. Fico parecendo um esquilo que acumula Starbursts cor-de-rosa.

— Melhorei.

— Quer ver TV? A gente pode continuar aquele especial de comédia.

Ele já está pegando o controle remoto, e meu olhar se demora no antebraço exposto e musculoso. Presto atenção nele de um jeito que nunca me permiti antes.

Ele liga a TV, e o cara começa uma piada sobre panquecas. E então, como se nada tivesse mudado, Nathan pega meu pé e puxa meu corpo todo, para que eu fique apoiada no colo dele. De queixo caído, eu o vejo apertar e deslizar os dedos pelos meus pés. Os dedos fortes e calejados massageiam meus pés doloridos com cuidado profissional, passando pelo tornozelo e chegando à panturrilha. Por mais que eu me sinta quente, as mãos dele conseguem ser mais quentes ainda. Parecem pedras saídas do fogo, prontas para derreter minha pele.

Só consigo olhar, pestanejar, saborear. Ele me toca de um jeito íntimo, coisa que nunca aconteceu antes. Por mais que eu esteja parecendo um *tamale* quente, vivo e humano, Nathan nem está concentrado na massagem que faz em mim. Ele assiste ao cara na TV, relaxado e tranquilo. É, nada de especial. Será que a gente virou esse tipo de amigo agora? Amigos que às vezes namoram? Amigos que fazem carinho? Amigos que...

— Nathan, a gente se beijou hoje — solto.

*Mandou bem, Bree. Ótimo. Bem sutil.*

Nathan paralisa a mão na minha pele e levanta as sobrancelhas. Ele pausa a TV e se vira para mim. Queria que ele tivesse deixado o programa rolando, para cobrir o silêncio desconfortável, mas agora ficamos a sós com o que eu disse.

— Estou surpreso por você querer conversar sobre isso — diz ele, me confundindo.

— E você não quer?

Ele levanta o canto da boca.

— Posso falar do que você quiser, quando quiser. Podemos até falar de você destruindo minha foto de tanto ciúme de alguém me ver pelado.

Solto um arquejo e jogo uma balinha nele, que ri quando ela quica no seu bíceps.

— Não é verdade! Eu não destruí o banner de propósito! Nem tinha visto que estava ali antes de rasgar aquilo com a bunda! Na real, você poderia ter me avisado que estávamos indo comemorar o aniversário da EDIÇÃO BOA FORMA!

Ele ri, recostando a cabeça no sofá, e dá dois tapinhas na minha canela, que nem costuma fazer na própria coxa quando gargalha.

— Sua cara foi impagável! Vermelha igual a um pimentão.

Cubro as bochechas com as mãos, com medo de ainda estarem brilhando.

— PARA! Que maldade!
Ele ainda está rindo, sacudindo os ombros, apertando a barriga.
— Eu não imaginava que minha nudez te afetaria tanto. Não é como se você nunca tivesse visto a foto. E nem se compara com o resto do ensaio.
Olho com atenção para ele, sentindo que estamos nos aproximando de algo que não deveríamos, mas também querendo desesperadamente que aconteça.
— Eu... não saberia dizer.
Tento puxar para baixo a barra do meu vestido, para deixar a situação um pouco mais recatada.
Quando levanto o rosto, Nathan está com um sorriso curioso.
— Como assim?
Dou de ombros.
— Nunca vi as fotos desse ensaio.
— Nunca viu?
— É, e não precisa ficar tão incrédulo. É verdade, existem mulheres *capazes* de resistir a fotos suas peladão.
Essa foi por pouco.
— Você não ficou nem um pouco curiosa?
A voz dele está diferente. Meio rouca. Minha barriga dá um salto e se contorce.
— *Não* — minto na caradura. — Amigos não se veem pelados. É a regra mais básica da humanidade.
As pernas compridas de Nathan estão num ângulo de noventa graus no sofá, como troncos grossos de árvores, bem enraizados. Ele põe o braço no encosto, os dedos sutilmente roçando meu ombro, e desce a outra mão para meu tornozelo. Ele mexe o polegar para cima e para baixo. Para cima e para baixo. Para cima e para baixo. O mais curioso é o olhar que ele dá para a frente, mordendo o lábio.
— O que foi? — pergunto, sentindo o chão se mexer. — Que cara é essa?
Cutuco o rosto dele.

— Hum? Nada.

— Você mente *muito* mal, Nathan. Sério, espero que você nunca jogue pôquer, senão vai perder todo o seu dinheiro. Fala logo o que está pensando.

Ele vira os olhos escuros para mim.

— Você vai preferir não saber.

Meu coração acelera.

— Bom, agora você precisa mesmo me contar. Eu exijo.

Ele solta um suspiro, murchando as bochechas, e gira a cabeça de um lado para o outro, como se juntasse coragem.

— Eu... eu já te vi pelada. Pronto, falei.

Por algum motivo, meu instinto natural ao ouvir isso é levantar na mesma hora e jogar uma almofada nele.

— Não viu, não!

A gargalhada de Nathan é surreal. Parece que estou sonhando.

— Vi, sim. Foi por acidente. Você estava saindo do banho, e...

Eita! Tudo bem aí? Bree, senta. Parece que você vai desmaiar.

E vou mesmo. Vou desmaiar, sem dúvida. Nathan Donelson me viu pelada, e eu não sabia! Isso não é bom. O que eu estava fazendo? Ai, nossa, espero que ele não tenha me visto dançando, nem nada assim. Talvez seja por isso que ele nunca deu em cima de mim. Ele me viu pelada e não sentiu nada!

Nathan segura meu braço e me puxa para sentar ao lado dele no sofá. E eis o problema: ele é meu melhor amigo, a pessoa a quem eu recorro nessas situações, então, apesar de ser por causa dele que estou assim, também é nele que posso esconder a cara para me reconfortar. Ele me engole com os braços enormes e me abraça. Estou ancorada. O cheiro do perfume dele me invade, e agora sei que foi um erro. Ele não vai me soltar.

— Viu, foi exatamente por isso que não te contei. Sabia que você ia surtar, e tive medo de você pegar minha chave de volta.

— Boa ideia. Pode me devolver a chave!

— De jeito nenhum. Bree, a gente pode encarar isso como adultos.

— Claro que não! A gente nunca encara nada como adultos... Por que esperaria isso agora? Estou tão humilhada... Você olhou muito? Viu muita coisa? O que viu? E... de que... ângulo? Não quero saber nada disso, mas, ao mesmo tempo, quero muito. É tipo um trem descarrilhado. Não dá para fingir que não aconteceu.

Nathan solta um grunhido, e sinto a cabeça dele se inclinar para trás, como se olhasse para o teto.

— Tá. Não, não olhei muito, mas porque não sou um tarado. E... foi de um ângulo meio trezentos e sessenta, porque você saiu do banheiro e... sei lá, parece que esqueceu alguma coisa, aí deu meia-volta.

Bom, pode registrar, gente. *Hora da morte de Bree Camden: dez e meia da noite. Morta por overdose de humilhação.*

Solto um suspiro e um gemido em sequência, e afundo a cara ainda mais no peito dele. Vou me enfiar aqui e nunca mais sair. Certo, estarei para sempre presa a ele, mas pelo menos ele nunca mais vai poder olhar para mim.

Ele faz carinho no meu cabelo de leve.

— Devo dizer que eu não imaginava que você andasse pelada pela casa. Você nem gosta de usar biquíni na piscina.

— Provavelmente estava esperando a loção bronzeadora secar.

Nathan fica em silêncio por tanto tempo que acho que ele dormiu. Quando o olho, vejo que está encarando o nada, concentrado. Finalmente, entendo o que ele está fazendo.

Bato palma com força na frente da cara dele.

— Ah, não, pode ir parando! Nada de me imaginar pelada!

— Foi mal — diz ele, e pisca, meio tímido. — Você falou do bronzeador, e aí... esquece.

Eu cerro a mandíbula.

— Isso é completamente inaceitável.

O sorriso dele mostra compaixão.

— Mil desculpas, Bree. Como posso melhorar a situação? Parar de falar disso? Dizer o que pensei quando te vi?

— NÃO! DE JEITO NENHUM!

Eu me desvencilho dos braços de Nathan e me levanto. Ando em círculos, que nem uma pantera no zoológico. Uma ideia me ocorre, e não penso duas vezes antes de soltar:

— Você pode tirar a roupa, e ficamos quites.

Nathan pisca várias vezes, chocado.

Assim, eu entendo. Eu mesma não esperava falar isso. Mas é uma boa ideia! Ele me viu pelada em uma situação inadequada, e agora posso vê-lo pelado em um contexto equivalente.

Ele engole em seco.

— Ou você pode pegar uma das revistas e finalmente olhar.

— Não — digo, sacudindo a cabeça que nem um bebê teimoso. — Nas fotos, você vai estar iluminado, todo coberto de óleo e, sejamos sinceros, provavelmente retocado no Photoshop. Vai parecer um deus, o que não é justo, porque você me viu em movimento numa luz nada favorável.

Ele tenta conter o sorriso. Fico com mais raiva. Faço um gesto rápido, mandando ele se levantar, tirar bunda arrogante dele do sofá. Ele resmunga, abaixa a cabeça e, devagar, fica de pé. Minha nossa, ele é uma torre. Os olhos pretos encontram os meus, e ele arqueia a sobrancelha, parado a menos de um metro de mim.

— Tem certeza de que é uma boa ideia?

— É uma ótima ideia! Vai logo.

Meus olhos estão ferozes. Devo parecer um esquilo com raiva, daqueles que ninguém quer encontrar no parque.

Nathan não fica envergonhado, como eu esperava. Ele não parece inseguro, nem sentir medo do que vou encontrar debaixo das roupas. Ele só começa a desabotoar a camisa. As mãos são firmes no movimento, e minhas pernas tremem como se eu fosse um bichinho recém-nascido. A cada botão que abre, questiono minha sanidade, mas não mando ele parar.

Três botões, e vejo um triângulo de pele bronzeada. Quatro botões. *Cinco*, e uma camada fina de pelos.

Ele para, com um brilho divertido no olhar.
— Quer um charuto, por acaso? Ou se sentar e cruzar os pés na mesa?
— *Shhh*. É o justo.
É o único motivo para estar fazendo isso. *O único motivo*. Os dedos de Nathan chegam ao último botão, e ele finalmente desliza a camisa pelos braços, jogando ela no sofá. Eu já o vi sem camisa várias vezes, mas agora... é diferente. Os ombros dele são como granito entalhado, e as clavículas parecem duas barras de ferro pressionando a pele de veludo dourada. Sombras desenham as entradinhas dos músculos abdominais, dando a aparência de uma escada que leva à cintura. As entradas em v do abdômen descem até a calça social bem passada, presa por um cinto preto opaco. Ele é todo músculo, tendão, veia e beleza de doer. Lindo de um jeito que nenhum ser humano deveria ser. Ao mesmo tempo magnético e elétrico. Ele me atrai tanto que me eletrocutaria se eu o tocasse.

Caramba, quem eu queria enganar? A iluminação não faz diferença nenhuma em um corpo como o dele. Nathan poderia estar sob a luz fria e forte de um consultório médico e eu ainda ficaria de língua de fora.

Os olhos escuros dele brilham quando ele solta o cinto, e eu começo a ficar tonta. Não pensei bem nisso. O que vai acontecer depois que ele estiver pelado? Minha cabeça dá a resposta, e o som do cinto escorregando pela passadeira da calça atravessa meus ouvidos. Meu coração bate forte, vibrando no pescoço, e vejo cada detalhe dos músculos dele em movimento ao jogar o cinto perto da camisa. De repente, noto que quero isso até demais. Que estou apertando o tecido do vestido. Isso vai mudar tudo, e é o que eu QUERO. Quero Nathan *assim*. Nada amigável, mas poderoso. Provocador. Sensual.

Quero dar um passo para a frente e passar as mãos pela barriga dele. Quero me pendurar no seu pescoço, deixar ele me agarrar.

Nathan para com a mão no botão da calça e, quando o abre e vejo o elástico da cueca preta, a realidade me atinge. Ele vai fazer isso mesmo. Vai ficar pelado bem aqui na sala, realizando a fantasia de todas as mulheres do país (minha inclusive). O ar ao meu redor arde e, antes que ele possa se mexer, levanto as mãos na frente do corpo.

— Para!

Ele trava, me olhando, com a boca entreaberta e o peitoral flexionado de surpresa. Ele não diz nada, e minha respiração sai trêmula. Sacudo a cabeça. No que eu estava pensando? Não vou dar conta. Seria que nem pular de um avião sem paraquedas. Acabaria com a minha vida.

Tenho que voltar atrás.

— Era brincadeira! — solto, como se fosse uma piada desde o começo.

*Haha! Você caiu!* Rio e desvio o rosto de Nathan para conseguir respirar. Tenho mais ou menos 2,1 segundos para salvar a situação antes que fique esquisito demais. Deixei a noite me levar, e estou começando a perder o controle.

*Força, Bree. Você está só deslumbrada pelo namoro de mentirinha.*

De costas para Nathan, repito mentalmente minhas regras secretas para o sucesso da amizade.

**1. Embrulhe esses sentimentos que nem o presente de amigo secreto da igreja. Eles não são bons de verdade.**

**2. Nathan nasceu flertando. Não passe vergonha achando que ele está te paquerando. É só o jeito dele.**

**3. Não olhe para a pele nua dele, senão você vai pegar fogo.**

Eu quebrei essa última regra e vou sofrer as consequências. Recolho todos os sentimentos que estão dando voltas em mim como se eu estivesse num vespeiro e os guardo em um pote. Fecho a tampa. Selo hermeticamente só para garantir que nada vai escapar. E, aí, me viro de volta. Minha nossa, preciso manter a mão esticada na minha frente, para não ver o corpo dele.

— Então... brincadeira? — pergunta ele, e a incerteza juvenil no rosto dele quase me mata.

— É! — digo, e rio, um pouco alto demais. — Ai, nossa, eu não te deixaria tirar a calça de jeito nenhum. Não preciso ver nada disso. Só queria tirar uma com a sua cara, ver até onde você iria.

— Bem longe — diz ele, com um sorriso bem-humorado, que faz minha barriga se virar do avesso que nem um casaco dupla--face.

Olho o corpo dele por mais um minuto antes de pigarrear e seguir para a porta que nem uma mulher que ainda tem controle de si. Preciso começar a carregar amônia por aí para quando perder a consciência assim.

— Bom, legal, foi divertido! Mas, uau, olha só a hora. Tenho que acordar cedo amanhã para fazer os biscoitos da semana! Deus ajuda quem cedo madruga!

— Bree? — pergunta Nathan, com o tom arrastado de quem acha graça. — Tudo bem aí?

Paro por um instante para virar meus olhos arregalados para ele. NOSSA SENHORA, esse corpo... é que nem argila esculpida — linhas suaves e rígidas recortadas em cada músculo.

— Moi? — digo, levando a mão ao peito. — Tudo certo! Por que a pergunta?

Fujo que nem uma abelha, voando pela sala para pegar minhas coisas. *Sapato.* CADÊ MEUS SAPATOS?! Dou três voltas, parecendo estar correndo atrás do próprio rabo.

De repente, a mão enorme de Nathan cobre meu ombro. Eu me esquivo do toque como se estivesse tentando fugir de tiros na *Matrix*. Ele parece chocado ao me entregar os sapatos em silêncio.

— Hum, que bom que está tudo bem.

O tom dele indica que não estou enganando ninguém.

Pego os sapatos e calço um dos pés rapidamente, tentando me equilibrar no outro. Nathan estica a mão para segurar meu braço e me estabilizar. Quero gemer/chorar/rir porque me sinto ainda mais sensível ao toque dele. Depois de conseguir colocar os sapatos, me dirijo à porta, cambaleando. Cambaleando porque calcei os sapatos nos pés errados. Estou que nem uma menininha que se enfiou no armário da mãe e tentou levar os melhores sapatos embora. Mas não tenho tempo de parar e ajeitar. Tenho que sair daqui.

— Como sempre, foi ótimo te ver, migo!

Que esquisito falar isso.

— Boa sorte com o jogo esta semana! — continuo. — Eu te ligo para...

Sinto a mão dele deslizar até a minha, e ele me puxa de volta. Solto um gritinho quando Nathan me gira, com um brilho brincalhão e perigoso no olhar.

— Só um minuto, *miga*.

Prendo a respiração, a uns oito — talvez dez — centímetros do peito dele. Minhas mãos doem de vontade de agarrar esse peitoral. Só que Nathan some da minha frente quando se ajoelha de repente. NOSSA SENHORA, SERÁ QUE ELE ESTÁ ME PEDIN...

Ele segura meu tornozelo e levanta meu pé de leve do chão. Em seguida, tira meu sapato — que nem na história da Cinderela, só que ao contrário.

— Assim você vai torcer o tornozelo — diz.

Ele abaixa meu pé descalço e levanta o outro tornozelo; tira o sapato, e calça o pé certo. Dessa vez, ele dá um tapinha leve na minha panturrilha, indicando que é hora de levantar o outro pé — e, se você supôs que nesse ponto eu morri, acertou.

Nathan termina de calçar meus pés nos sapatos certos, e eu percebo uma coisa estranha antes de ele se levantar — ele encara minhas pernas por dois segundos. Nesses dois segundos, me ocorrem ideias DOIDAS que eu não deveria sequer imaginar. Ele olha para baixo de novo e se levanta, mas, quando acaba de se endireitar, já me virei para a porta e saí correndo, prometendo ligar amanhã e dizendo que talvez faça um bolo. Não sei exatamente que ideia foi essa, mas é óbvio que meus ovários se sentem em dívida.

# 20
# BREE

Desço para o saguão do prédio como se fosse uma zumbi. Meus olhos estão tão desfocados que a mulher da portaria deve achar que estou sob o efeito de drogas. De salto, meus passos ecoam pelo saguão amplo e vazio, e fico atenta a cada som. Talvez, ao pensar nesse dia, essa seja minha lembrança mais clara: os estalidos barulhentos.

Ainda não me permito pensar no que aconteceu no apartamento. Eu me recuso a cutucar, instigar ou dissecar o ocorrido de qualquer maneira. Em vez disso, saio flutuando pelas portas de correr. O ar-condicionado gelado colide com a brisa amena do oceano, e continuo a flutuar. Escolho me concentrar apenas no que sinto e vejo, para que meus pensamentos não voltem ao que aconteceu lá em cima.

Do lado de fora, vejo a SUV se aproximar da calçada, e é aí que lembro que ele pediu ao motorista para ficar à disposição na garagem até eu estar pronta para ir para casa. Felizmente, não tive muitos problemas com paparazzi folgados ou fãs obsessivos, mas também não tenho andado muito a pé. Só que hoje preciso da caminhada para me distrair.

Robert, o motorista da noite, desliga o carro e sai que nem um piloto da Nascar no pit-stop.

— Espere, srta. Camden! O sr. Donelson pediu para eu levar a senhora para casa.

Olho do motorista para a avenida Cherry e consigo ver meu prédio, a cinco quadras de distância. Ok, está tarde, mas a rua está bem vazia e iluminada. Parece exagero ir de carro esses centímetros até minha casa.

— Tudo certo. Obrigada, mas prefiro caminhar.

Não preciso entrar na SUV chique do Nathan e me encher de lembranças dessa noite. Tenho medo de entrar em curto-circuito. Preciso caminhar para ajeitar a cabeça e aliviar os nervos, porque, sem dúvida, alguma coisa *quase* aconteceu entre nós, e não faço ideia do que estou sentindo. E não sei se *quero* sentir alguma coisa.

Continuo a andar, e Robert pula para dentro do veículo, dá a partida e vai avançando devagar ao meu lado. Olho para o lado, tentando identificar se ele está me acompanhando. Acelero, e ele faz o mesmo. Paro abruptamente, e ele também.

Eu me viro com as mãos na cintura.

— Robert! Abra a janela.

Ele obedece, e vejo seu sorriso doce. É difícil ficar chateada com Robert, ainda mais com esse chapeuzinho fofo de motorista.

— O que você está fazendo? — pergunto.

— Acompanhando a senhora até em casa. O sr. Donelson foi bem claro quando disse que eu tinha que levá-la em segurança.

Resmungo.

— Aí você vai me acompanhar que nem um doido obcecado até em casa?

— Prefiro ser considerado um guarda-costas. E sim.

Ele abre um sorriso de desculpas. Sabe que está sendo chato, mas o patrão paga para ele obedecer.

— A não ser que a senhora queira que eu a leve para outro lugar — sugere.

Penso por um momento e concluo que *sim!* Quero que ele me leve a outro lugar. À única pessoa que sempre melhora tudo.

— Tá, mas eu vou no banco do carona, porque tenho muito assunto e não quero ficar enfiada lá atrás que nem um político metido.

Jogo uma pedra na janela. Nada. Então jogo mais uma pedrinha. Faz um barulho de rachadura bem desagradável, e fico com medo de ter quebrado o vidro. Isso nunca acontece nos filmes! Achei que era para as janelas aguentarem!

Estou prestes a dar meia-volta e fugir quando as cortinas se abrem, trêmulas, e minha irmã olha da janela do segundo andar, fazendo cara feia. Vejo o choque surgir em seu rosto. Faço gestos exagerados para ela abrir a janela, como se ela não pudesse pensar nisso por conta própria.

Ela desliza a janela e eu falo baixinho:
— Rapunzel, solte as madeixas!
— Bree?! O que está fazendo aqui, caramba?

Lily é uma fofa. Nunca fala palavrão.

Aponto agressivamente para a porta da casa.
— Desce!
— Que loucura! Parece um sonho.
— Nãããããoooo éééé um soooonhooo — digo, com voz fantasmagórica. — Sou o fantasma do Natal...
— Minha nossa, já vou descer.

Dois minutos depois, estou sentada na varanda com minha irmã, a cabeça deitada no ombro dela, que está vestindo o roupão cor-de-rosa felpudo de sempre.

Ela aponta com a cabeça para o meio-fio.
— Quem é esse?
— Bob. Meu motorista.

Só os amigos íntimos o chamam de Bob. Passei o caminho todo no banco do carona, e comemos juntos os doces que compramos no posto de gasolina enquanto ele me contava a história de como conheceu a esposa, Miriam, há quarenta anos. Então, é, somos melhores amigos.

— Por que você tem um Bob?
— Porque o Nathan não me deixou andar sozinha para casa.
— Claro. Razoável — comenta ela, e ficamos um minuto em silêncio. — Não que eu não goste de estar aqui com você, mas pode por favor me dizer por que fez uma viagem de duas horas à noite para jogar pedras na minha janela e vir se sentar na minha varanda?

— Achei que as pedras seriam um gesto fofo. Que nem no cinema. Mas acho que rachei um vidro seu.

— É sério? — pergunta ela, subindo a voz, em um tom que indica não achar a graça que eu achei.

Faço uma careta.

— Não. É brincadeirinha.

Tá, talvez eu precise pedir a Nathan que por favor mande os funcionários mágicos dele consertarem a janela da minha irmã antes de ela reparar.

— Ah — diz ela, suspirando de alívio, e espero mesmo que não vá confirmar. — Quer que eu ferva água para um chá?

— Não, obrigada. Tenho que levar Bob de volta para casa, senão a Miriam vai vir me caçar.

Lily ri, incrédula.

— Tá, fala sério. Abre o jogo: você não veio até aqui só para me dar um abraço. O que foi? Aconteceu alguma coisa?

Solto um gemido e me encolho ainda mais na maciez da minha irmã, deixando a realidade que estava evitando finalmente me invadir.

— Acho que o Nathan e eu quase nos pegamos hoje.

— QUÊ! Eu...

Viro a cabeça para olhá-la com severidade.

— Se você falar "Eu te avisei", vou roubar esse roupão cor-de-rosa do seu corpo e jogar na lama.

— Que grosseria! Mas ok. Não vou falar isso. Mas saiba que é o que estou pensando.

Ela sorri, e sinto um pouco do peso diminuir nos meus ombros.

— Então estou supondo que, já que você está aqui e não com ele, vocês não se *pegaram*, como você descreveu com enorme maturidade, certo? — pergunta.

— Isso. Eu controlei minhas emoções e pude calmamente interromper a situação antes de passar do limite.

Ela tosse.

— Você entrou em pânico.

Tosse de novo.

Empurro o ombro dela de leve.

— Tá, tudo bem, é isso! Surtei completamente. Saí aos tropeços do apartamento dele e prometi fazer um bolo. Sou um desastre total.

— Um pouquinho, mas é por isso que a gente te ama. Mas me conta o que rolou, do começo ao fim.

É o que faço. Conto sobre o cartaz (ela gargalha que nem uma hiena, o que não me agrada nem um pouco), sobre voltar ao apartamento dele e ele ter dito que já me viu nua (ai, nossa, tinha esquecido essa parte), sobre o striptease e sobre ter interrompido tudo. Nesse momento, ela me dá um beliscão forte no braço.

— AI! Qual foi?

— É por fugir no meio do striptease dele!

O rosto dela está muito vermelho. Ela está furiosa.

— Não fala assim. Desse jeito parece que ele rebolou e arremessou as roupas em mim.

Ela sacode a cabeça.

— Da próxima vez, deveria ser assim. Minha nossa, um homem como o Nathan Donelson tirando a roupa para você! E você o impediu! Como você pode ser minha irmã?

— Vou acordar o Doug e te dedurar se você não parar com essa esquisitice.

— O Doug concordaria comigo! Estou muito furiosa. Preciso de um minuto.

Levanto as sobrancelhas e cruzo os braços, esperando minha irmã superar o surto. Finalmente, ela respira fundo e expira.

— Ok. Estou pronta.

— Tudo bem?

— Uhum.

— Legal, então a gente pode voltar para minha questão, por favor? Porque estou quase tomando a maior decisão da minha vida e preciso do seu apoio.

— Tá, legal, desculpa. Continua.

Ela ajeita o laço do roupão cor-de-rosa em um gesto recatado, como se não estivesse prestes a me encorajar a transformar Nathan em um dançarino de boate.

— Acho... acho que quero rasgar minhas regras e ver o que acontece comigo e com o Nathan. Sabe, o que os jovens dizem hoje? *Deixar rolar?* Cansei de ser só amiga dele. Estou pronta para ter mais esperanças.

Lily levanta as mãos como se estivesse na igreja e o Espírito Santo falasse com ela.

— Amém. Já esperamos o bastante!

Fecho os olhos e finalmente me deixo pensar naquele momento na sala dele. É hora de dissecar cada detalhe do rosto dele, garantir que estou fazendo a escolha certa. Uso essa lembrança para acompanhar os movimentos do corpo dele, não por desejo (apesar de isso também estar presente), mas como se estivesse estudando uma nova língua, tentando decifrar seu sentido.

Na lembrança, Nathan não hesita. Ele não desvia o olhar nenhuma vez quando peço que tire tudo que o protege e se coloque diante de mim, exposto. Há confiança nos olhos dele. Uso o sistema de inteligência do meu cérebro — coisa boa, nível CIA — para dar zoom na pele dele. Calafrios tomam o seu braço. E então, por fim, quando ele me olha ao me ajudar a calçar o sapato, segura meu tornozelo — *ali*, pauso a imagem e aponto para a tela —, no rosto dele há a expressão de um homem com *sentimentos*. Não sei a amplitude de tais sentimentos, mas estão claros.

Abro os olhos e a coragem me preenche que nem um balão de ar quente. Não posso mais fugir do risco, ou vou ficar sozinha dentro desses muros de proteção, solitária e decepcionada, pelo resto da vida.

Olho para Lily e endireito os ombros.

— Quer saber o que notei? É hora de me permitir sentir mais esperança em relação ao Nathan, porque sentir esperança é saudável. Mesmo se eu me preparar para tudo de pior na vida, a queda não vai doer menos.

Ela fica boquiaberta, chocada, e dá um tapa no meu braço.

— FUI EU QUE TE FALEI ISSO.
Torço o nariz.
— Acho que não.
— Fui eu, sim.
— Acho que vi num post do Instagram.
— FOI A GÊNIA DA SUA IRMÃ MAIS VELHA!
Começo a rir, abraço sua fofura cor-de-rosa e dou um beijo na bochecha dela.
— Obrigada, irmã mais velha. Você é uma gênia.
— Não se esqueça disso.
Ficamos ali mais um pouco, falando da vida, dos filhos dela, do cargo novo de Doug e da festa de aniversário do meu sobrinho mais velho (e é claro que irei). Lily está mesmo feliz, o que me enche de alegria.
Finalmente ela pergunta:
— Mas e agora? Vai ligar para o Nathan amanhã e dizer que está apaixonada?
— Ligar?! Posso ter tido uma epifania hoje, mas ainda não estou pronta para botar meu coração para o abate. Vou pesar a mão sob disfarce do namoro de mentira, e ver como ele reage. A esperança vai ser só no meu interior.
Lily fica horrorizada.
— Como assim, *pesar a mão*?
Olho para ela, boquiaberta.
— Sabe, flertar! Ser mais sexy.
Faço uma dancinha com os ombros ao falar "sexy".
— Estou com medo de você não saber fazer nada disso, considerando sua expressão e isso que você acabou de fazer com os ombros.
— Ah, para com isso. Foi sexy. Ei, Bob! A Miriam às vezes pesa a mão?!
Meu novo melhor amigo vai me apoiar.
Ele abre a janela, com um sorriso animado.
— Ah, sim! Ela capricha na maionese quando faz sanduíche de presunto.

Faço uma careta, e Lily fica satisfeita. Tá bom. Minhas expressões sensuais precisam melhorar.

Pouco antes de eu me levantar para ir embora, me lembro de uma coisa.

— Ah! Espera, trouxe uma coisa para você! — digo para Lily, revirando a bolsa.

— É um Breebelô?! Por favor, diz que sim. A coleção do Nathan está começando ficar maior que a minha, e quero humilhá-lo da próxima vez.

Tiro uma Barbie minúscula, que veste um...

— Roupão cor-de-rosa! — diz Lily com um sorriso enorme, passando a mão na roupinha felpuda.

— Vi outro dia no mercado e senti tanta saudade sua que precisei comprar.

Lily me abraça pela cintura e aperta forte.

— Obrigada, adorei. E agora vou ganhar do seu homem.

— Ele ainda não é *meu homem*.

Ela ri.

— Bree, querida, faz anos que ele é seu homem.

## 21
# NATHAN

— Guerra de comida? Você tentou mesmo essa? — pergunta Jamal.

Imprimi em uma folha de papel nossa lista de táticas e fui riscando o que já testei. Marquei com visto o que deu certo, e com x o que não rolou.

— Como foi? — insiste ele.

Aponto com a cabeça para a folha de papel.

— O que acha que esse x aí quer dizer?

Derek dá um tapa no peito de Jamal.

— Eu disse que não dava certo.

Lawrence se debruça atrás de Derek para arrancar o papel da mão de Jamal.

— Deixa eu dar uma olhada.

Ele vai descendo a lista com o dedo, sei o que está procurando. Quando encontra, abre um sorriso vitorioso.

— Eu sabia que a dança lenta do nada ia dar certo! — comemora. — Tudo que acontece em *Diário de uma Paixão* é romântico pra cacete. Vocês deveriam me escutar mais.

— Você era melhor interpretando o papel de caladão rabugento — diz Jamal para Lawrence, batucando com os dedos no braço do sofá.

— Por quê? — pergunta Price, à esquerda. — Porque ele está roubando seu lugar?

Jamal estreita os olhos, com um sorriso provocador.

— Continua com isso que eu vou aí borrar seu esmalte.

— Nunca imaginei ouvir essa ameaça.

Olho para meus próprios pés, apoiados em uma toalha dobrada para o esmalte preto e prateado secar. Pois é, viemos à pedicure hoje, porque ganhamos o primeiro jogo das eliminatórias depois que a Bree pintou nossas unhas e virou uma superstição. Enquanto estivermos ganhando, vamos continuar pintando as unhas. Eu teria pedido para ela fazer o papel de pedicure hoje de novo, mas precisava aproveitar para trocar ideia com os caras. Por isso aqui estamos, cinco homens grandalhões, quebrando o tabu, de unhas pintadas nas cores do time, nos divertindo pra cacete. Sabia que servem champanhe no salão? Sério, fiquei viciado. Preciso trazer a Bree comigo um dia.

Jamal arranca a lista das mãos de Lawrence, querendo voltar ao pódio.

— Tá, então, pela lista, é hora de aumentar o nível do toque físico. Você segurou a mão dela. Tocou o braço dela ao falar — diz, contando nos dedos. — Ajeitou a mecha de cabelo caída no rosto. Massageou os pés... É, acho que é hora do beijo, se ela parecer interessada.

O vigésimo item. Pois é, eu decorei a lista. E, é claro, estou mais animado para esse item do que para o resto. Eu esperava chegar nele sem que Bree me desse um fora, e sem precisar cancelar o plano todo. Até agora, tudo indica que, sim, ela também está na minha. Nunca tive tanta esperança — ou medo, porque, se tudo der certo, vou ter que contar que estava seguindo uma tática de jogo. Mas esse é um problema para o futuro.

— E como faço isso? Não posso me agarrar com ela no sofá e dizer que é por causa do contrato. E a gente não tem nenhum evento pela frente.

— Vou dar uma festa — propõe Derek, da outra ponta. — Amanhã, depois do jogo. Se a gente ganhar, vai ser a festa da vitória. Se perder, um rolê de consolação. Festas são a oportunidade perfeita para pegar alguém. Sempre tem gente se pegando nos cantos.

Faço uma careta, me sentindo meio nojento por planejar uns *pegas* com a Bree.

— Na real, não quero planejar esse item. Tem que acontecer naturalmente. Não vou forçar.

Derek revira os olhos. Ele me acha recatado demais.

— Mas ainda é uma boa estratégia para testar as outras ideias.

— Você só quer uma desculpa para dar uma festa — diz Jamal, com um sorriso de dedo-duro.

Derek é o playboy/encrenqueiro/ímã midiático do time. Ele vive se metendo em confusão, e é por isso que, durante a temporada, tento manter os caras bem controlados. Não posso fazer nada para impedi-los de farrear, claro, mas, por algum motivo, eles me admiram. Querem minha aprovação. Por isso Derek anda desesperado para descolar uma baguncinha.

Ele cruza as mãos debaixo do queixo, que nem uma criancinha pidona.

— Por favooooorrr, *papai*, me deixa dar uma festa.

— Acho que o Derek está certo — declara Jamal, batendo os dedos na folha de papel. — Uma festa seria a oportunidade perfeita para acidentalmente rolar um apagão e a gente acender um monte de velas.

Olho para as carinhas de cachorro abandonado deles.

— Tá. Uma festinha. Mas é melhor vocês não irem parar em sites de fofoca depois, hein?

Derek já está arrancando o celular do bolso, os dedos voando na tela. Jamal ri baixinho ao meu lado e volta a ler a lista.

— Peraí... vocês ficaram mesmo presos no elevador?

Inclino o ombro.

— Paguei o segurança do prédio para fazer o elevador parar depois de a gente entrar.

Os olhos de Jamal brilham. Era outra ideia dele.

— E aí? Foi gostoso?

— Ela precisava fazer xixi e começou a ficar obcecada pela possibilidade de ter que urinar no canto do elevador. Mandei uma mensagem para o guarda e pedi para ele ligar de novo depois de dois minutos.

Ele bufa.

— Não conta para o Lawrence.

É domingo à noite, e eu e Bree estamos a caminho da festa da *vitória* de Derek. Isso mesmo, a gente ganhou o jogo. Só falta mais um para garantirmos um lugar no Super Bowl. E o mais importante: ganhando ou perdendo o próximo jogo, o Super Bowl vai rolar, e o comercial vai ao ar e esse namoro de mentirinha não terá mais por que continuar. A não ser que... não seja mais de mentira.

Neste momento, Bree está sentada ao meu lado na caminhonete, lendo em voz alta as mensagens absurdas que tem recebido de fãs intrometidos. Tenho só mais algumas semanas para convencer Bree de que seríamos um ótimo casal, e preciso ir a todo evento público possível, só para ter muitas desculpas para conseguir seduzi-la.

— ... aí ela pediu para eu tirar uma foto sua tomando banho e mandar para ela! Você acredita numa coisa dessas?! Naturalmente perguntei quanto ela estava disposta a pagar por isso.

Olho de relance para ela, que ri e continua a ler. Continuamos nessa por mais vinte minutos, porque Derek mora em um condomínio pomposo, cheio de mansões, mas meio longe, depois de Long Beach. Estou exausto do jogo de hoje e queria ir para casa em vez de ficar numa festa na qual preciso continuar trabalhando, mas é importante. *O vigésimo item é importante.* Mas não estou planejando nada. Só aberto às possibilidades.

Você pode estar se perguntando se estou nervoso por causa de hoje à noite e da possibilidade de finalmente ficar com a mulher que amo desde os dezessete anos. Imagina! Já fiquei com muitas mulheres, e... CLARO QUE EU TÔ NERVOSO. Minhas mãos suam tanto que mal consigo girar o volante. Meu coração bate tão forte que vai rachar as costelas. Tenho certeza de que ela consegue escutar as batidas dentro do meu peito. Talvez pareça que estou amassando papel de bala, mas, não, são só meus ossos se desintegrando.

Espero passar *muito* dos limites com Bree hoje, e, se ela não retribuir, se ainda me considerar um irmão depois disso, vou jogar a toalha. Não vou forçar nada entre a gente, nem estragar nossa amizade no processo. Se eu der em cima dela e ela me cortar e fugir que nem na outra noite, quando fiz papel de stripper, vou me obrigar a superar esse sentimento.

Mas, primeiro, preciso me controlar. Como vou tocá-la com mãos tão suadas? Deixaria manchas no vestidinho preto sexy que ela está usando. *Não, Nathan, não pensa no vestido. Não olha para o vestido. Não vira o rosto para o tecido justo agarrado nas coxas...* Olhei. Olhei a noite toda, e não me ajuda nadinha a me acalmar. Sou quase um vulcão em erupção.

— Então, como vai ser essa festa? — pergunta Bree, parecendo nervosa.

Pelo menos sei que não sou o único, mesmo que estejamos nervosos por motivos diferentes.

— Vai ser mais tranquilo. Nada muito grande.

Derek prometeu que não ia exagerar, nem fazer nada que pudesse causar problema para o time.

Só que, aparentemente, para ele, promessa não é dívida. Quando chegamos à guarita de entrada do condomínio, vejo centenas de carros. É um carnaval. A mansão dele está iluminada como se fosse festa de réveillon, com luzes coloridas se espalhando pelas janelas, e a vibração da música alta nos atinge assim que saímos do carro.

— Ooou talvez vire uma rave — comento, depois de dar a volta na caminhonete para abrir a porta de Bree e ajudá-la a descer.

Bree está vestida para matar. Uma assassina em fuga, com um tubinho todo preto. O cabelo cacheado está caindo de um lado do ombro, e fico de boca aberta. Os olhos castanhos e arregalados admiram a cena, e sinto a mão dela chegar à minha devagar. Entrelaçamos os dedos. Não disfarço o sorriso ao notar que ela também está suando.

Ela engole em seco.

— Fica comigo, por favor.
Eu sorrio.
— Sempre.

Tem uma multidão aqui. As luzes estão fracas, a música, alta. A não ser que tenha alguém bem na sua frente, não dá para identificar ninguém. Não curti.

Bree está apertando minha mão com força e não para de me olhar, como se dissesse: *Esse não é meu lugar!* Aperto a mão dela também. *É, sim.*

— Quer beber alguma coisa?

Preciso me abaixar para cochichar no ouvido dela, senão ela não escuta. Parece mais uma boate do que uma casa. Vou matar o Derek.

Ela responde que sim com um aceno frenético de cabeça, e o cabelo dela faz cócegas na minha boca. Abro caminho para a cozinha, onde encontramos Derek e Jamal, assim como a maior variedade de bebidas que já vi. O suficiente para o time todo se meter numa baita encrenca.

Jamal é o primeiro a me ver — servindo uísque no copo de plástico vermelho. Ele abaixa o copo na mesma hora, dá um passo exagerado para trás e aponta para Derek, em acusação.

— Falei para ele não fazer isso.

Eu me viro para Derek, que está *fuzilando* Jamal com os olhos.

— Achei que você tivesse dito que ia ser um rolê tranquilo.

Derek abre um sorriso travesso e abre os braços.

— Tentei, mas o povo me venceu.

Jamal ri.

— Não. É mentira. Eu vi a lista de convidados, e ele chamou toda essa galera de propósito.

Dou uma olhada em volta e identifico vários dos caras solteiros do time. Todos estão bebendo, cercados por mulheres que não reconheço. Certo, ainda não estão fazendo nada de errado, mas a noite mal começou e temos que treinar de manhã. Minha pressão sobe até o teto. Por que eles estão agindo assim? Por que ninguém mais se importa com o time? E se um de nós encher a cara e comprar briga? E se chamarem a polícia? E se alguém for suspenso? Estava de boa com a ideia de Derek dar uma festa pequena e suave, mas isso aqui é absurdo. Inconsequente.

— Temos treino de manhã, Derek. Se oferecer tanta bebida...

— Nathan — interrompe Bree, levando a mão de leve no meu peito.

Meu corpo registra o toque dela como naquele joguinho, Operando. Minha pele vibra onde a mão dela está, e tenho medo de uma luz vermelha se acender no meu nariz. Olho para baixo, e seu sorriso doce imediatamente envolve meu coração acelerado e o acalma.

— Vamos relaxar um pouco — pede ela. — Não se preocupa. Eles podem fazer as próprias escolhas e lidar com as consequências delas se rolar algum problema. Por que não se permite se divertir um pouco hoje?

Espera aí, essa opção existe? Há quatro anos sou o cara sensato. Aquele que garante que todo mundo faz o que deve. É mesmo cansativo.

Bree dá um tapinha leve no meu peito.

— Vamos pegar uma bebida, e aí você pode me mostrar a casa, que tal?

Olho para ela, me perguntando como ela fez isso. Eu estava sentindo aquele aperto no peito, a sensação sufocante voltar. O pânico descontrolado se aproximava, mas, com um toque e algumas palavras dela, voltei ao meu corpo. Eu me sinto seguro com Bree. Meus pensamentos ficam mais tranquilos.

Jamal entrega uma bebida para ela e murmura "Valeu" sem emitir nenhum som, como se ela tivesse acabado de salvá-lo do fogo de um dragão. Derek foge, covarde. *É melhor fugir mesmo, otário.* Vejo atrás de Bree um cara que olha para ela de cima a baixo de um jeito que não me agrada. Os olhos dele dizem coisas nojentas, e é meu instinto natural engolir a raiva e cerrar os punhos, sem poder fazer nada, porque sou apenas amigo dela. Até que lembro: estamos em público! Para todo mundo aqui, ela é minha namorada, então vale tudo.

Passo a mão na cintura dela e sinto a curva do seu quadril. Faço contato visual com o cara, deixando claro que o toque possessivo é um dedo do meio enfiado na cara dele. *Hoje não, parceiro. Dá no pé.* O hábito me faz esperar que Bree me olhe com raiva por esse toque. Quando vejo ela abaixar o rosto, percebendo o gesto, e se aninhar junto a mim em vez de se afastar, meu coração acelera.

Ela finalmente me olha, e tem alguma coisa ali. Alguma coisa nova, alerta, convidativa. Não estou só imaginando, estou? Vou tentar descobrir o que é.

— Tudo bem fazer isso? — pergunto.

Ela dá de ombros de leve, com um sorrisinho... de flerte. OUTRA NOVIDADE!

— Sim, pode ser. Mas, se você for agir com esse ar possessivo assim em público, eu também posso.

Ela fica na ponta dos pés e beija meu maxilar.

Meu coração para.

Nesse beijinho minúsculo tinha um mundo de significado. Os olhos dela, o corpo dela junto ao meu... tudo indica a mesma coisa. O beijo foi um sinal verde, e em nenhum momento hoje Bree fez sinal de me lembrar dos limites da amizade. Nada de *irmão*, *brother*, *melhor amigo* ou *incesto*.

Não, agora os olhos dela parecem ter fogo, e eu não vou de jeito nenhum fingir que não vi. Não vou seguir adiante e ignorar os sinais. O vigésimo item começou. Vou atiçar as chamas dos olhos dela para incendiar nossa amizade platônica.

Aperto a cintura dela e a conduzo para fora da cozinha.

— Neste caso, venha comigo.

## 22
# BREE

Nathan aperta minha cintura ao sair da cozinha comigo, deixando nossas bebidas para trás, e me conduz através da pista de dança lotada na sala. Os sofás foram todos empurrados para as paredes, e o meio está cheio de gente bebendo e dançando, como numa boate clandestina. Meu primeiro sentimento é alívio. *Dançar! Isso!* Ótima ideia. Quando Nathan disse "neste caso", minha cabeça pensou em outras coisas. Coisas que eu quero muito, mas que também me causam medo. Então vamos dançar!

Ah, só que passamos direto pela pista. Uma mulher esbarra em mim, e as lantejoulas do vestido dela arranham meu braço. Nathan me puxa para mais perto e nos leva a um corredor. Um corredor escuro. Tudo bem. Estou bem. Está tudo certo.

— Hum, era para a gente vir para cá? Parece meio... escuro.

Tento persuadi-lo, mas ele sorri e continua a me levar pelo corredor proibido. Não sei se é proibido, mas, como não tem mais ninguém ali, parece proibido.

Isso que dá eu estufar o peito para a Lily! Achei que conseguiria *pesar a mão*, mas agora quero me largar no chão e desmaiar, porque sei que as coisas mudaram. Sinto o clima que passa dos dedos de Nathan para o tecido do meu vestido entrando nas minhas veias.

Chegamos ao corredor e sei que não sairemos daqui iguais. Nathan é o único homem no mundo em quem eu confiaria para me levar por um lugar tão escuro e vazio — e, se isso não disser nada a respeito do caráter dele e do que sinto, não sei o que dirá.

A cada passo fico mais empolgada, animada, apavorada.

— Que lindo corredor. É tão... escuro... e... comprido.
Não chegamos ao fim dele, como achei que iríamos. Nem sequer abrimos uma das portas fechadas. Paramos no meio, em um trecho ainda iluminado pelas cores da festa, mas com privacidade o suficiente para ninguém nos ver. Prendo a respiração quando Nathan me vira abruptamente, encostando meus ombros na parede. Ele sorri para mim, ainda em silêncio, e dá um passo para trás. Dois passos. Três. As costas dele chegam na parede oposta, e parecemos duas crianças que se meteram em confusão na escola. Não era bem o que eu esperava...
Talvez eu tenha entendido errado naquela noite. Talvez ele não sinta nada por mim. Talvez...
— Vou dar um aviso claro — começa ele, com os olhos brilhando no escuro e um tom grave que percorre minha nuca de um jeito maravilhoso, como um carinho suave. — Sei que mudanças te assustam, então vou te dizer o que vai acontecer aqui, para ter sua aprovação.
Alguém me ouviu engolir em seco?
Tento concordar em voz alta, mas nada sai. Minha boca se mexe à toa.
— Vou dar três passos até você e colocar as mãos ao seu quadril — explica ele, me percorrendo com o olhar e estreitando os olhos, focando na parte de baixo do meu queixo. — Talvez no maxilar, talvez na nuca. Vamos ver. E, depois, vou te beijar.
Não. Sinto. Meus. Pés.
Quando minha voz consegue sair, escapa rouca.
— Por quê?
Ele inclina a cabeça em um gesto sedutor e sorri, mas não me responde.
É aqui que o hábito me manda PARAR. A inspetorazinha que guarda meu instinto de preservação sopra um apito e grita: *Pare já com isso!* Mas as coisas estão mudando, e eu quero que mudem, então dou um jeito de empurrá-la para dentro de um armário. (Depois me sinto mal, entro e tiro a coitada de lá, agradeço pelo

trabalho, ofereço um chocolate e mando ela tirar férias na praia. Ela merece, se esforçou tanto.)

Queria que Nathan admitisse seu amor eterno por mim, e só DEPOIS me beijasse? Claro. Mas vou fazer uma coisa nova e esperar o melhor. Ele cuidou de mim nos últimos seis anos como ninguém, e, no fundo, sei que posso confiar nele.

— Ainda está comigo nessa, Queijinho Bree? — pergunta ele.

Eu confirmo com a cabeça.

Como prometido, Nathan dá um, dois, três passos e para na minha frente. Tenho que levantar tanto o queixo para vê-lo que encosto a cabeça na parede. Uma mão avança e toca meu quadril. Parece um fósforo se acendendo. Desde a época da escola eu me forço a conter toda a atração que sinto por esse homem, e agora que posso extravasar... Caio na gargalhada.

Ai, nossa, estou rindo! Não é hora de dar uma de Rachel!

Nathan congela e franze a testa para a risada que escapa de mim. Morro de medo de sabotar esse momento de novo, então cubro a boca com a mão. De início, ele parece hesitante e derrotado, mas, finalmente, relaxa o rosto e sorri.

— Rachel Green? — pergunta, porque é CLARO que ele saberia o que está acontecendo comigo.

Vimos todas as temporadas de *Friends* juntos várias vezes, e ele sabe que, quando Ross finalmente fica com a Rachel, de quem é amigo há anos, ela não consegue conter o riso sempre que ele a toca. Não acredito que a mesma coisa está acontecendo comigo agora. É um problema de verdade?

— Desculpa — digo, atrás da mão. — Estou estragando tudo.

— Estragando o quê? — pergunta ele, com firmeza, tentando me fazer admitir que há algo entre nós a ser estragado.

Não mordo a isca.

— A mentira. Se alguém vir a gente agora, vai notar que nunca fizemos isso. Vamos ser descobertos.

Que bobagem. Ninguém está vendo a gente, e ninguém aqui dá a mínima para o que estamos fazendo.

Nathan suspira e se aproxima, segurando o outro lado do meu quadril com a mão livre. Ele me empurra totalmente contra a parede e abaixa a cabeça até meu pescoço. A respiração dele roça minha pele, e ele cochicha:

— Então você vai ter que fingir que não é novidade.

Prendo a respiração quando a boca macia e quente de Nathan toca meu pescoço. Calafrios se espalham pela minha pele.

— Finge que já te beijei aqui mil vezes.

Ele solta meu quadril e sobe a mão pelo meu corpo, até chegar ao meu maxilar. Ele inclina minha cabeça e passa o rosto para o outro lado do pescoço.

— Finge que eu conheço cada milímetro seu como se fosse meu.

Ele desliza a mão nas minhas costas e para logo acima da minha bunda.

— Finge que sei que você tem uma manchinha de uns cinco centímetros bem aqui.

A realidade colide com a fantasia, porque tenho *mesmo* uma manchinha ali. Estou prestes a surtar, lembrando que ele já me viu pelada, mas ele não para.

Ele afasta um pouco a boca e pega alguns cachos do meu cabelo entre os dedos, trazendo as mechas ao nariz para cheirar.

— Finge que fui eu que lavei seu cabelo hoje.

*Nossa senhora.* Não consigo respirar, engolir, pensar, me mexer, *viver*. Minha alma atingiu o nirvana, não vai voltar. Sentir Nathan assim é avassalador. Ele é poderoso e, ao mesmo tempo, *tão* gentil. Como demorou tanto para eu conhecer esse lado dele? E, se for mesmo fingimento, ele é um excelente ator.

— Finge — ordena com a voz rouca e baixa, só para mim, passando o polegar pelo meu lábio — que sou *louco* por você e tudo que você quer agora é que eu te beije.

Ele abaixa a cabeça, a boca pairando a um milímetro da minha. Estou morrendo de desejo. Por ele. Pela boca dele na minha.

Quero ACABAR COM ISSO. Fecho os olhos, entreabro a boca, e sinto a dele roçar de leve.
— Você parou de rir.
Respiro fundo e sussurro:
— É, parei.
Finalmente, Nathan pressiona seus lábios contra os meus. É uma rosa macia florescendo. Veludo roçando na seda. É mergulhar os dedos na banheira quente e ir entrando devagar para não se queimar.

Sonho com esse beijo há anos, mas, na minha imaginação, nunca consegui invocar a textura rica e firme da pele dele, ou a força que ele está lutando para aplacar nessas mãos poderosas.

O espaço entre nós se fecha quando Nathan me puxa para mais perto. Nossos quadris se encontram, e sou tomada em seu abraço, fazendo dele meu ar, respirando profundamente. Levando Nathan para minhas veias. Para minha alma. Não consigo me satisfazer.

Isso está mesmo acontecendo?

*Está*, diz a boca dele ao me beijar de novo, e de novo. Buscando. Explorando. Suplicando. Passo as mãos pelo peito dele e envolvo seu pescoço. Já que estamos aqui, vou aproveitar. Levo os dedos ao cabelo dele, bem na nuca, onde ele se enrola de um jeito fofo. Ele solta um gemido baixinho de prazer e tudo acelera. É um bumbo de ritmo crescente. Ele abre minha boca. Sinto o gosto dele, e ele, o meu.

Não me surpreende que Nathan tenha controle total dos movimentos. Ele é preciso e meticuloso no campo, e o talento se traduz aqui. Ele é disciplinado. Mas sinto que há outro lado dele, um lado em que ele se entrega. Desejo essa imprudência dele, então mordo e puxo de leve seu lábio. Um lembrete sutil de que não sou tão frágil quanto ele imagina.

Ele reage imediatamente, me abraçando mais forte. Meus pés saem do chão. Ele me levanta com facilidade, e eu enrosco as pernas na cintura dele, me segurando desesperada. *Ele. Nathan. Meu querido amigo* devora minha boca, faminto, como se eu fosse tudo de que ele precisa, e ele quisesse me tomar por inteiro.

Aperto os ombros dele, sentindo os músculos se tensionarem. O corpo dele é absurdo. Glorioso. E conectado à alma dele, que adoro ainda mais. Eu me agarro com mais força, porque nosso beijo é tão intenso que fico tonta. Desejo e vontade pulsam entre nós até parecer uma corrente tangível. Anos de repressão entram em combustão.

— Bree... — sussurra Nathan em reverência, parando de me beijar.

Ele beija meu pescoço, dá uma mordida leve e mais um beijo. Calafrios percorrem meu corpo, e eu ardo em todo lugar que ele toca. Isso é real? Como chegamos aqui?

Beijo Nathan de novo, e meu sangue martela nas veias. Agora que provei o beijo dele, fiquei viciada. Vou passar o resto da vida querendo mais.

Somos tirados do corredor e transportados para outra realidade, entre as estrelas. Aqui em cima, não há outro som além do nosso coração batendo e da nossa respiração se espalhando entre nós como ondas. O calor e o toque experiente de Nathan são meus únicos guias no escuro, e tudo é *certo*, seguro, como deve ser. Nossos corpos foram feitos um para o outro — tem que ser a explicação para tudo ser tão bom.

De repente, tudo fica escuro e quieto, até ouvirmos gritos e xingamentos. Acabou a luz.

Nathan afasta a boca da minha, e é fisicamente doloroso ter que me separar dele. Acho que choramingo, e ele dá um risinho agradável e beija minha bochecha.

— O que você acha que aconteceu? — pergunto, agarrando a camisa dele, para o caso de um assassino ter desligado luz e a música para nos matar.

Nathan solta um suspiro mal-humorado e me abaixa devagar. Entredentes, diz:

— Deve ter sido o fusível.

Não tinha hora pior! Parece que alguém jogou um balde de água fria na gente. O momento mágico acabou.

No instante seguinte, ouvimos a voz de Jamal ecoar pela casa. Soa estranhamente monótona, robótica, quase... ensaiada.

— Ah, não. Parece que estourou um fusível! Acho que vamos ter que acender umas velas. Nathan, está por aí? Precisa de uma vela, cara?

Nathan resmunga baixinho, e parece dizer:

— Babaca egocêntrico.

Ele ainda está me abraçando. Ainda me aperta com força, como numa armadilha. Há desespero no toque dele, combinando com o do meu peito. Quero fazer um zilhão de perguntas. Quero bombardeá-lo com declarações. Mas não abro a boca, e a realidade afunda ao nosso redor.

Tremo até a alma.

Agora conheço um lado novo de Nathan, e nunca mais vou querer voltar ao que era antes.

# 23
# NATHAN

— Bom dia, flor do dia!

Entreabro os olhos e vejo Bree ao meu lado. Ela prendeu o cabelo cacheado em um rabo de cavalo alto, que cai no lado do rosto quando ela inclina a cabeça. As bochechas dela estão manchadas de cor-de-rosa, e me pergunto se estou sonhando. Acho que sim. Por que Bree estaria no meu quarto a essa hora? O sol nem nasceu. Só pode ser fruto da minha imaginação.

Eu olho para ela. O que a Bree dos Sonhos vai fazer? Ela sorri, e faço o mesmo. Ela levanta a mão dela, e eu a minha. Ela franze as sobrancelhas suaves, e eu franzo as minhas, mais grossas. Ela ri.

— Você está muito esquisito. Vem, levanta! É terça.

Espero mesmo que esse sonho não acabe em corrida. Olho para o relógio na mesinha de cabeceira e vejo que são cinco da manhã. Agora sei que é um sonho. Bree vive tentando me convencer a dormir mais, não me acordaria antes das cinco e meia.

É melhor eu me acomodar e ver o que acontece. Passo os braços por trás da cabeça e vejo Bree atravessar o quarto para revirar minha cômoda. Ela pega uma camiseta preta da Nike e uma bermuda de ginástica cinza. Uma bola de meia atinge minha cara. Eu nem me encolho. Ela vai até o pé da cama, me devorando com o olhar. Só meu abdômen e meu peito estão expostos, mas a Bree dos Sonhos gosta do que vê. O rosto dela fica vermelho que nem uma maçã. Ela está usando o short de corrida dela que mais gosto, um turquesa, e uma regata preta por cima de um top amarelo neon. Ela põe as mãos na curva fantástica da cintura.

Eu amo sonhar. Porque não há limites. Não há problemas. Só eu e Bree, como devia ser.

— Parece que alguém deveria estar te abanando e te dando uvas na boca. O que está esperando? — pergunta curiosa.

— Vem cá descobrir.

Nos meus sonhos, eu sou sexy.

Ela arregala os olhos castanhos, mas obedece. A cada passo, os tênis rangem um pouquinho. Finalmente, ela para ao meu lado, e eu pego a mão dela. *Que pele morna.*

Ah, não.

É PELE DE VERDADE!

Não é a Bree dos Sonhos. É a Bree de verdade, com consequências concretas se eu puxá-la para debaixo das cobertas. Preciso voltar atrás rápido.

Olho para cima e a vejo engolir em seco, contendo o nervosismo. Sinto a mão dela tremer na minha. Podemos ter nos beijado naquela noite, mas isso é diferente. Estamos sozinhos. No meu quarto. Não tenho desculpas para falar safadezas ou segurar a mão dela, e o que eu tinha planejado para agora não está na minha cola de táticas.

Eu a puxo um pouquinho, para que ela curve os ombros, e finjo dar um peteleco para tirar alguma coisa do braço dela.

— Achei que tivesse uma aranha aí. Mas era só uma sujeirinha.

— E você ia esperar o dia todo? Até a aranha me morder?

Ela dá um tapa no meu ombro. Crise evitada.

— Que belo amigo você é, hein? — provoca.

Tá, hora de mudar de marcha. Meu cérebro está uma bagunça, mas me obrigo a me recompor. Eu me endireito, arranco as cobertas, me sento com os pés no chão e esfrego o rosto com as mãos. Meu bafo está nojento. Deveria ter sido a primeira pista de que estamos na vida real.

— O que você veio fazer aqui tão cedo? — pergunto, apertando os olhos com a palma das mãos.

Eu me levanto e me espreguiço.

— Não consegui dormir direito. Aíacheiqueagentepudessecorrermaiscedo...
A frase dela acaba toda embolada.
Quando me viro, vejo que ela encara meu corpo, sem piscar. *Claro*. Eu durmo de cueca. Tinha esquecido disso. Bree parece estar morrendo de dor. Ainda boquiaberta, as palavras abandonadas na ponta da língua.
Dou um passo na direção dela, tentando não sorrir.
— Bree?
Ela virou aquela pintura famosa. Não se mexe, mas o olhar me segue pelo quarto.
— Eu não deveria te ver assim — diz.
— Provavelmente.
Em geral, não fico envergonhado de cueca. Já me acostumei com minha própria nudez. Fiz propaganda para uma marca de roupa íntima e teve todo aquele lance do ensaio nu para a *Pro Sports*. Mas essa é a Bree, a mulher dos meus sonhos, me olhando de um jeito que ninguém nunca me olhou. Parece que está tentando juntar peças de quebra-cabeça para finalmente enxergar o quadro completo. *Nathan ama bala Twizzlers de morango + ah, é aí que ele tem marquinha de sol.* É estranho.
— Você...
Ela para de falar. Bree nem olhou na minha cara ainda.
A vergonha me toma antes que eu consiga contê-la.
— Me dá minhas roupas? — pergunto, sentindo o rosto arder e estendendo a mão para as roupas que ela pegou, mas ela as afasta.
— Ainda não.
Solto uma gargalhada, porque não sei o que fazer. Ela está me admirando. Muito abertamente. É novidade para mim, não sei bem o que fazer. Isso não está na lista.
— Acha que vai me devolver em algum momento?
— Imagino que sim, mas ainda não tenho certeza.
A voz dela faz parecer que Bree foi atingida por um dardo tranquilizante.

— Tá, já deu — digo.
Avanço para pegar minhas roupas, mas ela as esconde. Não vai me devolver.
— O que você está fazendo? — pergunto, maravilhado e ao mesmo tempo confuso.
— Sei lá.
Os olhos dela estão brilhando. Animados. Temerosos.
O beijo da outra noite vibra intensamente entre nós.
— Posso... — hesita de novo, e soa como se estivesse tentando manter o ar nos pulmões. — Quero só...
Dá para ouvir minha respiração quando ela se aproxima, levanta a mão e pressiona meu peitoral. A palma quente toca bem acima do meu coração, e sei que ela o sente martelar a pele. Levanto uma sobrancelha e mando meu corpo todo PARAR DE REAGIR.
Ela engole em seco, olhando para o ponto de contato entre nós, antes de abruptamente se afastar, jogar as roupas nos meus braços e sair correndo.
— BELEZA. A GENTE SE VÊ LÁ EMBAIXO.
Ela bate a porta do meu quarto.
Bate a porta do apartamento logo depois.
Pisco e olho para as roupas amarrotadas.
— Que. Porcaria. Foi. Essa?

## 24
# BREE

Estou andando de um lado para o outro na calçada em frente ao prédio de Nathan. Subo e desço, vou e volto. Considero fugir e nunca mais voltar, porque... acabei de encostar nele. No *Nathan*. No corpo seminu dele. Estiquei minha mão ávida e apalpei ele. No que eu estava pensando? (Estava pensando que ele é gostoso demais, isso sim!) Foi tão ousado! Dava na mesma pichar NATHAN, TE AMO na parede dele com um coração enorme!

O sol está surgindo no horizonte quando ele sai do prédio. Viro a cabeça para o outro lado. Ainda não consigo encarar o olhar dele. Sei que deveria ser madura e me desculpar pelo que fiz no quarto, mas prefiro ser infantil e fingir que nada aconteceu.

— Pronto? — pergunto, olhando para todo lugar que não seja a cara dele. — Vamos!

Aperto o passo, começando a correr, e ele não tem outra opção a não ser vir atrás. Em dois segundos me alcança. O olhar dele pesa no meu rosto, e eu sinto, e quero gritar SEI LÁ, TÁ?! *Não sei o que estava fazendo!* Estou apaixonada pelo meu melhor amigo, escondo esse fato dele há zilhões de anos, e agora, que eu decido não esconder o que sinto e ver o que vai rolar, tenho medo de assumir, porque tem o risco de ele não me amar! *respirando fundo aqui*

Viu? Estou surtando! Pirei na batatinha!

— Ei, melhor desacelerar — diz Nathan, me puxando de leve pelo braço. — A gente vai cansar logo se começar nesse ritmo.

Só que o toque dele é como a conexão na minha bateria descarregada — me dá um choque de vida, e quero sair correndo que nem o Ligeirinho.

— Sério, Bree — insiste ele. — Desacelera. A gente ainda nem tomou café. Aliás, por que estamos correndo antes dos nossos donuts?

Boa pergunta. A resposta: porque hoje estou fazendo tudo errado. Acordei como se fosse Natal. TERÇA-FEIRA! Faz dois dias desde nosso beijo, e há dois dias a gente não se via. Tive coisas do balé para resolver, e ele ficou ocupado com o treino e uma sessão de fotos, então estou morrendo (sem querer ser dramática). Mas, quando abri os olhos de manhã (às quatro e meia), não consegui mais esperar — precisava vê-lo. Precisava ver se o calor e a eletricidade que senti no beijo ainda estavam ali, ou se ele estava fingindo por causa do nosso acordo. Mas duvido que seja isso. Como ele mente muito mal, acho que ele está a fim de mim.

Antes, isso me faria gritar igual a uma doida e analisar cada gesto dele. Não é o caso da nova Bree. A nova Bree não tem medo de Nathan estar a fim só de uma coisa passageira. A nova Bree nem pensa nisso (pensa, sim). A nova Bree se deixa levar! Quer ver onde esse *casinho* vai dar. PESA A MÃO!

Eu me forço a desacelerar para sorrir normalmente. Ele franze a testa, então imagino que o sorriso não foi *normal*.

— Só não estava a fim de comer donuts hoje.

— Você só pode estar doente — declara ele, de tão chocado, porque eu não poderia ter contado uma mentira pior. — Vem, vamos pegar leve hoje e ir à praia.

Ele vira para esquerda, e preciso ir junto.

Corremos pelo calçadão e tiramos os tênis ao chegar na areia. Está tão cedo que o ar ainda está frio, e a praia, vazia. Ninguém vai nos ver, nem nos fotografar — por isso fico tão surpresa quando Nathan entrelaça nossos dedos e me puxa para a água. Nós paramos no raso, para a maré lavar nossos pés e tornozelos. A água gelada arde na minha pele, mas nem se compara à sensação de segurar a mão dele.

Nathan suspira, atraindo meu olhar. O cabelo castanho e ondulado esvoaça com o vento, e o ar salgado faz os fios da nuca balançarem com um pouquinho mais de rebeldia. O vento ataca também a camiseta dele, puxando-a contra o abdômen, mais uma vez destacando sua silhueta perfeitamente esculpida. Um sorriso suave surge na boca dele quando olha para a água e para o sol que começa subir no horizonte.

— Sinto saudade do mar — confessa ele, baixinho, e olha para mim. — A gente devia vir mais aqui.

A cor escura dos olhos e do cabelo dele contrasta com o azul--claro do céu, mas, de alguma forma, é um complemento perfeito.

— A vida anda corrida — digo.

Bom, na verdade, a vida *dele* anda corrida. A minha também, mas de outro jeito. Tenho folgas programadas, dias em que posso relaxar e ver TV sem motivo no meio da tarde. Não trabalho até morrer, que nem ele.

Olho para a água, piscando.

— Mas devo confessar... — digo. — Eu vim ontem de manhã.

— Veio?

Dou de ombros.

— Por que não me contou? — pergunta ele, triste.

Aponto para a cara dele.

— Por isso! Você fica que nem cachorrinho abandonado quando descobre que fiz alguma coisa divertida sozinha. E eu não gosto de esfregar na sua cara, já que não teria como você vir.

Ele aperta minha mão e se vira um pouco para me olhar.

— Que gentileza sua... E eu sou tão patético.

Dou risada.

— Você não gosta de se sentir excluído. Não tem nada de ruim nisso.

Olho nos olhos dele, sentindo o espaço entre nós diminuir. Os mesmos ímãs que nos atraíram no corredor entram em ação. Ele acaricia minha mão. Chega a doer o desejo de dizer como é perfeito esse sentimento entre nós.

— Você não fica chateada com os meus defeitos? — pergunta ele, sério.

— Não vejo como um defeito. É só quem você é. Tipo o fato de você nunca me mandar organizar as tralhas aleatórias no meu apartamento.

Ele abre um sorriso discreto.

— Quem sou eu para bagunçar seu sistema?

— Viu, é por isso que a gente funciona tão bem juntos. Melhores a...

Eu interrompo a frase e cubro a boca com a mão. Parei com esses lembretes constantes da nossa amizade. Eu quero mais do que isso. E tenho certeza de que o primeiro passo é não usar um rótulo antigo.

Ele faz um barulhinho de quem achou graça da minha frase interrompida, apesar de desconfiado. Em seguida, estreita os olhos ao sorrir.

— Bom, você está certa. Não gosto de ficar de fora quando você se diverte. Então vamos nadar.

Solto um gritinho em resposta.

— Nem a pau! A água deve estar congelando, e... AH!

Nathan me pega no colo e corre com tudo para a água. Eu grito e esperneio, achando que no último momento ele vai parar, dizer que era brincadeira e me levar de volta à areia. Nada disso. Ele nos mergulha juntos na água gelada. Não deve estar fazendo mais de quinze graus no mar, e estou prestes matar ele! Só que, quando emergimos, ele abre seu sorrisão lindo e deixo a raiva para lá. Ele é a própria felicidade. E a própria sensualidade. A camiseta escura e molhada gruda no corpo e gotas d'água escorrem do cabelo e do maxilar quadrado.

Devo estar parecendo um gato molhado.

Nathan olha para mim, tremendo, e minha suspeita sobre minha aparência é confirmada pela sua gargalhada.

— Está com frio?

Olho para ele com raiva.

— Não, estou qu-qu-qu-quente à beça, idiota!

— Aaaah, desculpa. Vem cá.

Ele estica os braços compridos e musculosos e me puxa, me abraçando com força enquanto somos embalados pela água. Pressionada contra o corpo dele, não sinto mais tanto frio. Que milagre!

Engulo em seco, me perguntando pela centésima vez em poucos dias o que é isso, o que quer dizer...

— Ei — diz Nathan, atravessando meus pensamentos e afastando o cabelo molhado e grudento da minha cara. — Você está feliz, Bree?

O olhar dele desenha minha boca. Não sei o que está rolando, mas parece importante. Meu coração treme.

— Muito. E você?

Olho para a boca dele e depois para os olhos.

— Agora? Estou. Com você, estou sempre feliz.

Entreabro a boca ao respirar. Vamos nos beijar de novo. Vejo nos olhos dele, sinto nos dedos que me apertam e me puxam para mais perto. As ondas batem no nosso corpo, e eu o abraço pelo pescoço, subindo na ponta dos pés para alcançá-lo. Estamos prestes a nos beijar quando Nathan vira bruscamente a cabeça.

Por um segundo horroroso, acho que ele me rejeitou. Estou pronta para fugir e nadar mar adentro, e não voltar nunca mais, quando ele nos vira até ficar de costas para a orla. Os olhos dele estão implacáveis.

— Os paparazzi nos encontraram. Vi um cara com uma câmera tirando fotos ali no calçadão.

— Ah! — digo, aliviada por saber que não terei que me tornar rainha dos crustáceos. — E isso é... ruim? Achei que a gente quisesse que nos vissem agindo como casal.

Nathan me passa para trás dele, abaixando a cabeça e me protegendo como pode ao sairmos da água. Fico grata, porque minhas roupas estão quase pintadas no meu corpo de tão coladas, e não é essa a imagem que quero que meu pai veja no mercado amanhã quando for comprar leite.

Quando a voz de Nathan me alcança, baixa e grave, quase acredito ter ouvido errado.

— É, mas isso quando era só fingimento.

Nathan e eu voltamos para o apartamento correndo, encharcados. Os paparazzi nos seguem por todo o calçadão, tirando fotos mesmo quando Nathan pede que eles parem. Ele estava apertando tanto o maxilar que fiquei preocupada com os dentes dele, e continuou a me proteger até chegarmos à calçada da rua principal e nos encaminharmos para o prédio dele.

Agora ele parece determinado a correr o mais rápido possível, como eu tinha feito antes, para voltar para casa. O problema é que estou com a roupa encharcada, que certamente vai deixar minhas coxas assadas. Parece que estou carregando pesos. É claro que esse Thor aqui do meu lado vive correndo de colete com peso, mas eu, não, então não estou preparada para esse nível de esforço. Também não ajuda em nada ficar pensando no que Nathan disse na água. *Quando era só fingimento.*

Agora não é mais?

Do nada, tropeço no meu próprio pé e caio *feio* no chão. Por instinto, protejo meu joelho operado distribuindo o peso para o outro joelho, para as mãos e os cotovelos. Tudo arde — principalmente meu orgulho.

Eu me encolho e abraço o joelho que acabei de machucar, e Nathan desaba ao meu lado.

— Bree! Tudo bem? — diz ele, analisando cada centímetro meu. — Você está sangrando. E o outro joelho?

Ele imediatamente avalia como se fosse um médico que sabe o que procura.

— Tudo certo. Não caí em cima dele — respondo. Lágrimas enchem meus olhos, fazendo eu me sentir uma idiota. Não quero chorar em público por causa de uns arranhões, mas meu corpo parece ter outros planos. — Está tudo bem, Nathan! Só vira de costas por um segundo!

— Por quê? — pergunta ele, com a voz carinhosa, o que apenas intensifica meu estado emocional.

Cubro o rosto com as mãos.

— Porque eu vou chorar que nem um bebê.

Ele não ri, mas abre um leve sorriso, segurando meu rosto com as mãos e me forçando a virar os olhos marejados para ele.

— Bree, pode chorar na minha frente sempre que quiser.

Meu joelho estava sangrando bastante e ardendo demais para andar, então depois de Nathan tirar a camiseta e usá-la como minha nova atadura preferida, ele me carregou no colo até em casa, onde me deitou no sofá que nem uma boneca de porcelana delicada, apesar de eu reclamar que as roupas encharcadas e o sangue iam estragar os móveis dele. Fico ali deitada que nem a Cleópatra (se ela estivesse suada, ensanguentada e chorando, claro).

— Depois eu compro um sofá novo. Não se mexa — resmungou ele.

Não discuto nem reclamo a respeito do desperdício, porque já conheço essa cara de preocupação. Não vou implicar com ele nesse estado.

Alguns minutos depois, Nathan volta à sala com um kit de primeiros socorros e uma bolsa de gelo. Ele vestiu uma camiseta branca limpa, e juro que ouço um coro de mulheres mundo afora resmungando por isso. Todas detestamos aquele material opaco.

Nathan se senta ao meu lado na beirada da almofada e vira o quadril para mim. Ele pega minha perna e, delicadamente, a puxa para o colo. A pele arde quando ele limpa os sete centímetros ralados do meu joelho, mas mal reparo, de tão ocupada que estou ao observá-lo. Às vezes ele passa os dedos na parte da minha perna que não está machucada, provocando faíscas pelo meu corpo todo. Em seguida, ele cuida dos meus cotovelos, e acabo parecendo — e me sentindo — uma criança desastrada, com três curativos marrons e feios, e o cabelo secando cheio de frizz. Tenho certeza de que meu rosto está manchado de lágrimas. *Ela já esteve mais bonita, gente.*

Quando termina de fazer meus curativos, Nathan recosta no sofá e põe a bolsa de gelo no meu joelho machucado. Ele parece preocupado.

— O que foi? — pergunto, cautelosa, com medo de estar tendo uma hemorragia, sei lá.

Com minha perna ainda no colo dele, Nathan desenha uma linha suave ao redor do curativo com o dedo indicador. Sinto a reverência no toque.

— Nada. É que... ver seu joelho enfaixado me traz algumas lembranças.

— Do acidente?

Ele concorda com a cabeça, ainda sem olhar para mim.

— Nunca fiquei tão apavorado nem me senti tão desamparado como naquela semana.

Ele volta o olhar para mim. Intenso. Sério. Desolado.

É bem raro a gente conversar sobre essa época, apesar de eu não saber bem por quê. A gente só evita.

— Eu queria... sei lá. Quando você me falou que não poderia mais dançar e chorou no telefone... — diz, angustiado. — Bree, eu teria vendido minha alma para devolver seus sonhos naquele momento.

Sorrio, olhando para a linha impecável da mandíbula dele. As sobrancelhas franzidas sobre os olhos pretos. Os ombros firmes, como se ele pudesse derrubar uma montanha com o corpo, apesar de o dedo se arrastar pela minha pele com a pressão de uma pena. Um beijo sensível.

Quero retribuir. Ser tão vulnerável quanto seu toque.

Mexo de leve na mecha de cabelo na nuca dele.

— Fico feliz por você não ter feito isso. Porque... eu gosto da sua alma.

Ele para de mexer os dedos e olha para mim. Sustentamos nosso olhar por dois longos segundos. Estou ardendo por dentro. Minha pele formiga da cabeça à ponta dos pés. Será que ele sabe o quanto me afeta? Sabe que estou morrendo para mergulhar naqueles olhos lindos e ler todos os seus pensamentos? Preciso saber se há alguma chance de ele me amar como eu o amo.

Somos amigos?

Ou mais do que isso?

Quanto mais nos olhamos, mais meu coração martela no peito. Ele não diz nada. POR QUÊ?! Por que não quer falar? *Será que ele também gosta da minha alma?* Eu aceitaria até um elogio à minha camiseta. Ou um comentário casual: *Gostei da sua roupa, a bermuda é bonita.* Qualquer coisa! Diga alguma coisa!

Só que, quanto mais demora, mais me pergunto se ele está tentando formular a resposta perfeita para me rejeitar com delicadeza. *Sua alma é legal, até. Mas já vi melhores.*

Não dou a ele a oportunidade de responder. Entro em pânico.

— Instagram!

— Hum? — pergunta ele, franzindo a testa.

Eu me desvencilho do colo dele, sentindo os machucados arderem quando dobro os joelhos e pego meu celular na mesinha de centro.

— Faz um tempão que não postamos uma foto fofa, apesar de ser parte do contrato, né? Queriam que a gente postasse coisas de casal com hashtags específicas e tal.

— É...

— Vamos postar, então! Será que a gente finge que estava jogando damas? Você tem um tabuleiro? Ou baralho? A gente pode estar jogando baralho... Eu te deixaria ganhar. Por que você está sorrindo assim?

Ele solta uma gargalhada baixa.

— Por que você está falando sem parar?

Eu o olho de frente e vomito a verdade de uma vez só.

— Porque falei que gosto da sua alma e você nem respondeu.

Ele curva metade da boca em um sorriso.

— Eu ia responder, mas você não me deu tempo.

— Você estava demorando demais. Se fosse um programa de perguntas e respostas, teria perdido a rodada.

— Não sabia que o tempo era contado.
— Mas é. Sempre é. E agora eu sei que você odeia minha alma.

Ele pega o celular da minha mão, mexe um pouco nele e o apoia com cuidado de volta na mesinha.

— Algumas pessoas precisam de um pouco mais de tempo para acertar a resposta. Não é justo colocar um limite.

— Foi mal, mas a vida é assim, cara. Não dá para esperar para sempre.

Percebo que ele deixou o celular de pé na mesinha, virado para a gente.

Ele volta a me olhar.

— Discordo. Acho que vale a pena esperar por algumas coisas, por mais que demorem.

Nathan aperta o botão lateral do celular, e o temporizador de dez segundos começa sua contagem. Antes que eu tenha tempo de entender o que está rolando, ele põe a mão no meu ombro e me empurra de leve, para eu deitar totalmente no sofá. *Isso é novidade.* Nathan paira acima de mim, me prendendo no lugar, enquanto os clarões sutis do temporizador continuam a piscar.

— Bree, quero te beijar. Posso?

Só consigo confirmar com a cabeça.

Ele se abaixa, devagar, e dá um beijo suave e demorado na minha boca. Fogo explode no meu ventre. Não estamos em público. E a câmera continua a contar. Esse beijo não é para ninguém além de nós dois. *Mas isso quando era só fingimento.* A boca dele me acaricia, quente, macia, vulnerável. O beijo acaba rápido demais.

— Sua alma é a minha preferida no mundo todo — responde ele, baixinho, bem quando a câmera dispara o flash.

Estou chocada. Tenho tanto medo de estar sonhando que me sinto à beira das lágrimas. Não foi exatamente uma declaração de amor, mas foi isso que senti. Meu coração bate: *Esperança. Esperança. Esperança.*

Seguro o queixo dele.

— Para um pouco.

— Por quê? — diz Nathan, rindo baixinho, porque, se tem uma coisa em que eu sou especialista é em deixar esses momentos esquisitos.

— Porque você mente mal, e quero confirmar se isso é verdade.

O sorriso dele se esvai, e sua expressão fica mais séria. Viro o rosto dele um pouco para o lado. Ele cede. O queixo é áspero sob meus dedos. Viro a cabeça para o outro lado, analisando Nathan de todos os ângulos, e ele permite, assim como sempre me permite fazer tudo. Nada de se esquivar, de evitar meu olhar. Ele me deixa nadar naqueles olhos escuros e profundos e, quando estou chegando à resposta luminosa no fim do túnel, um alarme barulhento ressoa no celular dele.

Ele suspira e abaixa a cabeça, encostando no meu pescoço. Sinto o peso dele me pressionando antes de ele se levantar para pegar o celular e desligar o despertador. Nathan olha para o celular como se quisesse esmagá-lo e jogar os estilhaços pela janela.

— É hora de ir para o trabalho.

— Tá bom — digo num sussurro, minha voz rouca.

Sério, como devo responder depois desse momento que tivemos? Estamos a um passo da mudança total, mas ainda não conseguimos dar esse salto.

Nós nos olhamos por um momento demorado e, finalmente, ele geme e balança a cabeça.

— Desculpa. Tenho que ir. A gente pode conversar mais tarde? Sobre... tudo?

Eu sorrio.

— Claro.

# 25
# BREE

Sabe o que é esquisito em ser uma pessoa normal, e não uma personagem de um filme da Netflix? Depois de momentos importantes, a vida não pula para a próxima cena. Depois de Nathan *quase-mais-ou-menos-quem-sabe* admitir que também gosta de mim, o tempo não acelera. Não. Minha vida continua, dolorosamente lenta e cheia de incertezas. Vivo nessa zona cinzenta por três dias inteiros. Considerando que adoro a cor cinza, achei que pudesse gostar de viver assim, mas NÃO! Não gosto. Quero pegar todas as minhas roupas dessa cor e fazer uma fogueira enorme com elas. Vou fazer uma dança ritualística ao redor do fogo para me purificar de seu domínio sobre minha vida. Vou levantar cartazes em protesto e gritar "INZA-INZA-INZA! NÃO QUEREMOS CINZA!".

Enfim, terça foi dureza. Quando Nathan saiu para o treino, tive que ir dar aula para minha nova turma infantil, com os joelhos e os cotovelos tão ferrados que parecia que alguém me arranhava com cacos de vidro sempre que eu me mexia. E adivinha só: eu me mexo muito no balé. É praticamente tudo o que faço. Mexer o corpo todo.

Dei o resto das aulas do dia na esperança de ver Nathan à noite, mas ele tinha um evento em um hospital pediátrico, e eu não ia pedir para ele abandonar as criancinhas, aí conversamos um pouco por mensagem (e mensagens nessa zona cinzenta são um constrangimento só, caso queira saber) e fui dormir.

Na quarta, meus machucados já estavam formando casquinha, então pude tirar os curativos. Por que conto essa informação irrelevante? Porque foi a única coisa interessante que me aconteceu naquele dia. Ah, e eu encontrei a outra perna da minha polaina preferida, que eu tinha passado meses procurando. Não sei como, mas ela estava atrás do leite, na geladeira.

O treino de Nathan foi até tarde na quarta, e depois ele teve uma reunião sobre alguma outra coisa que nem consigo acompanhar mais. As finais são um caos, e parece que os dias de Nathan só ficam MAIS cheios. Não sei como é possível, considerando que eles já estavam transbordando de atividades antes. Fico preocupada. Quando pergunto se ele está cansado, ou se tem conseguido dormir, ele desconversa. *Tudo certo. Não se preocupa.* Tá, beleza, vou só desligar o botão da preocupação. Moleza.

Hoje de manhã (quinta-feira), finalmente fiz uma coisa importante! Entreguei minha ficha de inscrição na The Good Factory. Isso quer dizer que essa história não está mais nas minhas mãos, e pensar nisso é ao mesmo tempo empolgante e assustador. Ainda me pego tentando segurar a expectativa, mas, no geral, tenho me permitido sentir um pouco de esperança e imaginar como seria maravilhoso conseguir a vaga. Até passei pelo prédio e fiz uma visita para sonhar com mais precisão sobre a decoração de tudo — em que parede instalaria o espelho, em qual colocaria a barra. Tirei fotos de cada cantinho para Nathan, e ele sonhou comigo por mensagem. Foi libertador de um jeito inacreditável.

Agora são nove e meia, e, assim que me deito na cama para dormir, vejo o nome de Nathan piscar na tela do celular. Eu me estico tanto para alcançá-lo que estiro um músculo e acidentalmente passo da beirada da cama, caindo no chão.

— OIE! Que saudade! — digo, massageando o pescoço dolorido e esquecendo por completo que não queria dar muita bandeira.

A gargalhada grave dele percorre a ligação e faz cosquinha nos pequenos receptores do meu ouvido.

— Oi, também tô com saudade — responde ele, sem se importar em dar bandeira.

Sinto calafrios e fico toda arrepiada. Mais do que qualquer coisa, queria estar com ele agora.

Subo na cama de novo e me encolho na cabeceira, apertando o celular entre a orelha e o ombro para puxar o edredom. Vale dizer que também abro um sorriso apaixonado muito idiota. Mergulhei completamente no mundo dos sonhos, onde tudo é lindo e a tristeza é só uma lenda.

— É mesmo?

— É.

Ele suspira, e eu tenho certeza de que também está deitado na cama. Imagino a mão dele apoiada acima da cabeça. Se eu estivesse lá, faria carinho até ele fechar os olhos e suspirar de prazer.

— Desculpa por estar tão ocupado — diz.

Ele não fala como a maioria das pessoas falaria — de um jeito superficial, como se na real quisesse dizer *Não estou nada arrependido, nem pensei em você hoje*. Ele fala com certa tristeza, a voz rouca, e dá para saber que é sincero. Ele está trabalhando que nem um burro de carga, e minha preocupação só aumenta.

— Não, Nathan, tudo bem! É a época de eliminatórias.

— Mas não quero estar ocupado a ponto de não te ver.

Meu coração, frágil que nem um aviãozinho de papel, é jogado para os céus.

— Vou estar aqui quando a temporada acabar — digo.

Ouço ele se movimentar, e imagino que ele esteja se virando de lado.

— Sei que a gente precisa conversar sobre o que aconteceu naquele dia, no sofá... E eu não queria demorar tanto. É que mal tive tempo de pegar o celular. Quer conversar agora?

Imagine aquele gif do Michael Scott, do *The Office*, gritando NÃÃÃÃO. É exatamente isso que meu cérebro diz. De jeito nenhum quero ter uma DR com meu melhor amigo no celular, sendo que ele está quase dormindo. Ou... ai, pior, e se ele tiver tido tempo de pensar melhor e constatar que nunca deveria ter falado nada? Ele não gosta assim de mim. Não gosta.

— Bree? — diz Nathan, interrompendo meus pensamentos apavorados.
*Se permita ter esperança.*
— Foi mal, tô aqui. Mas, não, prefiro conversar pessoalmente.
— Que bom. Também prefiro. Vamos deixar em aberto por enquanto?
— Tudo bem, mesmo que de aberto já bastem meus machucados.
— É, vai doer desse mesmo jeito pra mim.
Abro um sorriso tão largo que os cantos da boca quase tocam minha orelha. Se já houve um motivo para me permitir ter esperança, esse motivo é nossa conversa.
— O que você vai fazer amanhã à noite? Talvez eu possa escapulir um pouco mais cedo do treino para a gente jantar.
— Claro! Vai ser... — interrompo a frase no meio com uma careta, lembrando que já tenho planos. — Ai, droga. Não dá. Esqueci que amanhã é a festa de aniversário do meu sobrinho. Ele vai fazer seis anos. Comprei uma gaita, e a Lily surtar completamente.
— Amanhã à noite você tem um programa de família?
A voz dele é um misto de decepção e desejo. Não decepção por eu ir, mas porque ele ama minha família e gostaria de ir também.
— Pois é... Mas sei que você está ocupado.
— A que horas vai ser?
Não sei por que ele quer saber.
— Acho que começa às seis. Vamos jantar e ver um filme no quintal. Meus pais também vão!
Estou muito animada. Amo minha família e, desde que meus pais se aposentaram, não vejo muito os dois. Eles agora moram em uma *motorhome* e passam a maior parte do ano viajando pelo país. Quando a família toda se encontra, é uma doideira. Minha mãe ama as dancinhas do TikTok e vive implorando para eu e Lily gravarmos alguma coisa com ela. Não sei se me recuperaria de vê-la dançar uma música da Cardi B, mas seria pior ainda ver meu pai dançar.

Mas é ótimo. Depois de vê-los trabalharem tanto a vida toda, o dia em que puderam se aposentar foi um raio de sol na nossa alma. Sinto saudade deles, e mal posso esperar para abraçá-los amanhã.

— Vou com você — diz Nathan, e ouço um clique, provavelmente do interruptor da luz dele.

Olha, não tem nada que eu queira mais do que a companhia de Nathan em um evento de família. Meus pais o adoram, e é sempre divertido ver minha mãe tentar cuidar dele que nem cuida da gente, apesar de ele ser quilômetros mais alto do que ela, mas percebo a exaustão na voz dele. Na verdade, escuto a mesma exaustão há mais de um mês.

— Nathan, se você tiver folga amanhã à noite, precisa aproveitar para descansar. Por que não assiste àquele documentário que queria ver? Toma um chá quente e um banho de banheira com espuma!

Ele fica quieto por um segundo.

— Você toma banho de banheira com espuma? — pergunta ele, mudando um pouco o tom.

— Quando fico na casa da minha irmã. Aqui só tenho chuveiro.

Ele faz um som pensativo.

— Eu tenho uma banheira. Bem grande.

Engulo em seco.

— Eu sei... Já vi.

— Pode usar sempre que quiser.

Dou risada, me sentindo meio nervosa e agitada de repente.

— Táááá, mas não estamos falando de mim. Estamos falando de você, que deve usar a noite de amanhã para descansar. Acho que você adoraria um banho de espuma!

Se Chandler Bing ama banhos de espuma, todo mundo pode amar.

— Acho que o único jeito de você me convencer a tomar um banho de espuma é se...

Ele larga a frase no ar, e preciso completá-la mentalmente. Meu coração dispara de novo: *Esperança, esperança, esperança*.

— Deixa pra lá — diz, e pigarreia. — Mas está tudo bem. Estou cheio de energia — fala, soando como um homem desidratado que precisa ser carregado até a linha de chegada da corrida. — Me deixa ir com você. *Por favor.*
Nunca consigo recusar quando ele pede por favor. É como se soltasse as cordinhas que envolvem e apertam meu peito.
— Tá beeem, pode ir comigo. Mas aviso logo que vai ser uma bagunça. Vai ter grito, dança, bolo pelos ares, e isso tudo só da *minha* parte.
Ele ri, e as covinhas dele invadem a minha mente. Lembro dele na cama na terça. Na minha imaginação, sempre vou até o quarto dele, como já fiz centenas de vezes, mas agora tenho a imagem perfeita. Entro na ponta dos pés e levanto o edredom devagar. Deito com ele na cama, que parece mais uma sauna, porque Nathan é sempre quente como um forno. Ele sente meu movimento e grunhe de um jeito sonolento antes de me envolver com o braço enorme e me puxar para mais perto. A respiração dele agita de leve o meu cabelo, e sua pele me esquenta.
— Fui avisado — diz Nathan, acabando com minha fantasia.
— Boa noite, Nathan.
— Boa noite, Bree.

Era para Nathan me buscar depois do treino e irmos juntos à festa, mas ele não conseguiu escapulir mais cedo, como planejava, e me mandou uma mensagem dizendo para eu ir na frente, que ele me encontraria assim que possível. Só que a casa de Lily não fica tão perto. São duas horas de carro daqui, e o aniversário de seis anos do meu sobrinho é um motivo ridículo para Nathan fazer essa viagem depois de um dia de treino pesado. Digo isso a ele por mensagem, com um monte de exclamações, mas ele responde o que falou ontem à noite: *Vou com você.*
Chego à casa de Lily mais ou menos meia hora antes de a festa começar. É ótimo, porque minha entrada faz tanto sucesso que,

se mais alguém estivesse presente, passaria vergonha e se sentiria mal por sua existência patética. Eu sou a Tia Divertida. Ou seja, ainda não tenho filhos, e por isso gosto de correr que nem uma doida pela casa, gritando e sacudindo os braços, fingindo ser um monstro que caça menininhos, enquanto minha irmã se esconde no banheiro com a taça de vinho que servi.

Escancaro a porta e levanto as mãos, exibindo minhas joias.

— Oieee! Tia Bree chegou!

Estou com anéis de pirulito em todos os dedos. Três colares de bala decoram meu pescoço, e visto uma capa de super-herói. Sacolas cheias de Lego, arminhas de água e chiclete (porque toda criança ama chiclete) pesam tanto nos meus braços que prendem a circulação.

Escuto a debandada de sobrinhos antes de vê-los. Eu me preparo para o impacto quando eles descem correndo as escadas, gritam de alegria e abraçam minhas pernas, até que, um por um, vão roubando meu tesouro. Não me deixam nem um anel nos dedos!

Os pezinhos saem correndo, e vejo apenas uma névoa de sacolas de presentes quando eles passam por Lily, que se aproxima pelo corredor com um sorriso assustador.

Ela me fuzila com o olhar.

— Você trouxe açúcar para minha casa, sendo que já tem BOLO E SORVETE?!

— Não — digo, sacudindo a cabeça violentamente. — Você entendeu mal. São pirulitos de brócolis.

— E os colares de bala?

— São vitaminas.

Ao ouvir isso, ela sorri e abre os braços.

— Vem cá dar um abraço nessa sua irmã absolutamente *horrível*.

No meio do abraço, ouço a porta se abrir atrás de mim e a voz da minha mãe ecoa pelo ar.

— Minhas bebês abraçadas! HAROLD, PODE PEGAR AS MALAS SOZINHO! MINHAS MENINAS ESTÃO ABRAÇADAS!

Minha mãe se joga na gente e nos aperta com toda a sua força. Ela analisa Lily primeiro, com um tapa na nádega direita.

— Você não anda comendo o suficiente. Mas não se preocupe, vou dar um jeito nisso.

Ela olha para trás e grita para meu pai, que ainda não vimos:

— HAROLD, TRAZ O EMPADÃO!

*É claro* que minha mãe fez empadão.

Em seguida, ela vira os olhos azuis para mim, e me pergunto que bronca levarei. Ela chega perto, ainda mais perto, e estreita os olhos como se visse uma bola de cristal.

— Você anda beijando o Nathan.

Perco o fôlego.

— Como você sabe?!

Ela faz um gesto de desdém.

— Sou mãe, meu bem. Sempre soube de tudo, sempre saberei. Isso se chama intuição materna.

Lily cai na gargalhada e grita:

— Mentira! É o Twitter! Ela fez uma conta secreta há umas semanas e não contou para a gente. Ela viu seu beijo no tapete vermelho.

Minha mãe fica ofendida.

— Ah, é, achou que eu não ia notar, né? — continua Lily. — Notei, sim, *sra. Brightstone*!

— Ah, *não* — digo, olhando para a expressão culpada da minha mãe.

Sra. Brightstone era o nome que ela sempre usava quando a gente brincava de faz de conta na infância. Era uma personagem riquíssima, sempre a caminho de bailes, vestida em casacos de pele. (Não se preocupe, não eram de verdade, só mantas de lã áspera.)

— Achei que você não fosse lembrar! E eu precisei fazer isso! Achei que você filtraria o que posta se soubesse que eu estava te seguindo.

— Como assim? Até parece, mãe. Você é descolada, a gente sempre soube.

Ela sorri e se vira, balançando a bolsa enorme ao entrar rebolando na cozinha. Nesse momento, Lily e eu nos voltamos uma para a outra, olhos arregalados e dedos cruzados.

Minha mãe grita da cozinha, que nem um ser sobrenatural:

— Podem descruzar os dedos, mocinhas, e buscar os meninos! É hora do TikTok!

No mesmo segundo, meu pai surge pela porta, carregando malas suficientes para um mês inteiro, com o suor descendo pela testa e uma travessa de empadão no braço.

— Por favor, me diga que o Nathan também veio. Ele é o único capaz de convencer sua mãe a não usar as fantasias que ela trouxe para o vídeo que quer gravar.

Duvido muito, mas, ainda assim, dou esperança para meu pai.

— Ele disse que vem.

# 26
# NATHAN

Estou quase chegando à casa da irmã da Bree, mas com duas horas de atraso. Eu já esperava me atrasar uma hora por causa do treino, mas acabei me atrasando mais uma por causa do trânsito na estrada. Estou exausto. Atordoado. E quero muito bater na minivan que está na minha frente para ver se ela acelera, mesmo acreditando que o adesivo de uma família de bonecos de palito com orelhinhas de rato no vidro traseiro tente me dissuadir. *Não funciona.*
    Eu deveria ter pedido para o motorista me trazer, mas... sei lá. Às vezes, quando estou cansado e acho que uma soneca cairia bem, sinto a necessidade de me forçar mais. Além disso, odeio ir com a SUV para eventos pessoais. Parece que estou carregando um letreiro luminoso que diz: OLHA COMO SOU ESPECIAL!
    Solto o volante e esfrego o peito. Estou tenso, o coração ainda acelerado por causa do treino. Bree provavelmente estava certa: eu deveria ter ficado em casa. Só que não consegui. As coisas parecem estar avançando entre nós, e quero mostrar que sou capaz de fazer companhia a ela e ter uma carreira na NFL. Não quero que ela se sinta desprezada ou ignorada. Sei que ela valoriza a família e esse tipo de evento, então quis aparecer. Talvez seja só por estar delirando de exaustão, mas, durante aquele breve beijo no meu sofá (e aquele do corredor, no qual não paro de pensar), eu soube que ela desejava aquilo tanto quanto eu. *Me* desejava.
    Nem acredito que meu charme está funcionando. Que essas idiotices todas que os caras me mandaram fazer estão dando certo. Bree e eu estamos... nem posso me permitir pensar nisso ainda.

Até ouvir as palavras "Nathan, não te vejo mais apenas como amigo" da sua boca, não vou conseguir aceitar.
Finalmente, lá pelas oito, paro na frente da casa da Lily. Já escureceu, mas as janelas da casa estão iluminadas e, vez ou outra, uma sombra passa correndo. Quando abro a porta da caminhonete, ouço o caos absoluto lá dentro. Sorrio, porque, como sou filho único, minha casa era sempre silenciosa. E eu *amo* essa bagunça. É o que quero.
Bato na porta, mas não tenho resposta, então entro mesmo assim. O alvoroço me atinge que nem uma inundação.
Crianças. Por. Todo. Lado.
São tantas crianças de tamanhos e formatos diferentes, rindo e gritando, correndo pela casa com arminhas de brinquedo, atirando bolas de espuma. Encontrei os filhos de Lily algumas vezes, e Bree já levou a família toda para alguns dos meus jogos, então os sobrinhos me reconhecem na hora. O aniversariante, Levi, me vê primeiro e vem correndo. Eu me preparo para o impacto, mas ele para bem na minha frente e abre o sorriso desdentado.
— Nathan! Olha minha arminha nova!
Ele está muito animado, e finjo nunca ter visto nada tão legal na vida.
Não sabia o que comprar de presente, então pedi uns favores e a maioria dos caras do time assinaram uma bola de futebol. Quando a tiro da sacola, fica óbvio que errei feio, mas ele se esforça para fingir estar impressionado.
— Ah. Uma bola. Legal! Valeu.
É um lixo. Ele odeia. Mas gosto de saber que alguns adultos venderiam um rim por essa bola, e esse menininho a joga com desprezo no sofá. Nem liga.
Aí eles gritam:
— Ataque ao *quarterback*!
Imediatamente sou atacado por dez pestinhas, que não me largam. Apesar de não estar no clima, decido acelerar pelo corredor principal estreito, que nem um urso feroz, até a cozinha, porque sei que gostam desse tipo de brincadeira.

Na cozinha, encontro todos os adultos. Adultos até demais. De repente, fica claro que não é só uma festinha de família, mas uma festona, todos os pais também foram convidados. Legal, legal, legal. Aqui o barulho ainda é pior, e todo mundo gargalha mais alto que o normal. *Relaxa, Nathan, é uma festa... é claro que vão gargalhar.*

Um cara sentado em um banquinho ao balcão é o primeiro a me notar, e leva um susto.

— Hum... esse é o... Nathan Donelson?

O cara está com a camiseta dos LA Sharks, o que é má notícia. Não estou no humor certo para lidar com torcedores.

Levanto a mão em um aceno breve e olho ao redor do espaço, em busca de Bree. Ela está enchendo uma jarra de água no filtro. Ao ouvir meu nome, se vira na minha direção. Ela está usando um vestido amarelo de algodão com uma fileira comprida de botões de madeira na frente. Bree parece um raio de sol e, caramba, é um colírio depois dessa semana horrível. Quero acariciar os braços dela e absorver toda a sua atenção. Quero sequestrá-la daqui e guardá-la só para mim.

Nosso olhar se cruza e, por um maravilhoso segundo, todo o restante desaparece. Estamos só eu e ela aqui. O sorriso se abre em seu rosto, e minhas covinhas favoritas aparecem.

Até que um menino aleatório me dá um soco forte na boca do estômago, e eu me dobro, soltando um palavrão indevido. O caos aumenta.

— Nathan! Nossa, desculpa. Crianças, SAIAM DAÍ!

Nem sei quem falou isso. Tem pais preocupados ao meu redor, arrancando de mim os filhos animados e cheios de açúcar. É um enxame de adultos e crianças invadindo meu espaço nessa parte estreita da cozinha que leva ao corredor. Bree tenta atravessar a multidão, mas estou encurralado, e ela não me alcança.

A cabeça de Lily aparece do nada ali, agindo como se esse pandemônio fosse totalmente normal.

— Oi, Nathan! Que bom te ver!

Ela se enfia por baixo do meu braço, abrindo caminho entre as pessoas para dentro da cozinha.

— Nathan chegou?

Foi a mãe de Bree. Reconheço a voz dela, mas não a vejo, porque tem três caras se acotovelando na minha frente, desviando das esposas que tentam conter os filhos. *Sério? Quer apertar minha mão agora, cara?* Bree está do outro lado da multidão, ainda tentando atravessar a cozinha. Alguém entrega um bebê para ela, que tenta devolvê-lo.

Doug aparece atrás de mim e me dá um tapa nas costas.

— Que bom te ver, cara! Mandou bem no jogo semana passada.

Sorrio (acho?) e tento responder aos cumprimentos e às apresentações de todo mundo, enquanto uma criança tenta roubar minha carteira. (Eu falei que queria uma família enorme? Pois é, mudei de ideia.)

Está. Tudo. Girando.

Sinto o maxilar apertar, os dentes rangerem, a dor. Nem consegui entrar na cozinha. Ainda estou preso no corredor, cercado de gente. Quase sou dominado pela vontade de sacudir os braços freneticamente e gritar AFASTEM-SE! Quero me debater até todo mundo ir para longe. Mas não posso, sei que não posso. Tenho que ficar aqui parado, como sempre, e aceitar o que vem com um sorriso campeão.

Preciso me concentrar nas vozes, mas estão todas arrastadas, misturadas... abafadas. Não consigo acompanhar. Não consigo engolir. Meu coração está a mil, parece que mergulhei em água gelada. *Cadê a Bree?*

Por que meu corpo está assim? Sinto que estou caindo, mas saber que não caí de verdade faz meu coração bater ainda mais rápido. Tem alguma coisa *errada*. Não consigo respirar. Meu *peito*. Meus *dedos*. Meu *ar*. O que está acontecendo?

Preciso...

Não...

Só...

# 27
# BREE

Ah, não. Tem alguma coisa errada.
Vejo todo mundo clamar pela atenção de Nathan e, de repente, ele empalidece. Os olhos ficam distantes, parecendo vidro. Ele encolhe os ombros e tenta se afastar. O barulho nesse corredor minúsculo é tanto que mal o ouço falar:
— Desculpa, preciso...
Ele dá meia-volta e sai correndo. Tem umas doze pessoas me separando dele, e abro caminho à força, com a violência de uma consumidora lutando pela última TV na *black friday*.
— Licença. Me deixa... ai, SAI DA FRENTE, Doug!
Consigo me desvencilhar da multidão e vejo o corredor vazio. Não o encontro. Vou à sala, mas ele não está lá. Ele também não está na sala de jantar. Procuro no quintal. A caminhonete ainda está na rua, mas ele, não. Estou ficando nervosa, como se tivesse perdido meu filho no shopping. Nathan estava com uma cara péssima logo antes de sumir, preciso encontrá-lo.
Decido subir a escada e olhar nos quartos. Reparo que a porta da lavanderia está entreaberta, e a luz, apagada. Encontro meu melhor amigo, que mais parece uma montanha, encolhido no canto, tremendo. Nathan — sempre inabalável — está com os joelhos encolhidos junto ao peito, abraçado às pernas, com a cabeça abaixada. Ouço a respiração ofegante daqui.
Vou correndo e me abaixo a seu lado, apoiando a mão nas costas dele.
— Nathan, oi, *shhhh*, tá tudo bem. Estou aqui.
— Não consigo...

Ele tenta respirar. Os ombros estão tremendo. Levo a mão ao peito dele e sinto o coração martelar como se ele estivesse fugindo de um urso.

— Não consigo respirar. Acho que vou desmaiar — diz, com pressa frenética, como se estivesse desesperado. — Eu tô morrendo? — pergunta, apavorado, e agora tenho certeza do que está acontecendo.

Eu me aproximo ainda mais e coloco as pernas em volta dele, para puxá-lo para o meu peito. Eu o abraço, apertando com força.

— Não, você não está morrendo, eu juro. Está tendo um ataque de pânico.

Ele treme dos pés à cabeça, e meu coração se retorce junto. Sei o que Nathan está sentindo.

— Só me escuta, tá? — continuo. — Estou aqui. Você está em segurança. Parece que está morrendo, mas não está. Agora quero que se concentre no meu abraço. Estou te abraçando apertado ou não?

Ele expira, trêmulo, e responde depois de um longo intervalo:

— Apertado.

— Isso. E não vou te soltar. Agora, que cheiro está sentindo?

Espero a resposta e, como demora, pergunto de novo, com delicadeza:

— Nathan? Me conta que cheiro está sentindo.

— Hum... bolo — finalmente murmura, rouco.

— É, gostoso, né? É de baunilha com granulado. Meu preferido. Está sentindo gosto alguma coisa na boca?

Sinto a respiração dele ficar mais regular, e o corpo relaxar pouco a pouco. Ajeito minha posição para fazer carinho em um dos braços dele.

— Menta — diz, baixinho. — Eu estava mascando chiclete, mas acho que engoli.

Ele soa derrotado e constrangido. Conheço o medo e a vergonha de ter um ataque de pânico na frente de alguém, de ser vista descontrolada assim. Quero que ele saiba que nunca o verei de outra forma, nem o considerarei menor, só por vê-lo mal.

— Tudo bem. Já fiz isso uma vez. Quer dizer, desde então tudo tem gosto de melancia e menta, mas nada grave.

Ele ri um pouquinho, e sei que deve estar voltando a si. Encosto a cabeça no ombro dele e dou um beijo ali. Ele afunda um pouco mais, relaxando o corpo.

Ficamos alguns minutos sentados assim, e vou falando até ele voltar a respirar normalmente, o corpo pesado no meu. Pressiono o peito dele com a mão e, quando ele a cobre com a própria, sei que está melhor. Ele aperta minha mão.

— Como você sabia o que estava acontecendo, e o que fazer comigo? — pergunta, rouco e cansado.

— Porque, depois do acidente, eu vivia tendo isso. Nas primeiras semanas, sempre que eu entrava num carro o pânico se instalava. É horrível. Parece que tudo está se fechando ao redor, e não dá para fugir. A gente fica disposto a arrancar a pele com as unhas só para ter um minuto de alívio.

— É — diz ele, fraco. — Exatamente isso.

O silêncio paira entre a gente. Tem camisas penduradas no varal acima da nossa cabeça, e os azulejos do chão esfriam minhas pernas. Nathan desce a mão à minha canela e aperta, em uma demonstração silenciosa de agradecimento.

— Está melhor? — pergunto, e olho para a cara dele, mas ele vira o rosto.

— Tô — responde ele, tremendo.

— Nathan?

Estico o pescoço por cima do ombro dele, mas ele não quer olhar para mim.

Os ombros dele começam a tremer de novo, mas não é o mesmo tremor de antes.

— Por favor, não... só não me olha agora.

Ele levanta as mãos, pressionando o polegar e o indicador contra os olhos.

— Por que não?

Faz-se uma pausa, seguida por uma inspiração entrecortada.

— Porque... vou chorar que nem um bebê — responde, ecoando o que senti ao cair na calçada uns dias atrás. — Pode voltar. Já estou bem. Vai lá.

Ele não está tentando ser rude. Só está desesperado para preservar a própria dignidade.

Eu o abraço com mais força.

— Você pode chorar na minha frente sempre que quiser, Nathan. Estamos seguros um com o outro.

Isso o faz desabar.

Ele abaixa a cabeça, cobrindo o rosto com as mãos, e um soluço o sacode inteiro. Eu o abraço, apertando as mãos no peito para ele sentir minha presença e saber que não vou a lugar nenhum. Ele poderia chorar um oceano inteiro e eu ainda o acharia a pessoa mais forte que conheço.

De repente, ele se vira, me abraça pela cintura e me puxa para seu colo. Passo as pernas em volta dele, mas não há nada de sensual nesse momento. Sou sua âncora. Ele me abraça com força e afunda a cabeça no meu pescoço, chorando como nunca chorou antes, tenho certeza.

Faço carinho na nuca dele.

— Nathan, fala comigo.

Ele leva um momento, mas finalmente responde.

— Estou exausto. Faz semanas que sinto um aperto no peito, e essa é a primeira vez que alivia um pouco. Acho que pifei. Eu antes aguentava tudo, mas...

— Mas agora aguenta menos?

Ele confirma com a cabeça.

— Você não pifou. Ter ataques de pânico ou ansiedade não é nenhum defeito. É cansaço, é *burnout*, e é perfeitamente compreensível. Você se força mais do que qualquer outra pessoa que já vi, e é natural chegar a esse ponto.

Ele sacode a cabeça.

— Não... não posso. Eu deveria aguentar. *Preciso* aguentar.

— Quem disse?

Ele não responde. Eu me afasto um pouco e seguro seu queixo, para fazê-lo me olhar. Mesmo no escuro, vejo que seus olhos estão vermelhos e inchados, e que ele está muito constrangido. Nathan tenta virar a cara, mas não deixo, porque preciso que saiba que não sinto vergonha dessa parte dele. Ele provavelmente nunca chorou na frente de ninguém na vida, em grande parte por causa da cultura em que vive mergulhado, e que diz que a masculinidade é definida pela sua capacidade de se manter impenetrável a emoções.

— Por que você precisa aguentar tudo, Nathan? Por que não se permite descansar? — pergunto, olhando no fundo dos olhos dele.

Ele aperta os olhos com força e as lágrimas escorrem.

— Porque não mereço.

— *Como assim?* — pergunto, suspirando.

— Bree, nunca precisei trabalhar por nada nessa vida. Nada! Me deram tudo de bandeja. Direto no meu colo. Queria trabalhar na escola, mas meus pais literalmente me proibiram. Até minha posição atual no time me foi entregue. Daren, o homem que merecia de verdade a vaga, se machucou e eu o substituí depois de ficar dois anos na reserva. Entendeu? Me *deram* esse sucesso todo. Que direito eu tenho de estar exausto? Nenhum. Sou só um moleque rico que recebeu tudo de que precisava e ganhou ainda mais dinheiro e sucesso de lambuja.

Eu não fazia ideia de que ele sentia isso.

— Então é por isso que você se mata de trabalhar? Que nunca diz não para ninguém? Está tentando provar seu valor?

Ele abaixa os olhos de novo.

— Quando me esforço, quando me canso, é a única hora em que me sinto menos culpado.

Quero retrucar, mas ele continua a falar, lágrimas brotando nos olhos:

— Nunca passei por dificuldade nenhuma. Nunca conheci nada que se assemelhe a pobreza, a aperto, nem nunca precisei me preocupar com dinheiro. Tenho cozinheiro, motorista, empresário, agente... tudo de que posso precisar. Aí, me diz... que razão eu tenho para reclamar de qualquer coisa?

Lágrimas escorrem por seu rosto, e sua expressão é de raiva misturada a derrota.

— Que direito eu tenho de ficar ressentido? — continua. — De querer escapar disso? Nenhum. Não mereço ajuda por essa ansiedade de que não consigo fugir. Não posso me sentir exausto. Preciso dar conta da situação e me doar sempre que possível, porque, se não fizer isso, todo mundo vai notar que não mereço estar onde estou.

Nathan me solta e esconde o rosto nas mãos. Por alguns minutos, fico atordoada. Olho para esse homem que achei conhecer melhor do que qualquer outra pessoa no mundo e percebo que, desde o início, ele engole os sentimentos, as mágoas, a ansiedade e o estresse por achar que precisa usar uma capa e dar uma de herói.

Se Nathan pode expor tudo isso para mim, posso fazer o mesmo. Tiro as mãos dos olhos dele para poder olhá-lo de frente.

— Me escuta. Não são as coisas que você faz que te tornam digno, é o fato de seu coração bater no peito. Você está vivo, e é por isso que sente cansaço, estresse, mágoa, tristeza, raiva. Todas essas coisas... você *pode* sentir tudo isso. Todo mundo pode.

Reúno toda a minha força para dizer as palavras a seguir:

— Sua capacidade de aguentar tudo, de se doar duzentos por cento o tempo todo, de ser perfeito em tudo que faz... não são essas coisas que te tornam um ser humano de valor.

Hesito, mas continuo:

— E não foi por causa delas que eu me apaixonei por você. Que eu amo você.

Ele vira os olhos escuros para mim, meio espantado.

Abro um sorriso. O peso do segredo escapa de mim, e eu me sinto aliviada.

— Eu amo você porque você é bobo. Porque é divertido. Porque seu coração é tão grande que nem sei como cabe aí — digo, pressionando o peito dele com a mão. — Porque você canta muito mal. Porque faz canja quando estou doente. Porque comprou absorventes para mim naquela vez que fiquei largada no sofá, com tanta cólica que não conseguia me mexer. Você nem pediu para outra pessoa comprar. Você mesmo foi à farmácia!

Ele ri baixinho, e eu queria que a lavanderia estivesse mais iluminada para eu ver seu sorriso com clareza.

— Olha, Nathan, não dou a mínima se você não pegar numa bola de futebol nunca mais, ou se todo mundo parar de atribuir a palavra *sucesso* ao seu nome.

Agora sou eu que estou chorando, e é Nathan quem segura meu rosto. Ele passa os dedos nas minhas bochechas.

Balanço a cabeça de leve e tento engolir o choro para conseguir concluir minha fala.

— Então não venha me dizer que não é digno, que não merece, porque, para mim, é, sim. Sempre vai ser.

Nathan me puxa para mais perto e me abraça. Os braços fortes dele apertam meus ombros, e ele enfia o rosto no meu cabelo.

— Eu também te amo — sussurra, sem parar. — Eu te amo, Bree. Eu te amo. Sempre te amei.

# 28
# BREE

Convenço Nathan a me deixar dirigir, e ele combina de um funcionário ir buscar meu carro e levá-lo para minha casa mais tarde. *Vantagens da fama.* Vamos embora na mesma hora, apesar de Nathan morrer de medo de chatear todo mundo.

— Deixa eu cuidar de você — digo, diante da sua expressão hesitante. — Por favor?

Ele cede e me entrega as chaves.

— Obrigado.

Ganho um beijo na bochecha, e queria fazer aquele truque de virar a cara bem rápido para levar um beijo na boca, mas não é um bom momento.

No caminho para casa, estamos os dois física e emocionalmente exaustos. Nathan põe uma música relaxante para tocar, pega minha mão e entrelaça nossos dedos. Ele beija minha mão com uma ternura dolorida que acaba comigo. Não dizemos uma palavra sequer durante as duas horas de viagem, e só ouvimos música em um silêncio confortável.

— Dorme aqui em casa hoje? — pergunta, quando paro na garagem do prédio dele.

Já dormi na casa dele umas cem vezes, então a pergunta não deveria ter esse peso nem importância. Mas ela tem, porque nunca recebi esse convite de mãos dadas com ele, com as palavras "eu te amo" pairando no ar. Mesmo assim, é fácil dizer que sim. É natural.

Quando entramos no apartamento, ele larga as chaves na mesinha. Tiro os sapatos e vou à cozinha pegar água para nós. É tudo normal, mas com uma leve diferença. A gente não fala nada, porque ninguém sabe que palavras seriam adequadas para a montanha-russa emocional que percorremos juntos. Por isso, levamos nossos copos de água pelo corredor comprido que dá nos quartos. Eu me preparo para me despedir e entrar no meu quarto, como sempre faço, mas Nathan pega minha mão e me vira. Um pouco de água escorre para o chão.

— Fica comigo?

Ele não pergunta como se fizesse uma proposta, mas como uma dúvida mesmo, sem defesas. Como necessidade. Como esperança aflita. Essa noite escancarou tudo que eu achava saber sobre ele, e agora vejo um homem tão apavorado quanto eu. Eu o amo ainda mais.

Concordo e entro no quarto dele. Nathan fecha a porta devagar, e meu coração galopa quando ouço o trinco. A janela, que vai do chão ao teto, está a dez passos de mim, e avanço com calma controlada para admirar a vista do oceano, sem nada para obstruir a vastidão escura da água e a crista das ondas quebrando na areia. A vista é pacífica, mas perigosa. É o mesmo que sinto aqui dentro.

— Bree? — pergunta ele atrás de mim, e eu me viro de repente, igual a um tornado que perdeu direção.

— Estou nervosa — confesso.

Nathan levanta as sobrancelhas e suspira, sorrindo um pouco.

— Eu também.

— Jura? Ah, que bom. Porque, pela lógica, sei que somos eu e você — digo, e uma risada desanimada me escapa. — É um sonho, na verdade! Eu nem deveria ficar nervosa... deveria me atirar em cima de você, te derrubar.

— Já te aviso que fazer isso é mais difícil do que você imagina — comenta ele, com uma piada que alivia o aperto no meu peito na hora.

— Mas o que me deixa mais nervosa... quer dizer, meu maior medo é ter falado que te amo e você só ter dito o mesmo para não me deixar chateada.

Meus olhos estão arregalados que nem os de um desenho animado, consigo sentir.
Nathan sorri, mostrando que mal contém uma risada.
— Para não te deixar chateada? — pergunta, dando um passo nervoso para trás e passando a mão pelo cabelo, sem jeito. — Você acha mesmo que eu diria que te amo só para não deixar você chateada?
— É. E não precisa falar de novo.
— Preciso, sim. Se você estivesse na minha cabeça, você veria como é difícil compreender esse conceito. Bree, eu...
Ele larga a frase no ar, e congela. Respirando fundo, ele murcha.
— Sente-se — ordena, e desaparece para dentro do closet.
Eu me sento na beirada da cama e balanço o joelho. Percebo que estou sentada na cama do Nathan, coisa que nunca fiz, e me levanto de um pulo, como se tivesse queimado a bunda. Eu me obrigo a me sentar novamente e processar o acontecido com maturidade. Estou na cama do Nathan. No quarto dele. Ele me ama. Nossa, nada disso faz sentido. Passei tempo demais acreditando que ele não tinha interesse nenhum em mim além da amizade. É tudo que conheço. Como vou reprogramar meus pensamentos?
Nathan volta e, se repara que mal deixo o corpo encostar no colchão, não demonstra. Sua atenção está toda concentrada na caixa de sapato que traz na mão. Ele parece nervoso, até um pouco enjoado, ao me entregar a caixa. Quando tento pegá-la, não consigo, de tão forte que ele a segura.
Solto um grunhido.
— Nathan, você quer que eu veja ou não?
— Não — diz, sério. — Quer dizer, quero. Mas não.
Eu me inclino um pouco para trás.
— Bom, agora fiquei com medo. O que tem aí dentro? Ossos? Milhões de fotos de orelhas? Vou ficar com medo de você quando destampar isso, né?
— Provavelmente.
Ele faz uma careta de leve e solta a caixa.

Eu a apoio na cama com cuidado (porque sei lá o que tem dentro e qual é a fragilidade de ossos milenares) e tiro a tampa devagar. Eu me preparo para alguma coisa pular dali, porque não tenho ideia do conteúdo. Lagartos? Talvez seja uma caixa de mariposas que, quando eu abrir, vão sair voando e me sufocar.

Não é nada disso.

Levo um segundo para entender o que vejo. Nathan se afasta de mim, andando de um lado para o outro, a mão apertando a nuca. Enfio a mão na caixa e tiro... *meu elástico de cabelo*. Aquele amarelo, que achei ter perdido depois do escândalo da tequila há várias semanas. Levanto o rosto e encontro o olhar de Nathan, que parece prestes a vomitar, com o punho fechado colado na boca, os olhos apertados. O coitado está expondo toda sua vulnerabilidade hoje.

— É o meu elástico — digo, levantando o objeto para confirmar que estou mesmo vendo o que imagino.

Ele concorda com a cabeça, tenso.

— Você tirou e deixou em cima da mesa naquela noite. Eu guardei — diz, e olha para a caixa. — Continua.

Quanto mais coisas tiro da caixa, mais reconheço objetos que não vejo há anos. O ingresso de um show do Bruno Mars a que Nathan me levou como presente de aniversário (ele até conseguiu ingressos VIP para o camarim, fingindo que achou por acaso na calçada, porque nunca deixo ele me dar presentes caros). Encontro um papel de bala com meu número de telefone rabiscado, da época da escola. Lembro como se fosse ontem. A gente tinha corrido juntos pela primeira vez naquele dia, antes da aula. À tarde, ele me perguntou se eu queria correr de novo outro dia. É claro que aceitei, e trocamos nossos números. Só que não guardei o papelzinho que ele me deu com o próprio número, e agora me sinto uma monstrenga nada romântica!

Depois de passar por todos os itens da caixa, espalhando cada um deles sobre a cama, olho para Nathan. Ele se aproxima e pega o elástico que ainda seguro como se fosse uma nota de um milhão de dólares.

— Isso tinha o cheiro do seu cabelo. *Xampu de coco*. Eu deveria ter devolvido, mas não consegui.

Ele joga o elástico de volta na caixa. Nunca vou recuperá-lo. Em seguida, pega minhas mãos e me puxa até eu ficar de pé.

— Agora entendeu? — pergunta. — Você vive me dando coisas que te lembram de mim, mas enquanto isso eu roubo coisas que me lembram de *você*. Não disse aquilo só para não te chatear, Bree. Não estou sendo leviano. Eu te amo tanto que às vezes chega a doer... e desde a escola.

*Esperança, esperança, esperança.* Meu coração bate no ritmo.

— E eu queria que você me amasse também... mas nunca achei que fosse acontecer — continua. — Lembra quando você ficou sabendo que não tenho transado, e eu falei que era para manter o foco no jogo? Era mentira. Não fiz sexo com ninguém porque sou tão louco por você que não aguentava pensar em outra mulher perto da minha cama. Porque ninguém nunca se compararia a você — diz, e segura meu rosto. — Eu te amo com todo o meu ser, e isso nunca vai mudar. Acho que deveria ser eu quem confirma se você não está falando que me ama só por falar.

Não consigo mais suportar o espaço entre nós. Fico na ponta dos pés para dar um beijo suave na boca dele, sentindo que isso *tem* que ser um sonho, e que, se for um sonho, posso fazer o que eu quiser.

— Eu te amo desde o dia em que você amarrou meu tênis na pista. Você nem me avisou que estava desamarrado, só parou e amarrou.

Os músculos do queixo dele pulam como se ele estivesse engolindo lágrimas.

— Bree, foi o dia em que a gente se conheceu.

O tom dele diz: *Não brinca comigo, mulher.*

— Eu sei. Foi aí que tudo começou para mim.

Ele levanta, abaixa os ombros enormes ao respirar fundo e fecha os olhos como se sentisse dor.

— Quer dizer que... a gente se ama esse tempo todo e nunca disse nada um para o outro?

Eu dou risada, apesar de não ter graça nenhuma. Passo o dedo por uma sobrancelha dele.

— É. Acho que sim.

— E a faculdade? Você se afastou completamente. Achei que eu tivesse feito alguma coisa errada.

*Ah. Isso.*

Aliso a camisa dele, de repente muito preocupada com a roupa amassada. Acho que, já que estamos esvaziando os tanques emocionais, é melhor aproveitar.

— Eu me afastei porque estava apavorada. Vi que você estava pensando em recusar a bolsa de estudos para ficar comigo e, apesar de nunca ter contado, fiquei muito deprimida depois do acidente. Tive medo de você abrir mão dos seus sonhos por minha causa, e de, depois de me ver naquele estado horrível, achar que eu não valia mais seu tempo e se decepcionar. Tive medo de você me ver tão destruída e não me querer. Por isso, me afastei. Desculpa, Nathan, mil desculpas. Foi um sacrifício que tive que fazer.

Ele acaricia meu rosto com ternura.

— Eu nunca teria sentido isso. Sempre quis cuidar de você.

— Agora eu sei disso. Mas, na época, a depressão tomou conta de tudo, foi difícil perceber qualquer outra coisa.

Ele abaixa a cabeça e suspira no meu pescoço.

— Bom, então me escuta agora: eu te adoro, Bree. Deprimida, feliz, eu te amo.

Nathan beija meu pescoço devagar, com a boca aberta, e vai subindo até a minha boca.

O calor se espalha pelo meu ventre e inclino a cabeça para trás, para receber seu beijo. Devagar, a boca dele roça na minha. Ele prova o canto dos meus lábios e eu abro a boca para retribuir. Me derreto até virar uma poça. Tanto que ele precisa me segurar. Beijos em si já são bons; beijos depois de uma declaração de amor são transformadores.

Ele me levanta do chão e me joga na cama, brincalhão. Solto uma gargalhada, e aí Nathan puxa a camisa por trás e a arranca pela cabeça. Os olhos dele são tão escuros quanto o céu às suas costas. Engulo em seco quando ele avança, pairando acima de mim. O peso dele. *AH*. A pele firme e dourada. *UAU*. O abdômen musculoso. *HUMM*.

Nathan sorri enquanto exploro cada centímetro de sua pele exposta. Eu me levanto e beijo um lado do peito. Depois o outro. Mordo o bíceps dele de leve, e ele ri.

— Então vai ser assim?

Olho para ele, inocente, e ele abaixa a cabeça, esmagando minha boca com a dele. Não é um beijo suave, nem carinhoso. Carrega anos, *anos* de desejo. É o respirar desesperado após ser resgatado de um afogamento. Eu o agarro como se minha vida dependesse disso. Ele me beija de um jeito intenso, profundo, delicioso. Passa a mão pelas minhas costas, por dentro da roupa, e sua pele grossa arranha a minha com um fogo maravilhoso. Sinto que fui marcada a ferro quente.

Nathan está em todo lado. Eu estou cheia de desejo. Eu me apaixonei por esse homem, e agora estamos juntos, nos retorcendo nos lençóis dele, nos beijando como se a oportunidade pudesse ser arrancada de nós a qualquer momento. Ele sussurra declarações na minha pele, coisas que não vou repetir. Que são minhas, só minhas.

De repente, Nathan se afasta, com um olhar fascinado, tirando o cabelo do meu rosto. Sem fôlego, ele solta um grunhido gutural, chegando a uma conclusão silenciosa na cabeça. Ele se ajeita ao meu lado, apoiado no cotovelo.

— Bree, quero fazer tudo isso com você agora mais do que qualquer outra coisa, mas... caramba. Não acredito no que vou dizer. Acho que a gente deve esperar.

"Choque" não é descrição suficiente para o que sinto ao ouvir essas palavras, ainda mais considerando todo o tempo que ele está se resguardando. Mas não vou mentir: parte de mim fica agradecida. Sou o tipo de garota que gosta de se preparar para essas coisas, tanto mental quanto fisicamente, e hoje tudo foi muito inesperado; sei que ainda não estou no estado ideal para isso.

Só que Nathan me choca de um jeito menos agradável ao continuar:

— Na verdade, eu... eu meio que queria esperar até a gente estar casado.

É O QUÊ!? Meu cérebro entra em pane. Ele falou em casar?! Ele me pediu em casamento e eu não notei?

Devo transmitir os pensamentos com o olhar, porque Nathan sorri e passa um dedo pelo meu pescoço, acariciando de leve minha clavícula. *Você está me mandando sinais conflitantes, cara.*

— Não se preocupa, *ainda* não estou te pedindo em casamento. Mas como sei que você não gosta de surpresas, estou avisando desde já que *vou* te pedir em casamento em algum momento. E espero que você aceite e que seja em breve, porque sinto que a gente já namora há seis anos, só não oficialmente.

Ele está certo, e é o que digo. Nunca conheci nenhuma pessoa com tanta intimidade quanto conheço Nathan, e melhores amigos que nem nós somos não podem namorar casualmente. Foi um acordo tácito que, ao declarar o que sentimos, estávamos dizendo: *Estou apostando tudo nisso. Você é tudo para mim.*

— Concordo — digo, entre os beijos provocantes e as mordidinhas que ele dá na minha boca. — Mas por que esperar até o casamento? Parece tão...

— Antiquado? — pergunta ele, descendo a mão pelo meu braço para acariciar meu anelar e beijando minha têmpora com firmeza.

— Eu sei. Não vou mentir, essa é parte da graça. Se aprendi uma coisa nessas últimas semanas é que nunca antes precisei *conquistar* alguém aos poucos. Sabe? Aproveitar os menores toques... — fala, passando os dedos de leve na minha barriga, que tensiono. — Em vez de ir direto ao ponto.

Um monstro ciumento surge dentro de mim, dizendo que ele já *foi direto ao ponto* com várias outras mulheres, mas mando esse ciúme se ferrar. Porque sou eu que estou aqui com ele agora, e espero que para sempre.

Ele me olha nos olhos com um sorriso de desejo.

— Só quero fazer as coisas de um jeito diferente com você, Bree.
Respiro fundo, inalando o cheiro dele, até sentir entrar no meu coração.
— Beleza, vamos esperar — respondo, sorrindo e cutucando o rosto dele.
— Você é um fofo.
— Com você, eu sou.
Ele me beija de novo, devagar, com suavidade e gratidão. Ele se apoia no braço musculoso para se debruçar sobre mim e apagar a luz. A última coisa que verei hoje é essa imagem poderosa de músculos, tendões e pele, que não fará nada para acabar com meu fogo.
Nathan se larga ao meu lado e me puxa para um abraço. Eu beijo seu peito.
— Só não espalhe por aí que sou maria-mole assim — diz, brincando. — Vai acabar com minha imagem.
— Que imagem? A de você colocando notas de cem dólares em segredo na caixa de correio da minha vizinha? Ou comprando um prédio inteiro para pequenas bailarinas poderem pagar pelas aulas?
Ele beija minha cabeça, e não deixo de notar o momento em que inspira o perfume do meu cabelo. Nós nos sentimos à vontade nesse abraço. Eu me aninho no peito forte dele que nem um gato. Está decidido. Eu me casaria com ele daqui a cinco minutos se fosse possível.
— É tudo por você, Bree.

# 29
# NATHAN

No sábado, eu e Bree dormimos até as dez. Nem lembro a última vez que fiz isso. Será que foi na adolescência? Acordo algumas vezes e em nenhuma delas sinto vontade de me levantar e começar o dia. Tudo que eu quero está aqui no meu colo. Babando.

Em algum momento vou precisar deixar Bree na cama e sair para umas reuniões e, depois, ao aeroporto pegar o avião para Houston, onde vai ser o último jogo das eliminatórias.

Sábado é o único dia da semana que parece com uma folga durante a temporada de jogos, porque não piso na academia e só tenho um monte de reuniões. O que... pensando bem, significa que *não* é folga nenhuma. Mas hoje cedo desmarquei uma reunião só porque queria ficar olhando Bree enquanto ela dormia, que nem um maníaco. Vou precisar lidar com a fúria de Nicole, mas vale a pena. Acho que é um progresso.

Um fio de cabelo de Bree entra em sua boca e, quando tento tirá-lo com cuidado, ela acorda assustada. Que nem uma mola, ela levanta o corpo de uma vez, se sentando, com o cabelo todo para o alto. Ela se vira para mim de olhos arregalados, parecendo ter acordado do sono criogênico.

— EU DOU AULA ÀS DEZ E MEIA!

Ela grita um pouco demais de manhã. Tudo bem. Nada grave.

Bree chuta o edredom, pula da cama e sai correndo. Olho para a porta até, dois segundos depois, ouvir os passos voltarem apressados. Vejo só um lampejo de cabelo e braços agitados que nem um polvo antes de ela se jogar em mim na cama. Pairando acima do meu corpo, ela abre um sorriso de covinhas e me dá um beijo estalado.

— Bom dia. Te amo.

Sorrio e me estico para beijá-la com mais vontade, mas ela afasta o rosto.

— Hum, não. Nenhum de nós escovou os dentes ontem à noite, e bafo matinal já é demais. Você vai ganhar um selinho e NATHANPARACOMISSO! — grita, gargalhando, porque começo a fazer cócegas nela.

— Disse que tenho bafo fedido, é? Você vai pagar por isso!

— Me solta! Tenho aula!

Ela mal consegue falar, de tanto rir.

— Você não deveria ter voltado. Foi esse o seu erro, e agora te peguei.

Paro de fazer cócegas só para abrir a gaveta da mesinha de cabeceira, pegar o spray de Listerine e jogar na minha boca. Ela fica chocada com minha ousadia de guardar tal coisa assim do lado da cama, mas, fazer o quê?, não sou amador. Como ela está de queixo caído, consigo jogar o spray em sua boca também.

Ela cai na gargalhada, e eu a beijo como quero, com vontade.

Mais tarde, Bree me manda mensagem dizendo que se atrasou para a aula e que a culpa é toda minha. Aceito essa responsabilidade com prazer.

Eu me recosto na banheira gigantesca de porcelana com pés de metal e ligo para Bree no FaceTime. Ela atende bem quando uma bolha estoura perto do meu ombro. O rosto sorridente enche minha tela, iluminado pelas luzes frias do estúdio. Ela estreita os olhos, e um sorriso se abre em seu rosto.

— Você está na banheira!

— Cheia de *espuma* — acrescento, e pego um punhado de bolhas.

Nunca a vi tão alegre. Vejo as alças finas do collant rosa-claro e o cabelo grudado de suor no pescoço. Quando ela vai se sentar, encostada no espelho, vejo, pelo reflexo, que está sozinha. Ela respira fundo, ofegante.

— E aí? É maravilhoso, né?
— Eu não sabia o que estava perdendo.
Para ser sincero, estou meio de saco cheio, mas passarei toda noite da minha vida aqui se ela sorrir desse jeito. Além do mais, depois da nossa conversa ontem, estou pronto para começar a cuidar um pouco da minha saúde mental. Marquei uma consulta com um psicólogo para semana que vem. Nem vou mentir: estou nervoso.
— Só seria melhor se você estivesse aqui...
— NA-NA-NI-NA-NÃO — grita Jamal do outro lado da porta do banheiro.
Chegamos em Houston há poucas horas, e, por causa do toque de recolher rígido nas vésperas dos jogos, já voltei para o hotel. Dividimos quartos em duplas quando viajamos, e normalmente a minha é Jamal.
— Nem começa. Ninguém quer ouvir você falando safadeza no banho — diz ele do outro lado da porta, e tenho certeza de que está deitado num travesseiro com a fronha de seda que trouxe de casa.
— Oi, Jamal! — grita Bree no celular.
— Só põe seus fones de ouvido — digo para ele.
— Não. Ainda vou saber o que está rolando, não gosto nada disso.
Eu reviro os olhos.
— Você só está chateado porque peguei a banheira antes de você.
— MAS É CLARO! — exclama, indignado. — Faz um tempão que eu tomo banho de espuma toda noite e me divirto para caramba, até que, de repente, sua nova namorada diz que a experiência é incrível e você rouba meu momento de autocuidado. Mandou mal, mano.
Bree parece estar se divertindo.
— Ele também usa uma máscara verde esquisita que nem a sua — digo para Bree, sem abaixar a voz.
— Uso mesmo, e não gostei desse tom. Homens também podem valorizar cuidado dermatológico. Na verdade, um tratamento de poros cairia bem para você, Nathan. Dá para ver seus cravos daqui.
*Meus poros estão ótimos.*

— Ignore ele — digo para Bree, afundando um pouco mais na água. — E aí, o que está fazendo?

— Ah, estou preparando uma das coreografias da apresentação das turmas.

— Ah, é? Posso ver?

Ela fica corada. Fora o que vi por acaso das aulas dela ao longo dos anos, não a vejo dançar *de verdade* desde a escola, antes do acidente. Por algum motivo, ela sempre esconde isso de mim. Espero que, agora que as coisas mudaram entre nós, Bree me deixe entrar nessa parte da vida dela também.

Ela franze o nariz.

— Não sei. Ainda não está pronta. Não tem muito o que ver.

Os ombros dela tremem um pouco, e ela não para de sacudir a cabeça, parecendo uma alienígena tentando fingir ser uma Pessoa Normal.

— Breeee — interrompo os resmungos, e ela me olha com irritação.

— Nathaaaaaann.

— Fala sério. Deixa eu te ver dançar. Posso até fazer uma barba de espuma só para você ficar com menos vergonha.

— CREDO, QUE CAFONICE! — intervém Jamal.

— Fica na sua! — grito, e jogo uma barra de sabonete na porta, antes de voltar a atenção para Bree. — Por que você não quer dançar na minha frente?

Ela olha ao redor da sala e morde o lábio. Caramba, queria estar lá para beijá-la. A gente não teve tempo suficiente ontem, nem hoje. Preciso de semanas com ela... não, de *anos*, para compensar o tempo perdido.

— Não sou tão boa quanto na sua memória.

— Você deu sorte: minha memória é péssima. Balé é o que, mesmo? Aquela dança que faz barulho com o sapato?

Ela ri e me olha como se dissesse: *Até parece*.

— Bree, olha para mim — insisto. — Te liguei de um banho de espuma. Não tenho como estar mais vulnerável.

— Táááá. Você venceu.
Ela apoia o celular no chão, e consigo ver o estúdio todo. Bree se abaixa para olhar a tela e aponta para mim.

— Mas, só para você saber — continua —, não sou mais tão fluida ou graciosa como antes. E a coreografia ainda precisa melhorar muito. É por isso que estou aqui hoje.

Levanto uma mão ensaboada.

— Juro que nem vai dar para notar que estou aqui.

Ela abre um sorriso torto.

— Uhum. Claro.

O som de uma música suave de piano enche o ar, e Bree para no meio da sala. O collant rosa-claro parece pintado no corpo, dando a ela uma aparência macia e delicada, mas as pernas estão engolidas pela calça de moletom preferida dela, em contraste com o tronco elegante. É uma representação perfeita da personalidade dela. Como sempre, a calça está enrolada na cintura e apertada na canela. Ela está de sapatilha de ponta, com pulseiras das cores do arco-íris empilhadas em um braço, e o cabelo, preso em uma trança bagunçada que desce pelas costas.

Ela estica os braços compridos e magros ao lado do corpo e os levanta acima da cabeça. Em seguida, sobe na ponta como se não fosse nada e começa uma caminhada leve, que dá lugar a uma sequência de piruetas impressionantes. Maravilhado, vejo o corpo poderoso e gracioso de Bree girar, pular e me cativar por completo, até a água do banho ficar gelada. Nem me importo, porque não quero parar de olhar.

Não falamos uma palavra nesse tempo todo. Fica claro que ela está concentrada nos movimentos, e eu não ousaria interromper esse sonho por nada. Um ar de confiança discreta pulsa pelas veias dela quando ela salta. Os ângulos do corpo dela são feitos ao mesmo tempo de vidro afiado e veludo macio. Ela cria a ilusão de ser delicada como renda, mas, ao saltar com as pernas perfeitamente esticadas para lados opostos e pousar quase sem som, dá para notar que não deve ser subestimada. Ela é forte e feroz, naquela pele delicada. A vida tentou derrubá-la, mas ela mostrou o dedo do meio e se reergueu.

Bree é tudo que tento ser, tudo que amo, tudo que desejo. Ela tem meu coração e, com todo o meu ser, espero que nunca o devolva.

## 30
## BREE

É o Super Bowl, *baby*! E os Sharks vão jogar! Sim, eles venceram a Conferência Nacional há duas semanas e agora estamos aqui em Las Vegas, onde o LA Sharks (o melhor time da terra) vai jogar contra os vencedores da Conferência Americana, os Donkeys (zoeira, eles se chamam Stallions, *Garanhões*, mas a gente chama eles de *Burros* porque ninguém liga para eles, e queremos que comam poeira). Lily deixou os filhos com Doug para me acompanhar. Nathan pagou nossas passagens de primeira classe ontem, e eu aceitei, porque meu saldo no banco é de uns dois dólares e um chiclete, mas, caramba, eu me recusaria a perder o Super Bowl. Além do mais, agora que estamos oficialmente namorando, tive que aprender a permitir que ele pague as coisas. Parece que fica feliz quando eu o deixo me mimar, então estou tentando aceitar com mais frequência.

Por exemplo, quando recebi o e-mail avisando que meu estúdio tinha sido escolhido para ocupar o espaço vago na The Good Factory (estou tentando me manter tranquila, mas, por dentro, pulei sem parar), Nathan se ofereceu na hora para pagar a reforma do espaço, e chegamos a um acordo. Em vez de pagar ele de volta pelo aluguel com o dinheiro que ganhei do comercial, vou usar essa grana para a reforma. *Viu? Cresci.*

Não o vejo desde que chegamos a Las Vegas, porque ele está ocupadíssimo com o time e a mídia, como tem estado nas últimas semanas, desde que venceu a Conferência Nacional. Entendo completamente, e roubei todos os momentos possíveis com ele. Em breve, tudo isso vai acabar, e vamos poder passar uns meses juntos antes da próxima temporada, livres dessa agenda rigorosa.

Mesmo assim, andamos trocando mensagens apaixonadas sem parar. Sempre uns papinhos sedutores, que nem esta conversa que tivemos logo que o avião pousou ontem.

**Eu:** E aí, gatinho? Chegamos em Vegas!
**Nathan:** Bem que eu achei que o sol estava brilhando mais forte.
**Eu:** Paraaaa! Não, zoeira. É cafona, mas eu amei. Continua.
**Nathan:** :) Saudade. Por favor, não encha a cara e se case com qualquer um hoje.
**Eu:** Nossa, como você é implicante.
**Nathan:** Sou mesmo. Só pode casar em Las Vegas comigo.
**Eu:** Que bom. Porque só quero casar com você mesmo. Que tal hoje?
**Nathan:** Hoje não posso. Estou ocupado. Que tal amanhã? Tenho um compromisso pequeno de umas 18h30 às 22h30, mas, depois, tô livre.
**Eu:** Ótimo! Vamos nessa!

Agora Lily e eu estamos a caminho do nosso camarote no estádio, usando sandálias de salto alto que machucam os pés e enfiadas em versões baratas de vestidos de grife elegantes.

Como não me conformo completamente com essas regrinhas de *dress code*, contudo, acrescentei ao vestido colado branco uma camisa preta do time (com o número 8, do Nathan, claro), amarrada em um nozinho na frente.

Quando Nathan começou a jogar profissionalmente, aprendi que as esposas e namoradas da NFL seguem um estilo bem específico: absurdamente chique o tempo todo. Quando eu era só amiga dele, podia ir aos jogos de tênis e camiseta. Como namorada... Mas, na real, tanto faz. Ainda vou vestir o que quiser. Hoje quis calçar salto alto e me arrumar. No próximo jogo, talvez use macacão de moletom com capuz. Ninguém pode prever o que vai acontecer.

Quando chegamos ao camarote, encontramos Vivian, a mãe de Nathan, já sentada lá, engolindo o oxigênio todo com seu ego gigante. Ela está remexendo as azeitonas na taça de martíni, parecendo guardar pelo menos dez comentários metidos à besta na ponta da língua.

— Oi, sra. Donelson, que prazer vê-la de novo.

Sorrio e estendo a mão que nem uma revendedora de carro. *Quer comprar essa porcaria?* Em situações como essa, gente normal se abraça. Mas lembremos que Vivian Donelson não é nada normal e sempre me viu como uma ameaça à carreira de Nathan. Em outras palavras, ela me odeia.

O olhar escuro — semelhante ao de Nathan, mas de um jeito apavorante, que dá a impressão de que ela nunca fecha os olhos — se arrasta até a mão que ofereci.

— Da próxima vez, é melhor fazer manicure antes de um jogo importante, que nem as esposas e namoradas dos outros jogadores. E deixe essas pulseiras bregas em casa. Não combina com esse mundo.

Ela levanta o olhar de novo. Nada de apertar minha mão.

— Ninguém gosta de ver uma hippie no camarote da NFL — conclui.

Lily avança como se fosse arrancar os brincos e socar a mulher. Seguro o braço dela para contê-la, porque não preciso que lute por mim. As palavras de Vivian nem me machucam. Sinto apenas tristeza por Nathan. Deve ter sido insuportável crescer com uma mãe assim. Por isso ele se sente inundado por pressão e expectativa. Também o admiro por superar a influência dela e se tornar uma pessoa tão generosa e gentil, apesar disso. É a prova de que dinheiro não define ninguém; apenas revela sua natureza.

Bem, é hora de a sra. Donelson cair na real a respeito da natureza dela e do efeito que tem nas pessoas a seu redor. Nathan se afastou dos pais nas últimas semanas, por sugestão do psicólogo, e está se comprometendo a impor limites. Ele se abriu comigo a respeito de questões da infância de que eu não fazia ideia, e falou da atitude da mãe em relação a mim, especificamente. Desde o início do nosso novo relacionamento, ele deixou claro que eu nunca precisaria me calar diante da mãe dele. Tenho liberdade de falar o que penso e me defender, com o apoio total e inabalável dele. Então é melhor todo mundo abrir espaço, porque estou prestes a virar o pior pesadelo dessa mulher.

— Sra. Donelson — começo, com um sorriso contido. — Primeiro, já passou da hora de a senhora parar de dizer esse tipo de grosseria para mim.

Ela faria uma careta se o rosto não estivesse permanentemente paralisado em uma expressão de desdém.

— Como a senhora já deve saber — continuo —, eu vim para ficar. E pode ter certeza de que, se continuar a falar comigo ou com meu namorado como falou no passado, seus dias neste camarote estarão contados. Não é só por ter parido ele e o empurrado ao sucesso que seu lugar na nossa vida é garantido.

Como já falei antes, não sou uma ameaça às mulheres na vida de Nathan... até elas o forçarem a escolher. Ele vai me escolher toda vez e, agora que sei o motivo, tenho plena intenção de me deixar levar pelo poder. Vou protegê-lo com a mesma intensidade com que ele me protege.

— Não falarei em nome do Nathan — prossigo —, apesar de ter uma lista do tamanho do meu braço de questões que eu adoraria comentar, mas, quanto à forma como a senhora me trata, é condescendente e grosseira, e eu me recuso a aceitar.

Lily arregala os olhos e aperta a boca para conter um sorriso. O olho esquerdo da sra. Donelson treme um pouco. Ela levanta o queixo, e me preparo para palavras cruéis. Na verdade, me preparo até para um tapa na cara.

Nada disso acontece.

— Esse drinque está horrível. Vou ver se eles têm uma opção melhor.

Ela passa por nós e um calafrio percorre meu corpo. Agradeço aos céus por Nathan não ser próximo da mãe, assim não vou precisar aturá-la mais de algumas poucas vezes ao ano.

Quando ela sai, fechando a porta, Lily se vira para mim.

— Nunca estive tão orgulhosa de você na minha vida.

Que bom, porque estou literalmente tremendo agora que acabou.

— Só faltava um casaco de pele para aquela mulher ser uma vilã da Disney — continua. — Por sinal, cadê o pai do Nathan?

— Ele tem uma reunião importante amanhã e precisa descansar. Falou para o Nathan que veria parte do jogo pela TV.

Lily pestaneja.

— Tá de brincadeira.

— Pior que não.

Nathan se esforçou tanto para agradar os pais, e aqui está ele, no Super Bowl, pela segunda vez, e o pai nem se dá ao trabalho de aparecer, porque precisa lavar o cabelo e dormir seu sono de beleza.

Lily e eu descemos os três degraus que levam da área social do camarote às cadeiras de couro diante do vidro. O estádio está ficando lotado de torcedores, todos em cores contrastantes: preto e prata, e laranja e azul-marinho. Uma onda de energia atravessa o estádio como fogos de artifício. Minha própria expectativa borbulha em mim, parecendo champanhe.

Nathan (o time todo, mas, na real, não ligo) vai sair por aquele túnel em breve, e o estádio irá à loucura. Os torcedores têm cartazes com o nome dele, usam camisas com o número dele, e a torcida do outro time tem medo dele e do que fará hoje. O nome dele estará na boca de milhares de pessoas. Vai ser gritado e cantado. Todo mundo especula: *Como é Nathan Donelson na vida particular?*

Mas eu sei.

Sei do frasco verde de xampu e que ele tem medo de avião. Sei que ele guarda segredo melhor do que Lily nas férias em que uma garrafa de vinho desapareceu misteriosamente da adega dos meus pais, e sei que o lençol dele é macio ao toque. Ele é meu, e meu coração comemora.

A sra. Donelson volta um tempo depois, com outra bebida, e ficamos ali sentadas em um constrangimento terrível. Ela batuca as unhas compridas e bem-feitas no braço da cadeira, e estamos todas desesperadas para o jogo começar. A ponta fina do sapato de salto dela vibra, balançando de um lado para o outro. Lily e eu não paramos de nos entreolhar com cara de tortura.

Finalmente, a voz do narrador troveja pelos alto-falantes:

— Senhoras e senhores, é hora de receber os campeões da Conferência Nacional, os LA Sharks!

O estádio irrompe em gritos, e as câmeras enchem o campo. É hora do show. Estou cheia de expectativa ao ver a névoa densa e as luzes claras encherem a saída do túnel dos Sharks.

E aí vêm eles.

Nathan é o primeiro a sair, seguido pelo time. Eles atravessam a névoa correndo, com tanta confiança que todo mundo sente calafrios. Nesse momento, tanto faz o que qualquer pessoa acha de futebol americano — todo mundo quer *ser* eles.

Jamal faz muque com os dois braços e grita que nem um gladiador. Outros homens chutam e agitam os punhos ao atravessar o campo até o banco. Nathan é Nathan, quieto e discreto. Ele corre com nervos de aço, inabalável, como sempre. Quando chega ao meio de campo, para e levanta a cabeça. Sinto o olhar dele através do capacete, como se estivesse me acariciando. Ele sorri pela primeira vez e levanta o braço para acenar para mim. Em seguida, aponta. É o gesto universal de: *Essa é para você, amor.* Faço uma careta boba e sopro um beijo para ele, que o pega no ar. Os fãs se viram e me fuzilam com os olhos, mas só dou atenção a Nathan.


No intervalo, Lily e a sra. Donelson tentam bater um papo, mas, já que Lily está rangendo os dentes, suponho que não esteja dando certo. Fui até a área de lanche do camarote, para ver meu celular, só para o caso de o Nathan ter um minuto para me mandar mensagem.

— ... é porque ele anda tão... *distraído* ultimamente — diz a sra. Donelson, tentando me culpar pelos Sharks estarem com um *touchdown* de desvantagem.

Pego um biscoito da mesa de lanche e dou uma mordida. Hummm, delícia, chocolate.

Lily sente a necessidade de me defender e de defender Nathan, o que acho fofo e adorável, porque não vou desperdiçar um sentimento sequer com Vivian.

— Distração faz bem às vezes. Acho que foi a distração que ajudou ele a escapar daquela pancada no segundo tempo.

É um certo exagero dela, mas valeu a intenção.

A sra. Donelson bufa. Eu continuo a comer o biscoito.

— Improvável. Estou achando ele meio lento. Não deve estar treinando o bastante.

— Acho que a senhora é que não está incentivando ele o bastante!

Eita, o tom mudou rápido. Lily se levanta. A sra. Donelson se levanta. Elas estão prestes a cair na pancada, e eu estou aqui no meu canto, comendo biscoito.

Meu celular vibra, então dou as costas para elas e me perco na conversa com minha pessoa preferida.

**Nathan:** Oi. Como vai seu dia?
**Eu:** Ah, tranquilo. E o seu?
**Nathan:** Meio chato. Desocupado. Estou com saudades.

A voz da sra. Donelson interrompe meus pensamentos por um instante.

— Eu sou dura com ele porque o amo!

**Eu:** Mesma coisa por aqui.
**Nathan:** Nosso plano ainda está de pé?

— ISSO NÃO É AMOR — grita Lily.

— E há quanto tempo você é mãe, mocinha?
— Não me chama de mocinha!

**Eu:** O casamento? Ah, é, eu tinha esquecido totalmente. Mas topo.

Adoro estarmos brincando com isso. Atrás de mim, tem uma novela mexicana rolando, e Nathan e eu estamos fingindo que vamos nos casar.

**Nathan:** Perfeito. Bom, meu chefe veio avisar que preciso trabalhar. Te amo.
**Eu:** Te amo! Vai lá esmagar seus colegas de trabalho!
**Nathan:** *emoji de tubarão*

Quando me viro, a sra. Donelson e Lily estão abraçadas.
Caramba, o que eu perdi?!

Estamos há dez minutos prendendo a respiração. O jogo está muito disputado. O placar está 21 a 17 para os Stallions. Só tem mais trinta segundos no relógio, e são quatro *downs*. Precisam de um *down* para ter chance de ganhar, e não têm mais direito a pedir tempo. O estresse no estádio é palpável, e nem imagino a pressão nos ombros de Nathan ao ver o relógio.

Os dois times entram em formação bem rápido, e a bola é jogada para Nathan. Ele corre no lugar algumas vezes, procurando um recebedor sem marcação, mas não encontra ninguém. Meu coração martela o peito quando o vejo enfiar a bola debaixo do braço e correr. Ele não tem opção a não ser tentar acertar o primeiro *down* sozinho.

De início, a situação parece promissora, mas aí, como se em câmera lenta, um jogador da zaga atravessa a linha e se joga em Nathan, derrubando ele de costas no chão.

A bola cai. Falha. Fim de jogo.

Um suspiro coletivo vibra pelo estádio, e todos murchamos. O jogador que derrubou Nathan se levanta e oferece a mão para ajudá-lo a se erguer. Deu um suspiro de alívio quando ele aceita a ajuda e se levanta, ileso.

É nesse momento que reparo que estou grudada no vidro, que nem um inseto no para-brisa. Eu me afasto e me viro para Lily e Vivian. De alguma forma, conseguimos formar um vínculo na segunda parte do jogo. Minha irmã deu a Vivian o que pensar durante o debate, e Vivian ficou mais tranquila desde então. Ah, não se engane, ela ainda é insuportável, mas acho que, naquele momento, Lily ajudou Vivian a ver que tinha se tornado uma cópia idêntica da própria mãe, que detestava, o que a chocou.

Nós três passamos por muita coisa nesse Super Bowl.

E agora acabou.

Os Stallions se ajoelham, acabando o jogo oficialmente. Não me dou nem um momento para procurar o rosto de Nathan na lateral, porque tudo que quero é abraçá-lo o mais rápido possível. Por isso, aproveito o momento para correr até o elevador que leva à saída da mídia. Os seguranças conferem meu crachá, e sou levada com o resto dos parentes dos jogadores por um túnel escuro que dá no campo.

Opa. Nem me toquei que saí tão rápido do camarote que larguei Lily e a sra. Donelson para trás. Foi mal. É a pressa, gente.

Saio do túnel bem a tempo de ver Nathan no meio de campo, abraçando o *quarterback* do time vencedor. Como Nathan é classudo, hein. Consegue parecer genuinamente feliz pelo oponente, mesmo que eu saiba que está arrasado.

Ele se esforçou tanto para chegar a este momento, mas no fim acabou perdendo. Espero que a mídia não se agarre a essa única falta, porque ele jogou com garra até o fim e merece ser elogiado. Mas sei que não é o que vai acontecer. A cena de Nathan perdendo a bola vai ser exibida *sem parar*.

Câmeras cercam os dois *quarterbacks*, que conversam. Confete chove do céu, enquanto os jogadores se cumprimentam e mostram o *fair play* que sei que não sentem. Jamal está do outro lado do campo e aperta a mão nos olhos para não chorar. Derek está sentado no banco, de cabeça baixa. Não encontro Price e Lawrence, mas sei que estão na mesma.

É um caleidoscópio de emoções em campo. Enquanto um homem está em êxtase, batendo no peito do colega ou beijando a esposa, outro olha para baixo, engolindo a decepção.

Perco Nathan de vista e começo a entrar em pânico. Como ele está? Meu ursinho de pelúcia de aço está em algum lugar desse campo, e sei que está destruído. Preciso encontrá-lo.

Na ponta dos pés na *endzone*, estico o pescoço, mas é difícil enxergar, tem gente demais em campo. Considero pedir para um desses gigantes de uniforme me levantarem nos ombros, mas sou salva disso quando finalmente enxergo Nathan na lateral, conversando com um dos técnicos. O homem entrega algo para ele e aponta para mim. Abro os braços, pronta para abraçar Nathan, se ele quiser chorar no meu ombro.

Quando ele se vira, seu olhar me atinge que nem um soco de peso-pesado no ringue. Perco o fôlego. Ele não precisa chorar no meu ombro. Está chorando.

Ele vem andando sob a chuva de confete, entre as pessoas que se abraçam, comemoram e choram, e abre o campo como se fosse o Mar Vermelho. Está suado e reluzente. Os braços estão inchados, com as veias saltadas, depois de um jogo longo e exaustivo. O pessoal das câmeras vê seu sorriso e o cerca (entendo a curiosidade). Será que ele está surtando? Será que perdeu o jogo de propósito? Essa não é a cara de alguém que perdeu tudo que sempre quis.

Não. Ele se aproxima de mim, e os dentes brancos brilham na luz do estádio. Ele larga o capacete e se ajoelha. O caos ao nosso redor desaparece. Restamos só eu e meu melhor amigo. Que me pede em casamento.

— Oi, minha amiga linda — diz ele, sua mão áspera, calejada e enfaixada pegando a minha. — Sei que já planejamos isso ontem à noite, mas achei que você iria preferir ouvir da minha boca, não por mensagem — fala, apertando minha mão, e eu começo a chorar. — Bree, você é minha melhor amiga, e eu te amo. Não estamos juntos há tanto tempo, mas, na verdade, estamos juntos há anos. Quer casar comigo? Deixa eu te amar todo dia daqui em diante? Deixa eu finalmente te tirar daquele apartamento horrível e te mudar para o meu?

Eu começo a rir.

— Isso é tudo um truque para me livrar do mofo, né?

— É o único jeito.

— Você é bom demais em dar jeitinhos.

Ele pestaneja, e vejo que seus cílios também estão úmidos.

— Então é "sim"?

Confirmo com a cabeça em um gesto frenético, rindo, e chorando, e praticamente fazendo xixi nas calças.

— Sim!

Nathan fica de pé num pulo e me pega no colo, me girando no meio do confete que cai que nem neve. Isso está mesmo acontecendo?

— Hoje? — cochicha ao pé do ouvido. — Casa comigo?

Neste momento, a mídia fica de saco cheio do nosso momento romântico e volta para o time vencedor, para ouvi-los declarar que vão comemorar na Disney.

Ainda no colo dele, os pés pendurados a meio metro do chão, acho tudo surreal.

— Tem certeza? Não sei se você notou, mas foi um dia meio emocionante para você. E... você sabe que seu time perdeu, né?

Não quero nem perguntar, mas, pelo jeito dele, parece que está comemorando, em vez de se lamentar. E, apesar de me casar com Nathan espontaneamente ser um sonho, preciso garantir que ele tenha certeza disso. Que não está agindo só por decepção.

Ele ri e me abraça com ainda mais força.

— Sei que a gente perdeu, sim. E estou decepcionado, sim, mas, na verdade, estou aliviado por tudo ter *acabado*. Um peso enorme saiu de mim. Agora estou pronto para passar um tempo respirando com calma ao seu lado. De preferência em uma praia. Se você usar o biquíni mais minúsculo que eu encontrar.

Eu daria uma cotovelada nas costelas dele se não fosse o uniforme protetor — não é justo. Em vez disso, me estico e o beijo com força. *Pronto, castigo.*

— Bree, a resposta completa é que não quero esperar mais um segundo antes de ser cem por cento, verdadeiramente, completamente seu. Mas, se quiser esperar por um casamento enorme, eu topo. Não quero que se sinta obrigada a casar comigo hoje para me consolar por ter perdido. Porque não é isso que casar com você significa pra mim.

Eu o beijo de novo, me dando tempo de explorar sua boca como se não estivesse sendo observada por milhares de desconhecidos. Sinto o gosto de suor e esperança, e não tem como dar as costas para essa oportunidade. Podemos dar uma festa enorme quando voltarmos para casa.

— Vou ficar furiosa se você não se casar comigo hoje — digo, totalmente séria.

Ele abre um sorriso enorme e me põe no chão.

— Ah, esqueci de te dar isso... vamos começar de novo?

Ele estende a caixa do anel e a abre.

Fico atordoada. O anel é lindo de morrer e, melhor ainda, é a minha cara. Não é exagerado, nem enorme. Não vou precisar arrastar a mão no chão de tão pesado. É um diamante quadrado, simples e bonito. Exatamente o que eu mesma teria escolhido.

Assim que ponho o anel, Jamal, Derek, Price e Lawrence nos cercam. É uma comoção de parabéns e abraços suados. Não demora muito, porque os caras têm que tomar banho, e Nathan precisa seguir para a entrevista pós-jogo. Ele tem tempo apenas para me dar mais um beijo na bochecha, dois no pescoço e um na boca antes de resmungar de irritação e se forçar a ir embora.

Ele aponta para mim como se estivesse pronto para me jogar a bola da vitória.

— Queijo Bree. Ainda está comigo nessa?

Boto as mãos em volta da boca para gritar:

— Sempre!

Encontro Lily no camarote dez minutos depois. A sra. Donelson já foi embora, graças a Deus, então não preciso explicar nada para ela.

— CORRE! — grito, puxando ela da cadeira. — LEVANTA ESSA BUNDA! A GENTE PRECISA ME ARRUMAR PARA MEU CASAMENTO!

## 31
# BREE

— Vou me casar, vou me casar, vou me casar — repito umas quinze vezes diante do espelho do banheiro do hotel.

Por sorte, eu já estava de vestido branco no jogo. Tirei a camisa do time e, pronto, *noiva instantânea*! Falando assim, pareço até uma sopa. Inclino a cabeça para meu reflexo. Espero não estar com cara de sopa.

Lily para atrás de mim e põe as mãos nos meus braços.

— Está em dúvida? Se quiser, arranjo um carro para te tirar daqui em cinco minutos.

— Se você tentar me fazer mudar de ideia, vou te enfiar nesse carro e te mandar para a Austrália! Estou tão pronta que chega a doer.

Lily sorri.

— Eu sei. Estou tão feliz por poder estar aqui nesse momento.

Já ligamos para nossos pais e, apesar de eles não estarem alegres de perder o casamento da filha, são viciados em comédias românticas e admiram a intensidade da situação. Eles estarão presentes por chamada de vídeo, e suponho que os pais de Nathan também.

Os trinta minutos seguintes são dedicados à arrumação, mas, já que nem eu nem Lily temos experiência com sombra de olho e grampo de cabelo, ligamos para o mestre.

— Penteia o lado direito para trás, que nem uma bela onda chegando à praia no pôr do sol — diz Dylan, na tela do meu celular.

Lily faz uma careta e puxa meu cabelo com força com a mão desajeitada. Meu coro cabeludo chega a arder.

— O que isso quer dizer, Dylan?
— UMA BELA ONDA NO PÔR DO SOL, LILY! Não é para parecer uma vovozinha mão de vaca no Natal.
Minha irmã murcha, então cochicha:
— Não entendi nada.
— Nem eu. Faz o possível.
Lily acaba agradando o mestre e seguimos para a maquiagem. O pincel treme na mão dela ao se aproximar da minha pálpebra, e ela vai repetindo as instruções de Dylan.
— *Um pássaro voando pelo cânion, com asas de pó dourado...* consegui.
Só vejo o olho enorme dele na tela, de tanto que está grudado.
Quando acabam de me arrumar, me olho no espelho. Dylan e Lily suspiram ao me ver, o que me faz lacrimejar.
— Não acredito que é verdade. Vou me casar com meu melhor amigo.
Lily funga e apoia a cabeça no meu ombro.
Dylan seca uma lágrima e acena com a cabeça.
— É isso aí, gata. Agora enfia a mão nesse sutiã e puxa esses patinhos para a superfície.
Ótimo. Uma solução necessária para acabar logo com as lágrimas.

Nathan manda o cronograma atualizado para Lily por mensagem a cada instante, alegando que é nosso casamento e eu não deveria me preocupar com a logística. Agora são onze da noite, uma hora depois do fim do jogo, e Lily me conduz pelo saguão do hotel noite afora. O ar frio sopra nos meus braços e, como se fosse o sequestro mais bem planejado do mundo, uma SUV blindada para no meio-fio. Lily abre a porta e me enfia no carro. A porta fecha com força e, por um minuto, temo que ela não tenha conseguido entrar. *Ufa.* Entrou, sim. Tudo certo.
Olho para dentro do carro e sinto uma pontada de tristeza por Nathan não estar aqui. O fim de semana todo só o vi no breve mo-

mento em que ele me pediu para passar o resto da vida com ele. Nada de mais.

Lily sacou minha expressão.

— Ele já está na capela. Queria que tudo fosse o mais parecido possível com um casamento tradicional. Você nem vai acreditar no que ele arranjou com tanta velocidade.

Acredito, sim, porque é a cara de Nathan. Agora, com a mente desanuviada, vejo que não há limites que ele não ultrapassaria por mim e que sempre foi assim.

Isso me lembra que não sou nada romântica.

— Ah, não! — digo, apalpando meu quadril como se bolsos fossem surgir. — A aliança dele!

Descobrimos que em Las Vegas há centenas de lugares para comprar alianças de casamento de última hora. Compramos a de Nathan na volta do hotel. (Bom, tecnicamente, quem comprou foi Nathan, pois ele me mandou usar seu cartão. Aceitei o dinheiro porque, né: dois dólares e um chiclete.)

Lily sorri e revira a bolsa em busca da caixinha do anel, que tira com um floreio.

— Aqui. Olha, se sua cabeça não estivesse presa no corpo, ela sairia rolando por aí.

— Aaah, que FOFA você está sendo no dia do meu casamento.

— E aí você usaria a cabeça de bola, se distrairia com um bando de crianças no campo e começaria um programa especial de treinamento em que usam sua cabeça para jogar futebol.

Faço uma careta.

— Que mórbido. Que humor bizarro.

Ela dá de ombros, como se dissesse: *E daí?*

Depois de uns minutos sacudindo a minha perna e tamborilando meus dedos nela, Lily vem para mais perto e põe a mão no meu joelho.

— Sabe, acabei de notar que, como a mamãe não está aqui, tenho um trabalho muito importante.

— Qual?

Ela abre um sorriso malicioso.

— Explicar o prazer da noite de núpcias.

— Ai, nossa. Nem ouse...

— Então, meu bem, você pode ter notado algumas sensações interessantes ao beijar Nathan. Não precisa ter medo...

Tento cobrir sua boca com a mão e vou falando para atropelá-la.

— Não é minha primeira vez, Lily. Eu sei o que fazer. Ai, chega, para de dizer essa palavra...

— ... e é isso que acontece no fim.

Ela faz uma dancinha com os ombros, sem se deixar interromper pela mão que empurro agressivamente contra a cara dela.

— Agora, uns truques divertidos que aprendi e que você pode agradecer por mensagem depois — continua.

Estou rindo tanto que mal escuto. Cubro as orelhas para abafar o som e abaixo a cabeça entre os joelhos.

— Não quero ouvir sobre suas transas bizarras com o Doug!

*La-la-la.* AH, NÃO, VOCÊ NÃO FALOU ESSA PALAVRA NA MINHA FRENTE! SOU A CAÇULA!

Ela me atormenta com dicas sexuais pelo caminho todo, e esse dia certamente vai entrar na história como um dos melhores da minha vida.

Falei *um* dos melhores? Quis dizer o MELHOR.

Chegamos à capela e sou escoltada por um grupo de pessoas que não conheço. Uma mulher carregando uma prancheta me arrasta para dentro da pequena capela branca, e fico surpresa pelo ambiente não feder a bebida e stripper. Mal tenho tempo de registrar qualquer coisa quando ela me puxa para uma salinha ao lado da porta dupla principal. Lily não solta minha mão no caminho.

A mulher se vira, sem fôlego, agarrada à prancheta como se tivesse códigos secretos do governo.

— Olá. Parabéns pelo casamento! Vim ajudá-la com o vestido.

— O vestido?
Olho para baixo. Será que estou pelada?
— Ah, já estou vestida — digo. — Viu?
Aponto para o tecido, para o caso de ela duvidar.
Ela ri.
— Não, o vestido de casamento.
— Eu não...
Paro de falar quando ela dá um passo para o lado e vejo uma arara cheia de vestidos cintilantes, rendados, brancos, e até alguns de cor champanhe e rosa-claro. São pelo menos uns vinte.
— Esses vestidos... — solto. — Isso vem com a capela? É um cantinho de armário?
Ela ri.
— Não. Acredito que sejam presentes do seu futuro marido.
Levo a mão ao peito e olho para Lily. Ela está tentando se conter, mas não adianta. Tem lágrimas escorrendo pelo rosto dela, e parece já saber que tudo isso ia acontecer. Avanço e encontro um envelopinho preso à arara. Dentro tem um bilhete de Dylan.

*Oi, Covinha. Mais uma vez, seu homem caprichou. Selecionei pessoalmente essas opções há uma semana, e tive certeza de só escolher o que acho que você vai amar loucamente (mesmo que eu quisesse muuuuuito comprar um vestido que parecia da Cinderela depois de ela escorregar em um picolé de laranja). Te amo, baby. Você arranjou um homem dos bons. Abraços e beijos do seu segundo homem preferido.*
— Dylan.

Há uma semana? Não pode ser. Significa que...
— O que está esperando?! — diz Lily, me empurrando para começar a mexer nos vestidos. — Precisamos começar o casamento!
Vinte minutos depois, estou num vestido de beleza ilegal. As mangas compridas são feitas de renda delicada e frágil, levando a um corpete de renda mais rígida. Tem exatamente 31 botões de

pérola nas costas. A saia é bufante e desce em camadas múltiplas de tule luxuoso, com uma cauda discreta nas costas. Minha pele fica exposta pela renda das mangas, o corpete faz um decote em V e, quando ando, tudo balança. Sou uma princesa, uma bailarina e uma mulher poderosa, tudo em uma só embalagem. Nunca me senti tão linda e valorizada quanto ao entrar nessa capela.

Preciso me corrigir: é AGORA que nunca me senti tão valorizada. Perco o fôlego na entrada. Não é nada do que eu esperava. Cadê o Elvis? O cheiro de gim e decisões precipitadas? Não, estou alucinando.

Essa capela foi comprada no paraíso e trazida para a terra. O teto abobadado sobe às nuvens. Um lustre de cristal enorme cintila no meio do espaço íntimo. O teto é feito de madeira, reforçada por vigas lindas. O salto do meu sapato faz clique-claque no chão de carvalho escuro, e o movimento da cauda do vestido lembra as ondas do oceano. Buquês enormes em verde e rosa enchem o ambiente.

Nem é isso que me deixa mais chocada. A capela está *cheia* de gente. Minha gente. A gente do Nathan. Minha família, meus amigos, até a mãe dele. Não é um casamento espontâneo. É o meu casamento — um casamento que Nathan está planejando faz tempo.

Meu pai — que supostamente ia ver a cerimônia pelo celular — se aproxima pelo corredor. Os olhos dele brilham de lágrimas, e ele está usando um terno lindo. Ele oferece o braço.

— Oi, querida. Está pronta para se casar?

Bom, agora, sim, estou chorando de soluçar. Que pena que Lily se esforçou tanto na maquiagem, porque vou estragar tudo em dois segundos. Dylan ficaria horrorizado. *Peraí!* Ele está ali! Na terceira fileira, fazendo um coração com as mãos e soprando beijinhos. Olho para Lily com dúvida. Ela sorri e confirma com a cabeça. *Ela sabia o tempo todo.*

Meu pai começa a me acompanhar ao altar, e aí eu o vejo. Nathan. Meu Nathan, meu melhor amigo, o amor da minha vida, de terno preto, cabelo fantástico em ondas elegantes, uma lágrima escorrendo pelo rosto e um sorriso gigante na boca. Ele é meu. Ele me ama. Ele me ama o suficiente para planejar um casamento surpresa igual ao dos meus sonhos. Como tive tanta sorte?

Vou flutuando até o altar.

Meu pai me entrega para Nathan e estou sonhando. Jamal é o padrinho e Lily, a madrinha. O resto do time está enfileirado no primeiro banco, me cumprimentando com joinhas. Do outro lado, minha mãe faz o mesmo. A mãe de Nathan se contenta com um sorriso discreto e um aceno.

Nathan pega minha mão e sinto tudo formigar. Eu me afogo no amor ardente, abundante e suntuoso daqueles olhos pretos.

— Ainda está comigo nessa? — pergunta, com um sorriso leve e incerto.

Engulo em seco e tento falar, apesar do choro.

— Você fez tudo isso por mim?

— Eu faria qualquer coisa por você. Gostou?

Paro e olho ao meu redor por um momento. Os sorrisos. Não sobra oxigênio no ambiente, está todo mundo exausto. Todos choramos de soluçar, e nem enxergo de tanta alegria. Aperto a mão dele e volto a olhá-lo.

— Eu amei. Eu te amo. Há quanto tempo você planeja isso?

— Desde que avisei que ia te pedir em casamento. Contratei uma planejadora de eventos no dia seguinte. Tem certeza de que gostou? Porque, se não gostar, podemos parar agora mesmo.

Procuro as palavras adequadas para expressar o que sinto, mas não encontro.

— Nathan... Eu... você... isso tudo! — digo, e sacudo a cabeça. — Obrigada. Eu amei tudo, demais.

Admiro os olhos de Nathan, o rosto recém-barbeado, os ombros largos, a gravata preta e elegante, as mãos fortes que me seguram com tanto carinho, e a impaciência me toma.

— E agora?

Ele sorri ainda mais, aponta com a cabeça para o celebrante, e volta a olhar para mim.
— Se você quiser, a gente se casa.
Solto uma gargalhada curta em meio às lágrimas.
— Sim, por favor.

## 32
# BREE

De mãos dadas com Nathan, andamos em silêncio pelo corredor acarpetado do hotel. Estamos no vigésimo oitavo andar, a caminho do que é, sem dúvida, a melhor suíte disponível. Paramos na frente da porta e Nathan beija minha mão. Nenhum de nós acredita que é verdade. Ele não para de me tocar, de me beijar, de me acariciar a cada momento — acho que está, como eu, tentando se convencer de que é tudo verdade. Estamos em um conto de fadas.

Ele encaixa o cartão magnético na porta e a fechadura emite uma luz verde. Colocando os braços por trás dos meus joelhos, ele me pega no colo para passar da porta comigo. Meu coração está na garganta, e nós dois rimos do amor brega que ecoa entre nós a noite toda. Não paro de chamar ele de *marido*. Ele não para de me chamar de *esposa*. Todo mundo achou constrangedor. Mas a gente, não; hoje, não.

Nathan entra comigo no quarto escuro. Ainda me carregando, ele vai acender a luz, mas eu o interrompo. O luar se derrama no quarto, me acalmando. É tão romântico.

Engulo em seco, e Nathan olha para mim com atenção. Os olhos dele são cobertores pretos de veludo, e seu olhar parece me abraçar.

— Não precisa ficar nervosa — diz, arrancando os pensamentos da minha cabeça.

— Mas estou. Quero isso há tanto tempo e tenho medo de você se decepcionar. De eu não ser o suficiente.

Uma leve sugestão de sorriso surge na boca dele. Ele se abaixa e esfrega o rosto no meu pescoço, a barba começando a crescer como um murmúrio de prazer.

— Você sempre será suficiente.

Deixo escapar um suspiro trêmulo, e sou carregada até a cama nos braços fortes de Nathan. Ele para e me deixa deslizar devagar até pisar no chão. Levanto o rosto e perco o fôlego. Ele é perfeito. O luar ilumina sua mandíbula forte e suas maçãs do rosto angulosas, delineando um perfil que deveria ser pintado por Da Vinci. Fico na ponta dos pés e beijo sua boca carnuda. Ele responde com paciência. É suave, carinhoso. Ele segura meu quadril. Passo as mãos por baixo das lapelas do terno dele, e *subo, subo, subo* pelo peito forte até abraçá-lo, tocando o cabelo macio na nuca.

Sou puxada para um abraço apertado, agarrada como se ele nunca mais quisesse me soltar. Vou morar nesse abraço para sempre. Nossa boca explora uma à outra. Ele espalma a mão firme nas minhas costas e sobe a outra ao meu pescoço. Nossos lábios dançam: macios, firmes, indo e vindo.

Meus sentidos tombam que nem uma canoa na cachoeira quando Nathan desce a boca pelo meu pescoço até a clavícula. A língua prova minha pele de leve, e ele geme de prazer. É isso. *Meu, meu, meu,* é o que diz meu coração. Puxo o paletó dele pelos ombros, e sinto o músculo rígido sob a camisa. Estou tremendo. Sinto um nó no estômago. Preciso dele. Ele me ajuda a desabotoar a camisa e a retira.

Hesito com as mãos à frente do corpo dele, e ele sorri. Tento respirar, mas parece que alguém esmagou meus pulmões. Ele ri, e finalmente é tomado pela impaciência — agarra minhas mãos e as aperta contra o peito. *Pele. Quente. Firme.* Ainda segurando meus punhos, ele me puxa para a cama, onde se senta, me deixando de pé. Em seguida, apoia as mãos enormes atrás do corpo na cama.

— Você que manda — diz ele, baixinho, me dando todo o poder.

Eu queria, mais do que tudo, não me sentir tão tímida. Queria poder mostrar que sou sexy. Poderosa. Não uma menina trêmula de vestido chique. Mas, quando levanto o olhar e encontro os olhos dele, vejo apenas adoração e carinho. Ele me quer como sou — sempre e para sempre.

Quando avanço entre as pernas dele, o tecido da minha saia roça na calça do terno. Preto contra branco. Uma lua no céu noturno. Uma página manchada de tinta. Uma diferença gritante, mas em complemento perfeito.

Passo um dedo pelos ombros dele. Pelo braço. Pelas mãos. Ele flexiona os dedos, e eu faço o mesmo carinho do outro lado. O corpo todo dele reage. Os músculos se tensionam e vou desenhando o abdômen. É... *maravilhoso*. Tem um hematoma leve se formando no bíceps, por causa do jogo. Eu me curvo e o beijo bem ali. Um calor se espalha pelo meu ventre. Chamas crepitam no meu peito. Nathan segura meu quadril e me puxa para o colo.

Nós nos olhamos nos olhos, e o silêncio se estende em um casulo macio e confortável. Ele ajeita uma mecha do meu cabelo, e estremeço.

— Eu te amo há tanto tempo — diz, baixinho, como se pensasse alto. — Você está mesmo aqui?

Eu me aproximo e beijo o pescoço dele, subindo até a mandíbula. Ele me abraça como se eu fosse feita de vidro. Como se fosse quebrar se usar força demais.

— Estamos sonhando — respondo, junto à pele de veludo.

— Foi o que pensei.

Ele vira o rosto e encontra minha boca. Dessa vez, o beijo não é discreto. A boca dele arde. A língua explora. O coração martela. Vai quebrar as costelas e me atacar.

As mãos imensas voltam a agarrar minha cintura, e ele me tira do colo com facilidade. Paro ao lado da cama, e ele me vira para o outro lado. Sinto os dedos dele descerem pelas minhas costas, desfazendo os botões minúsculos do vestido. Imagino como ficam entre os dedos enormes dele. Deve parecer um gigante rearranjando as estrelas do céu.

A cada botão que abre, Nathan dá um beijo no centímetro de pele exposta. O clima romântico nos envolve. Percorre meus ossos que nem um fio teso, conectado ao toque dele. Ele me beija como se eu fosse sagrada. Ouço a respiração trêmula, e sei que ele também sente o peso do momento. A pressão cresce, a intensidade que carregamos desde aquele dia na pista de corrida da escola, há tantos anos. Tudo nos trouxe até aqui. A nós.

*Botão, botão, botão. Beijo, beijo, beijo.*

— Eu vou te amar até o fim da vida — sussurra ele junto ao meu ombro nu, e o som do meu vestido caindo no chão é como o do vento nas árvores.

Ele me abraça pela cintura e me puxa para o peito. Pele com pele. Sagrado, divino. Inclino a cabeça para trás, e ele beija meu pescoço.

— Minha linda e encantadora *esposa*.

Passamos horas no nosso mundinho. Nossa história de amor é tangível. Nossas esperanças, expostas. Nossas almas, leves. Nossos medos, deixados de lado neste breve momento em que nada nos toca. Neste lugar, nestes braços, estou livre e segura. Abro os braços e danço na chuva. Giro na correnteza. Deito-me no prado, com os olhos escuros dele cintilando acima de mim.

# EPÍLOGO

No dia seguinte, enquanto Nathan e eu ainda estamos aninhados sob o edredom macio e enorme, sem nenhuma vontade de sair da cama, ele faz cafuné em mim e murmura:

— Bree, tenho que confessar uma coisa.

Ainda estou perdida em prazer, então ele poderia me dizer que é o maníaco da machadinha que eu provavelmente responderia "Que bom, amor".

Ele ri e me vira de frente para ele.

— Estou falando sério. Acho que acidentalmente dei um golpe para você casar comigo. Esqueci de te contar uma coisa muito importante antes.

*Tá. Acaba logo com esse clima feliz, vai.*

— Ok, desembucha!

Ele fecha os olhos e respira fundo.

— Tenho uma coisa para te mostrar.

Olho para ele com uma expressão sedutora.

— Nathan. Eu já vi *tudo*.

Ele grunhe, ri e revira os olhos antes de esticar a mão para pegar a carteira na mesa de cabeceira. Ele se senta, recostado na parede, e começa a me puxar para eu me sentar também.

— Tá bom, tá bom, já vou! Relaxa.

O que quer que seja, ele está levando a sério. Da carteira, Nathan tira um papelzinho dobrado, me oferece e acena com a cabeça para eu pegar.

Desdobro o papel e encontro uma lista de itens toda rabiscada. Alguns itens, tipo *guerra de comida*, estão marcados com x, e outros, tipo *massagem nos pés*, têm um sinal de visto. Nathan parece preparado para eu jogar a aliança na cara dele.

— O que é isso? — pergunto, sem a raiva que ele parece esperar ouvir.

— É... uma cola com algumas táticas do amor. Os caras me ajudaram a preparar quando a gente topou namorar de mentirinha. Era para me ajudar a passar da amizade para isso aqui.

Olho da expressão de dor dele para o papel e leio com uma nova compreensão. Várias memórias me voltam. *Dançar no estúdio. As balinhas Starburst. O elevador parado.*

— Bree, me desculpa! Eu planejava te mostrar isso assim que chegasse à capela ontem, mas, quando te vi, esqueci completamente — diz ansioso, passando a mão no cabelo. — Você está chateada? Se sente traída?

Eu o observo, de queixo caído. Ainda mais porque o bíceps dele fica espetacular nessa posição.

— Não acredito — digo com a voz dura que nem granito.

Ele franze a testa e suspira.

— Eu sei. Foi um erro.

— Foi...

Eu me viro e o olho nos olhos.

— Manipulador.

Uma expressão de medo toma conta dos olhos dele até eu beijar seu pescoço.

— Dissimulado.

Mais um beijo.

— Desesperado.

Ele geme um pouco depois do outro beijo.

— Fofo.

— Então não tá chateada? — pergunta, rouco, quando eu o puxo de volta para o casulo de amor do edredom.

— Maravilhoso.

— Algumas das ideias foram muito ruins — diz, tentando apontar para itens da lista, mas não me interessa.

— Romântico.
— Tá, acho que acabou, já que você jogou do outro lado do quarto.
— Sexy.
Agora é ele quem me beija.
— Então você me perdoa? — pergunta, com a boca grudada na minha pele.
— Perdoo, mas apenas na condição de você se dedicar assim pelo resto do nosso tempo de casados.
Os olhos dele brilham com malícia quando ele responde:
— Combinado.

# TÁTICAS DO AMOR

Nate, acabaram suas maçãs. - Price

1. ~~Mãos dadas~~ ✓
2. ~~Guerra de comida~~ ✓ — Surpreendentemente sexy.
3. ~~Ajeitar cabelo~~ ✓
4. Falar coisas picantes sobre o cabelo — Quê??
5. ~~Comprar flores preferidas~~ ✓
6. ~~Mexer no cabelo enquanto fala~~ ✓
7. Fingir que o carro pifou
8. ~~Blecaute + velas~~ ✗
9. Alugar restaurante inteiro — Verde & Rosa
10. ~~Piscadinha~~ ✗ → Derek, você é um idiota -MD
11. ~~Ensinar a jogar bola~~ ✗
12. ~~Derramar alguma coisa na camisa~~ ✓
13. ~~Ficar preso no elevador~~ ✗
14. ~~Ter sempre a bala preferida~~ ✓ — Starburst
15. Escrever um poema → NEM PENSAR
16. ~~Massagem nos pés~~ ✓
17. ~~Beijo na testa~~ ✓
18. ~~Surpresa no trabalho~~ ✓
19. ~~Puxar pra dançar do nada~~ ✓
20. ~~Beijar no momento certo~~ ✓✓✓

LAWRENCE É UM LIXO!!! - Jamal
→ Jamal é um bebezinho - Lawrence Hill

VOCÊ QUERIA TER A MINHA LÁBIA - Derek Pender

- intrinseca.com.br
- @intrinseca
- editoraintrinseca
- @intrinseca
- @editoraintrinseca
- editoraintrinseca